JAN STEINBACH

WILLEMS
LETZTE
REISE

rütten & loening

JAN STEINBACH, geboren 1973, ist das Pseudonym eines erfolgreichen deutschen Schriftstellers, der auf einem Bauernhof nahe der niederländischen Grenze aufgewachsen ist. Nach vielen Jahren, die er beruflich in Berlin zugebracht hat, verlebte er einen Sommer in seiner alten Heimat, wo zwischen Wiesen und Kuhställen die Idee für den vorliegenden Roman entstand. »Willems letzte Reise« ist sein erster Roman als Jan Steinbach.

waren die Erfahrungen, die Willem in seinem Leben gemacht hatte.

Als die Morgensonne blutrot über den weiten Feldern stand und die Tiere versorgt waren, wischte er sich den Schweiß von der Stirn, kehrte ins Haus zurück und bereitete das Frühstück vor. Er kochte Kaffee, briet sich ein Spiegelei und setzte sich an das Ende des Küchentischs, von dem aus er den Kuhstall sehen konnte. Solange sie noch da waren, wollte er die Tiere im Blick behalten.

Spiegeleier. Die gehörten zu den wenigen Gerichten, die er selbst zubereiten konnte. Emmi Terhöven, eine Bauersfrau aus der Nachbarschaft, war nach dem Tod seiner Frau da gewesen, um ihm ein bisschen unter die Arme zu greifen. Sie war vierzehn Jahre älter als Willem, in ihrer Familie die Älteste von fünf Kindern und hatte ihn schon als Dreikäsehoch zusammen mit anderen Kindern aus der Gegend betreut. Nach dem Tod seiner Frau hatte sie ihn bei einem Überraschungsbesuch dabei erwischt, wie er versucht hatte, sich ein Spiegelei zu braten. Zugegeben, eine ziemliche Katastrophe war das gewesen. Unten angebrannt, oben glibberig, und als er es aus der Pfanne auf den Teller hieven wollte, war das Eigelb aufgeplatzt und hatte eine Spur vom Pfannenrand über die Anrichte bis zu seinem Teller hinterlassen.

»So kannst du das nicht machen, Willem«, schimpfte sie, als wäre er immer noch der kleine Junge, auf den sie aufpassen musste. Dabei waren beide längst grau auf dem Kopf, und Emmi war schon im Rentenalter. »Die Pfanne ist zu heiß. Und außerdem: Spiegelei. Das mit dem Wenden ist doch viel zu kompliziert.« Sie sah ihn kopfschüttelnd an, dann machte sie sich hemdsärmelig in der Küche zu schaffen und bestimmte: »Wir fangen mal mit Rührei an. Da kommen die Eier in die Schüssel. Ein Schluck Milch dazu und umrühren. Immer rühren. Siehst du? Butter in die Pfanne, Eier rein und rühren. Da kann nichts passieren, Willem.«

Ohne dass er darum gebeten hatte und ohne ein weiteres Wort darüber zu verlieren, war Emmi in den folgenden Wochen regelmäßig aufgetaucht, um ihm das Kochen beizubringen. Nur das Nötigste, das er brauchte, um über die Runden zu kommen. Bratkartoffeln, Strammer Max, Wurzelgemüse.

»Morgens und abends kannst du dir Stullen machen. Aber mittags, Willem, da brauchst du was Warmes im Bauch.«

Auf die Jüngeren aufzupassen, das steckte eben in ihr drin. Gewisse Dinge änderten sich nie, egal, wie alt man wurde.

»Jetzt fehlt nur noch eins«, sagte sie zum Ende ihres Kochkurses. »Wir backen zusammen einen Kuchen. Dann sind wir fertig.«

»Wozu denn einen Kuchen? Ich brauch keinen Kuchen. Das reicht mir so.«

»Für sonntags, Willem. Nur was Einfaches. Marmorkuchen vielleicht oder Streuselkuchen. Es ist doch sonst kein richtiger Sonntag. Nicht, wenn man keinen Kuchen hat.«

Ohne seine verstorbene Frau Anna war eh kein Sonntag ein richtiger Sonntag. Allein vor einem Stück Kuchen zu sitzen würde es nur schlimmer machen. Aber das wollte Willem ihr nicht sagen. Stattdessen hatte er sich einfach geweigert. Er brauche keinen Kuchen, fertig. Emmi, die

KAPITEL EINS

Es war kein Tag wie jeder andere, dennoch begann ihn Willem so. Er stand früh auf, stieg in seine Arbeitskleidung, aß eine Banane und stapfte quer über den Hof zum Melkstall. Es war eine dieser magischen Morgenstunden in Ostfriesland, um kurz vor fünf, wenn der Dunst noch über den saftgrünen Feldern hing, wenn die Luft klar und rein war und der weite Himmel still und wie eingefroren wirkte. Willem stand am Gatter und schaute. Die ersten Vögel erwachten, ein rosafarbener Streifen zog am Horizont herauf und kündigte einen weiteren strahlenden Sommertag an. Es war kaum zu glauben, dass dies sein letzter Arbeitstag sein würde. Doch heute war es so weit. Seine Kühe würden abgeholt werden, und zurück blieben nichts als leere Ställe.

Die Vorbereitungen liefen seit Wochen. Sein Hof war zu klein, um zu überleben. Außerdem gab es keinen Nachfolger. Willem musste froh sein, es überhaupt bis zur Rente geschafft zu haben. Er war ja nicht der Einzige, dem es so erging. Überall in der Gegend ging den kleinen Betrieben die Luft aus. Trotzdem. Ihn traf das Endgültige der Situation. Willem war der letzte Bauer in seiner Familie. Nach den vielen Generationen, die auf dem Hof gelebt und gelärmt und gearbeitet hatten, wäre mit ihm Schluss. Das war nicht leicht zu verdauen.

Seine ehrwürdigen Damen trotteten an diesem Morgen in alter Gewohnheit vor ihm her in den Melkstall. Alles war vertraut, alles wie immer. Nur die gute Aggi, die trotz ihres Alters immer noch viel Milch gab und deshalb glücklicherweise zusammen mit dem Rest der Herde verkauft werden konnte, spürte offenbar die Veränderung. Sie war anhänglich an diesem Morgen. Nach dem Melken wollte sie nicht von seiner Seite weichen, im Laufstall hielt sie ständig nach ihm Ausschau, und als Willem das Heu aus der Futtertenne fegte, streckte sie den Kopf durch das Gitter und stupste ihn mit ihrer feuchten Nase an.

Zu Aggi hatte er eine besondere Verbindung – seit einer Winternacht vor zwei Jahren, als es bei der Geburt ihres Kalbes unerwartet Komplikationen gab, der Tierarzt wegen eines Schneesturms nicht kommen konnte und Willem die ganze Nacht an Aggis Seite im Stall verbracht hatte, bis am Ende das Kalb doch noch herauskam und alle Beteiligten wie durch ein Wunder überlebten. Sie hatte nicht vergessen, dass er ihr beigestanden hatte.

»Es wird schon werden, Aggi«, sagte er und klopfte ihr aufs Fell. »Alles wird sich fügen.«

Mit Tieren war es einfach auszukommen. Sie verstanden, wie man fühlte. Was man tief drin für ein Wesen war. Sie nahmen auf eine Weise Verbindung auf, die einzigartig war. Schwierig war es nur mit Menschen. Da wurde schnell alles kompliziert. Es gab Missverständnisse und Streitereien, und keiner sah mehr auf das Wesentliche, auf das, was eine Person im Kern ausmachte. Ob sie es gut meinte, ob sie Liebe für einen empfand. Das jedenfalls es nicht gewohnt war, Widerworte zu bekommen, wollte nicht so schnell klein beigeben. Es hatte ein ziemliches Gerangel gegeben, aber Willem hatte sich am Ende durchgesetzt. Keinen Kuchen!

Im letzten Frühjahr war Emmi plötzlich gestorben. Ein Schlaganfall, zum Glück war alles ganz schnell gegangen. Nicht wie bei ihrem Mann Heinz, der jahrelang ein Pflegefall gewesen war und sich bis zum Schluss verzweifelt ans Leben geklammert hatte. Sie hatte einfach beim Hofkehren verwundert innegehalten, dann war sie tot umgefallen. Zu ihrer Beerdigung hatte Willem schließlich doch einen Kuchen gebacken. Einen Streuselkuchen. Ganz allein. Ein Nachbarsjunge hatte ihm auf seinem Tablet-Computer gezeigt, wie man Videos abrief, auf denen Schritt für Schritt gezeigt wurde, wie es ging. Ein ganzer Tag Arbeit war das gewesen, verflucht anstrengende noch dazu, nachdem der erste Kuchen verbrannt war und der zweite aus nicht nachvollziehbaren Gründen nach alten Schuhsohlen geschmeckt hatte. Doch schließlich hatte es ein Blech richtigen Streuselkuchen gegeben, das er beim Beerdigungskaffee einfach zu dem restlichen Kuchen dazugestellt hatte. Keiner hatte etwas gemerkt, keiner hatte gefragt. Und am Abend war das Blech leer gewesen, offensichtlich hatte der Kuchen allen geschmeckt. Willem hatte das leere Blech wieder eingesteckt und war nach Hause gegangen.

Sein Spiegelei sah gut aus. Trotzdem hatte Willem keinen Appetit. Er sah zur Uhr. Noch eine halbe Stunde, bis das Fuhrunternehmen seine Kühe abholte.

Auf dem Hof erschien ein Mann mit Schirmmütze und in Arbeitshosen. Es war sein Nachbar, Alfred Janssen. Wie

Willem war er ein Leben lang Landwirt gewesen, jetzt war er in Rente, und sein Hof wurde von seinem Schwiegersohn weitergeführt. Der Betrieb vergrößerte sich sogar. Ein riesiges Ungetüm von einem Sauenstall hatten sie im letzten Jahr gebaut. Fünfhundert Tiere, nur in diesem Stall. Schwer zu glauben, dass so etwas überhaupt möglich war. Alfred machte sich immer irgendwie nützlich auf dem Hof. Er wurde noch gebraucht, hatte noch eine Rolle zu spielen in seinem Leben. Im Gegensatz zu Willem.

Willem stand auf und zog sich in der Waschküche die Stiefel an. Dann trat er vor die Tür und blinzelte in die Sonne.

»Was machst du denn hier, Alfred?«

»Moin, Willem.«

»Moin.«

»Geld einsammeln. Die Beiträge für den Schützenverein.«

»Ist das Jahr schon wieder um?«

»Sieht so aus. Sonst wär ich nicht hier.«

Willem war klar, dass der Beitrag für den Schützenverein, den Alfred Janssen als Vereinskassenwart einmal im Jahr überall persönlich einsammelte, nur ein Vorwand war. Sein Nachbar, dessen Hof in Sichtweite hinter einem Erlenwäldchen lag, wusste natürlich genau, dass heute die Kühe abgeholt werden würden. Er wusste, was dieser Tag für Willem bedeutete. Alfred Janssen war da, um Willem heute nicht allein zu lassen. Auch wenn er das niemals offen zugegeben hätte.

»Dann geh ich gleich mal und hol das Geld.«

»Ich hab's nicht eilig. Ganz wie du willst. Aber sag mal: Wann kommt denn der Fuhrunternehmer?«

»Wegen der Kühe? Der müsste jeden Moment da sein.«

Das Rolltor zum Stall stand offen. Willem konnte den Kühen dabei zusehen, wie sie sich gemächlich über das Heu hermachten.

»Hast du vielleicht einen Schnaps?«, fragte Alfred, schob die Hände in seine Arbeitshose und sah sich auf dem Hof um, als müsste er sich alles genau einprägen.

»Ich weiß nicht. Irgendwie könnte ich einen gebrauchen.«

Das gab es eigentlich nie, dass die Männer an einem gewöhnlichen Tag einen Schnaps tranken, schon gar nicht am Vormittag. Alfred fragte jedoch so beiläufig, als wolle er einfach nur wissen, ob Willem es für möglich hielt, dass es heute noch Regen geben würde. Einen Schnaps. Willem merkte, dass er den tatsächlich gut vertragen könnte.

»In der Küche«, sagte er. »Ich hole mal die Flasche.«

Ehe er jedoch ins Haus gehen konnte, donnerte der Viehtransporter auf den Hof. Ein riesiger in der Sonne blitzender Lkw. Hinterm Steuer ein junger wohlgenährter Mann mit roten Wangen und Baseballkappe, der freundlich – beinahe zu freundlich – herüberwinkte. Er fuhr den Transporter rückwärts an den Kuhstall heran und ließ die Laderampe heruntergleiten. Dann sprang er vom Führerhaus auf den Hof und winkte wieder.

»Moin.« Er deutete zum Stall. »Sind das die Kühe?«

Willem fixierte ihn düster und schwieg. Das Lächeln des jungen Mannes wirkte nun etwas irritiert. Es war Alfred Janssen, der den Daumen hob und rief: »So ist es. Das sind die Kühe.«

Der Junge machte sich gleich gutgelaunt an die Arbeit. Sicherte die Rampe und ging in den Stall.

Alfred Janssen stieß einen Seufzer aus.

»Na, Willem. Nun ist es so weit.«

»Ja«, sagte er und betrachtete das Geschehen aufmerksam. »Es ist so weit.«

Er gab sich einen Ruck und trat zu dem jungen Fahrer in den Stall. Der war längst damit beschäftigt, seine Kühe auf den Lader zu treiben. Allerdings bewegte er sich zwischen den Tieren nicht so, wie Willem es für gewöhnlich tat. Er hatte es offensichtlich eilig. Willem spürte den Stress, in den seine Kühe gerieten. Sie bewegten sich ruckartig, stolperten zur Rampe und drängten sich aneinander. Mit rollenden Augen und gequältem Laut sprang Brigitte als erste Kuh auf den Transporter.

Willem blieb fassungslos stehen. Der Mann sah kurz auf und lächelte ihm zu, bevor er sich die nächste Kuh vornahm. Es war Alma, die ebenfalls kurz davorstand, in Panik zu geraten.

»Was machen Sie denn da?«, rief Willem. »Seien Sie doch nicht so hektisch!«

»Ich bin nicht hektisch. Ich treibe sie einfach auf den Laster. Wie soll man das sonst machen?«

Die Frage war offenbar rhetorisch gemeint, denn er schob sich unbeirrt durch den Stall und scheuchte die Tiere weiter vor sich her.

Willem wurde wütend.

»Gehen Sie weg! Ich mache das.«

»Nicht nötig. Ich hab's doch gleich schon.«

Da sah Willem den Elektrotreiber in der Hand des Mannes. Ehe er sich versah, stieß er ihn einer Kuh ins Hinterteil, ausgerechnet Baldine, die erschrocken hochsprang und ängstlich in Richtung Transporter floh.

»Hören Sie auf!«, befahl Willem. »Und nehmen Sie den Viehtreiber aus der Hand. Sie sind doch wahnsinnig.«

Der junge Mann wunderte sich über Willems Tonfall. Seine gute Laune bekam sichtbar Kratzer.

»Ich mach hier nur meine Arbeit«, sagte er beleidigt. »So wie jeden Tag. Bisher hat sich noch nie einer beschwert. Die Kühe müssen halt auf den Transporter. Ich kann's doch nicht ändern.«

»Meine Kühe brauchen keinen Treiber. Verflucht noch mal. Bei denen geht das auch so.«

Seine Kühe reagierten auf Körpersprache. So hatte er das sein Leben lang gemacht. Man musste Kontakt mit ihnen aufnehmen. Sie im Blick haben. Dann ließen sie sich auch ohne Stress auf einen Lader führen.

Dem Fahrer schien das Ganze einfach nur lästig zu werden. Er blickte sehnsüchtig zu seiner Ladefläche. Es fehlten noch drei Kühe. Mit dem Treiber in der Hand wäre es jetzt eine Sache von wenigen Sekunden. Doch Willem ging es hier ums Prinzip.

»Den Treiber weg!«, befahl er und stellte sich ihm entschlossen in den Weg. So ein Verhalten würde er auf seinem Hof nicht dulden. Er war bereit, sich mit diesem ungezogenen Jungen einen Kampf zu liefern, ganz unabhängig davon, dass der vierzig Jahre jünger und natürlich im Gegensatz zu Willem kein bisschen gebrechlich war. Sollte ihm dieser Mann eben die Zähne ausschlagen, wenn es nicht anders ging. Solange Willem noch auf zwei Beinen stand, würde der Mann seinen verfluchten Elektrotreiber nicht mehr zum Einsatz bringen.

Der Typ hielt inne. Blickte Willem resigniert an. Dann

hob er die Hände, wie um sich zu ergeben, und ließ den Treiber in seiner Arbeitshose verschwinden.

»Zufrieden?«

Willem nickte und gab den Weg frei. Die letzte Kuh, die in den Transporter stieg, war Aggi. Willem trat an sie heran und klopfte ihr den Hals. Mach's gut, Aggi. Er spürte, wie sie sich unter der Berührung beruhigte und der Stress von ihr abfiel. Dann summte die Hydraulik der Laderampe, und die Tiere verschwanden aus seinem Blickfeld.

Willem betrachtete den Treiber in der Tasche des jungen Mannes. Er war immer noch wütend.

»So können Sie doch nicht mit Tieren umgehen. Das sind Lebewesen und keine Objekte.«

»Ich mach das nicht erst seit heute.« Seine gute Laune war nun gänzlich verschwunden. »Außerdem sind das doch gar nicht mehr Ihre Tiere.«

»Solange sie noch auf meinem Hof sind, sind das sehr wohl meine Tiere. Sie sollten sich was schämen. Man muss doch Respekt vor dem Vieh haben. Eines können Sie sich gleich hinter die Ohren schreiben: Wenn mir eine Sache überhaupt nicht gefällt, dann ist es …«

Eine Hand legte sich beschwichtigend auf seinen Arm. Es war Alfred Janssen. Er sagte nichts, aber Willem verstand auch so. Lass gut sein, hieß das. Es geht doch gar nicht um den Elektrotreiber.

Und Alfred hatte ja recht. Willem stieß die Luft aus. Es hatte doch keinen Zweck.

»Wo muss ich unterschreiben?«, fragte er.

Der Fahrer hielt ihm erleichtert ein Klemmbrett hin. Nachdem er seine Unterschrift erhalten hatte, machte er sich eilig davon, ehe Willem es sich anders überlegen konnte. In einer Abgaswolke verschwand der Transporter mit Willems Kühen knatternd vom Hof. Es wurde still. Sehr still.

Alfred blickte mit gerunzelter Stirn in den Himmel und spuckte aus.

»Was willst du machen? Das ist der Lauf der Dinge.«

Willem nickte düster. Die Sonne fiel durch das offene Rolltor in seinen leeren Stall.

»Ja«, sagte er. »Gar nichts machst du da.«

»So ist es, Willem. Gar nichts machst du.«

Beiden war klar: Es war jetzt wirklich an der Zeit, die Flasche Schnaps zu holen. Denn auch so ein Tag würde vorübergehen, und am nächsten Morgen würde es irgendwie weitergehen. Das tat es schließlich immer.

»Gehen wir in die Küche«, sagte Willem. »Dann kann ich dir das Geld für den Schützenverein geben.«

»Gut. Du weißt ja, zwanzig Euro.«

»Zwanzig Euro. Die hab ich noch. Komm mit.«

Sie betraten gemeinsam das Haus, um sich in die Küche zu setzen, einen Schnaps zu trinken und den Beitrag für den Schützenverein zu übergeben. Vor allem aber taten sie es, um einander beizustehen an diesem schweren Tag, an dem Willems Kühe abgeholt worden waren.

• • • • •

Der Schnaps brannte angenehm im Rachen. Er wärmte Willem die Brust. Er blickte durchs Küchenfenster hinaus zum leeren Stall. Ein Anblick, an den er sich sicher nicht gewöhnen würde.

Alfred stieß einen tiefen Seufzer aus.

»Ich hab einfach Glück gehabt, Willem.«

Er meinte natürlich seinen Schwiegersohn, der war Bauer mit Leib und Seele, und seine Tochter, die mit ihrem Mann alles weiterführte.

»Glück. Das ist alles.«

Sicher hatte Alfred da recht, denn er, Willem, hatte bisher nicht viel Glück gehabt. Seine Frau war gestorben, als er einundfünfzig gewesen war. Viel zu früh. Zu seinen beiden Kindern hatte er kaum noch Kontakt. Martin war irgendwann zum Studieren nach Hamburg gezogen und hatte sich seitdem selten wieder blicken lassen. Marion hatte es zwar nur ins zwanzig Kilometer entfernte Leer verschlagen, und sie kümmerte sich noch um Willem, doch mehr aus Pflichtgefühl als aus Zuneigung, dessen war er sich durchaus bewusst. Er war der letzte Grote auf dem Hof. Mit ihm verlosch die Fackel, und es war seine Schuld.

»Willem!«

Er blickte auf. Alfred sah natürlich, wie ihm zumute war. Beinahe schämte er sich. Wenigstens solange sein Nachbar da war, sollte er sich zusammenreißen.

»Denk nicht mehr an die Kühe«, sagte Alfred. »Dies ist nicht das Ende. Es geht für dich noch weiter.«

Ja, ein knappes Jahr ging es noch weiter, dachte Willem mit bitterer Ironie. Wenn es stimmte, was die Ärzte sagten. Mehr Zeit hatten sie ihm nicht gegeben. Nur Alfred wusste davon, sonst niemand. Auch ihm hatte Willem anfangs kein Wort gesagt, natürlich nicht. Doch wenn zwei Männer so lange nebeneinander lebten und arbeiteten, ließen sich ein paar Dinge einfach nicht voreinander verbergen. Alfred hatte Lunte gerochen. Vielleicht lag es daran, dass Willem noch schweigsamer geworden war als üblich. Doch irgendwann hatte er ihm sein wettergegerbtes Gesicht zugewandt, die Augen zusammengekniffen und gefragt: »Steht es so schlimm, Willem?« Willem hatte nichts erwidert, nur zum weiten Horizont geschaut, und so hatte Alfred seine Antwort bekommen.

»Jetzt reiß dich zusammen, Willem.«

Alfred goss einen weiteren Schnaps ein, den Willem sofort hinunterkippte. Der Alkohol wirkte. Er fühlte sich langsam besser. Die Welt nahm wieder klare Konturen an.

»Dies ist nicht das Ende«, wiederholte Alfred. »Es hilft nichts, dem Hof nachzutrauern.«

Das stimmte. Es endete nicht hier und jetzt.

»Du hast noch etwas zu erledigen, Willem.«

»Ich weiß.«

»Die Zeit läuft dir davon.«

Auch das stimmte. Willem hatte noch eine wichtige Sache vor sich. Darauf wollte er sich nun konzentrieren. Es war die letzte Möglichkeit, etwas richtig zu machen in seinem Leben, in dem er so viel falsch gemacht hatte. Er musste diese Gelegenheit nutzen, bevor es auch hierfür zu spät war.

»Musst du nicht deinen Koffer packen?«

»Ja, unter anderem. Ich hab eine Menge zu tun.«

Viel würde er nicht brauchen. Ein paar Hemden und Hosen, Unterwäsche, eine Zahnbürste. Dafür reichte der alte braune Lederkoffer, der auf dem Dachboden stand. Er spürte, wie seine Lebensgeister zurückkehrten. Mit der flachen Hand schlug er auf den Tisch.

»Am besten fange ich gleich damit an. Ich habe genug Zeit vertrödelt.«

»Siehst du, Willem, sag ich doch. Genau meine Worte.«

• • • • •

Nachdem Alfred gegangen und Willem seinen Koffer gepackt hatte, trat er hinaus auf den Hof. Die verwaisten Ställe wollte er nicht weiter beachten. Er wollte stattdessen an die Reise denken, die ihm bevorstand. Darauf kam es nun an. Auf die letzte Reise seines Lebens.

Als plötzlich Sonnenstrahlen zwischen vorbeieilenden Schönwetterwolken hindurchbrachen und ein weiches Licht auf die weite Landschaft warfen, überkam ihn beinahe so etwas wie Vorfreude. Eine leichte Aufregung. Als wäre er noch einmal jung. Als hielte das Leben noch eine Überraschung für ihn bereit. Eine Reise zu unternehmen war ihm in seinem Leben sehr selten vergönnt gewesen. Wer Tiere hatte, der arbeitete nun mal an sieben Tagen in der Woche. Da konnte man nicht einfach nach Mallorca fliegen. Oder für ein paar Tage an die Nordsee. Er hatte das nie bedauert. Er kannte kein Fernweh. Trotzdem spürte er nun diese seltsame Aufregung, die vielleicht so etwas wie Reiselust war.

Mit einem Ruck schob er den Riegel vom Scheunentor zur Seite. Dann zog er die knarrende Holztür auf. Drinnen herrschte graues Zwielicht. Ein paar Staubkörner tanzten in den durchs offene Tor hineinfallenden Sonnenstrahlen. Willem schob einen Keil unter die Tür und trat ins Innere. Es herrschte andächtige Stille, beinahe wie in einer Kirche.

Die Scheune war in den letzten Monaten seine Werkstatt gewesen. Überall standen Arbeitsgeräte herum. Farbeimer, Schleifblätter, Schraubenschlüssel, ölgetränkte Tücher. Ein ziemliches Durcheinander. Mittendrin ragte wie ein Altar ein blitzsauberer, frisch renovierter Lanz Bulldog hervor. Ein Traktor aus den Fünfzigern, der ein halbes Jahrhundert hier vor sich hin gerostet hatte, bis er wiederentdeckt worden und wie ein Phönix aus der Asche auferstanden war. Ein Sonnenstrahl fiel durchs löchrige Scheunendach und ließ die Motorhaube aufleuchten. Taubenblauer Lack, dazu Felgen in hellem Rot. Ein tiefschwarzes Auspuffrohr, das stolz in den Himmel ragte. Und vorn auf dem Kühler funkelte erhaben das rotgoldene Emblem der Marke Lanz.

Willem ließ die Hand über den Kotflügel gleiten. Der Traktor war wirklich ein Schmuckstück. Morgen früh würde es losgehen. Einmal quer durch Deutschland. Die sanften Schmerzen, die ihn stets im Hintergrund begleiteten, erinnerten ihn daran, dass es höchste Zeit war, aufzubrechen. Noch waren diese Schmerzen kaum mehr als eine sanfte Dünung bei ruhigem Wetter, doch ließen sie bereits den Abgrund erahnen, die gewaltigen Kräfte des Meeres, die beim nächsten Sturm entfesselt werden konnten.

Aber so weit war es noch nicht. Und heute wollte er nicht daran denken. Er kletterte auf den Traktor und ließ den Motor an. Das charakteristische Tuckern des Einzylinders erfüllte die Scheune. Ein Geräusch aus seiner Kindheit, das sich schon damals für ihn nach Vergangenheit und alten Zeiten angehört hatte. Willem legte den Gang ein, ließ die Kupplung kommen. Dann setzte sich der alte Lanz mit einem sanften Ruck in Bewegung, rollte langsam und würdevoll hinaus ins helle Sonnenlicht.

KAPITEL ZWEI

Ein Jahr zuvor

Die Strecke war so vertraut, dass sie die letzten Kilometer mit verbundenen Augen hätte fahren können. Sie kannte jeden Wiesenpfahl, jeden Wassergraben und jedes noch so kleine Schlagloch in der Straße. Auch wenn sie schon seit Ewigkeiten in der Stadt lebte und nur noch selten herfuhr, strahlte die Landschaft ein altvertrautes Gefühl von Sicherheit und Geborgenheit aus. Als wäre sie noch immer sieben Jahre alt, als zähmte sie kleine Katzen in der Scheune, und gleich würde ihre Mutter den Kopf aus der Tür strecken und alle zum Essen rufen.

Sie empfand plötzlich Sehnsucht nach diesem Zuhause, das es doch längst nicht mehr gab. Nach allem, was in den letzten Wochen passiert war, wünschte sie sich nichts mehr als einen sicheren Ort zum Verkriechen. Ihr altes Leben hatte sich über Nacht in Luft aufgelöst. Nichts war mehr wie zuvor. Erst Joosts Affäre, die aufgeflogen war, und dann, während sie noch überlegt hatte, wie ihre Ehe zu retten wäre, war er schon ausgezogen. »Das bringt nichts, Marion. Du siehst ja auch keine Zukunft mehr. Ich habe schon lange gemerkt, dass du innerlich auf Distanz gegangen bist. Du denkst doch auch, dass es das Beste ist.« Wie gewohnt unterstellte er ihr, zu denken und zu fühlen, was ihm am besten in den Kram passte. Und wie so oft war sie zu sprachlos, um etwas darauf zu erwidern.

Hinter einer Kurve tauchte der Bauernhof ihres Vaters auf. Ein Häuflein kleiner Gebäude, die sich, von Eichen und Haselsträuchern umgeben, in die weite Landschaft schmiegten. Alte Backsteinmauern, leuchtend weiße Sprossenfenster und grüngestrichene Blendläden. Auf den Wiesen davor die Kühe, die sich schlenkernd am Elektrozaun entlangbewegten. Ein Ort, an dem die Welt scheinbar noch in Ordnung war.

Das Bild versetzte ihr einen Stich. Was sie jetzt überhaupt nicht brauchte, waren trügerische Erinnerungen an eine idyllische Vergangenheit, die es wahrscheinlich nie gegeben hatte. Für solche Sentimentalitäten war sie zu dünnhäutig. Kein Wunder nach den vielen Streitereien der letzten Wochen. Nach all den Nächten, in denen sie keinen Schlaf gefunden hatte. In denen sie in dem dunklen Loch zu versinken drohte, das Joost hinterlassen hatte. Wie hatte er alles einfach wegwerfen können? Ihre Ehe, ihre Liebe, seine Familie? War das alles so wenig wert? War *sie* so wenig wert? Marion wäre bereit gewesen, für ihr gemeinsames Leben zu kämpfen. Doch Joost war längst in seinem neuen Leben angekommen.

Nun wurden auch noch die trügerischen Bilder ihrer Kindheit wach. Egal, wie sehr sie gerade einen Ort zum Zurückziehen brauchte. Sie konnte es sich nicht leisten, rührselig zu werden. Sie musste stark sein. Den Kopf um jeden Preis oben behalten. Für Finn.

»Muss ich wirklich dahin, Mama?«, kam es von der Rückbank.

»Bitte, Finn. Wir haben doch darüber gesprochen.«

»Aber ich will nicht zu Opa.«

»Es ist nur heute. Ich habe einen Kundentermin in der Bank, der kam ganz plötzlich rein. Ich wollte das auch nicht, aber jetzt geht es nicht anders.«

Im Rückspiegel sah sie ihren kleinen Sohn, zusammengesackt in seinem Kindersitz. Er ließ den Kopf hängen und wirkte unglücklich. Es brach ihr das Herz.

»Wir sehen heute einfach, ob es dir bei Opa gefällt, ja? Wenn nicht, dann musst du nie wieder dahin. Dann denken wir uns beim nächsten Mal was anderes aus. Ist das in Ordnung?«

Obwohl sie das keinesfalls gewollt hatte, schlich sich Verzweiflung in ihre Stimme. Finn fiel in Schweigen, er merkte, dass sie sich ihrer Sache nicht sicher war. Ihr schlechtes Gewissen drohte überhandzunehmen. Egal wie schwierig die Organisation ihres Alltags geworden war, seit sie ihre Arbeitsstunden in der Bank hatte erhöhen müssen, sie wollte Finn auf keinen Fall emotional erpressen.

»Da gibt es Kühe, Finn. Und bestimmt auch Katzen. Früher gab es immer Katzen auf dem Hof. Du magst doch Katzen?«

»Ja, schon«, kam es lustlos von der Rückbank.

Es war ganz natürlich, dass Finn nicht zu seinem Opa wollte. Die beiden kannten sich kaum. Mit seinen acht Jahren war Finn drei- oder höchstens viermal auf dem Bauernhof gewesen. Sein letzter Besuch lag einige Jahre zurück. Wenn überhaupt, dann sah Willem sein Enkelkind, wenn er bei ihr und Joost in der Stadt zu Besuch war.

»Wieso kann ich denn nicht zu Papa?«

»Das habe ich dir doch erklärt. So was müssen wir planen. So kurzfristig geht das nicht.«

Das stimmte zwar nicht ganz. Doch was sollte sie sonst sagen? Dass Joost ihr Finn wegnehmen wollte und nur darauf wartete, dass sie die Betreuung des Kindes nicht allein organisieren konnte? Dass er jede Schwäche, die sie zeigte, für sich ausbeuten würde? Dann war es schon besser, Finn mit einer Notlüge zu vertrösten.

Sie verstand doch auch nicht, was in ihren Mann gefahren war. Oder sollte sie ihn besser schon Exmann nennen? Es war ja nicht so, dass Joost sich früher besonders viel um seinen Sohn gekümmert hatte. Finns Erziehung war an ihr hängengeblieben. Obwohl Joost selbständig war und als Grafiker von zu Hause aus arbeitete, war immer sie für Finn zuständig gewesen. Seine Arbeit war vorgegangen, egal, welche Probleme Finn gerade hatte. Das Arbeitszimmer seines Vaters war stets tabu für ihn gewesen.

Und jetzt hatte Joost verkündet, er wolle das Wechselmodell. Finn solle abwechselnd eine Woche bei ihm und eine Woche bei ihr leben. Ganz plötzlich. Das hatte er mit einer Kälte und einer unterschwelligen Aggressivität verkündet, die ihr sofort klarmachten, dass er nicht zögern würde, ihr mit aller Gewalt entgegenzutreten, wollte sie sich ihm in den Weg stellen.

Sie war immer noch wie unter Schock. Erst hatte ihr Mann sie betrogen, dann abserviert, und nun wollte er ihr den Jungen wegnehmen. Sie musste kämpfen, so viel hatte sie verstanden. Doch sie wusste nicht, woher sie die Kraft dafür nehmen sollte.

»Wenn wir mehr Vorlauf haben, dann können wir Papa fragen, ob er Zeit hat. Aber heute ging das leider nicht.«

Finn antwortete nicht. Im Rückspiegel sah sie, wie er schweigend aus dem Fenster starrte.

»Ich beeile mich in der Bank, mein Schatz. Ich bin ganz schnell wieder hier und hole dich ab, versprochen.«

Sie fuhr auf den Hof. Ihr Vater hörte sie nicht kommen, das lag an ihrem Elektromotor. Sie war so stolz gewesen auf ihren e-Golf. Selbst in der Bank, die Kunden immerhin mit nachhaltigen und ökologischen Investitionen lockte, gab es noch einzelne Benziner im Fuhrpark. Glücklich, wie sie war, wollte sie Joost den Neuwagen präsentieren. Dabei hatte sie ihn mit der anderen Frau überrascht.

Sie hupte, um auf sich aufmerksam zu machen, und kurz darauf trat Willem mit dem Besen in der Hand hinter dem Kuhstall hervor, um zu sehen, wer da aufgetaucht war. Völlig verdattert und mit offenem Mund sah er ihr entgegen. Als wäre sie in einer dunklen Staatslimousine samt Polizeikorso herangerauscht. Sofort spürte sie ein schlechtes Gewissen. Sie hätte ihn vorwarnen sollen. Aber war es denn tatsächlich so eine große Sache, einmal ohne Ankündigung bei ihm aufzutauchen? Natürlich hätte sie ihn häufiger besuchen können in der Vergangenheit. Doch so selten war sie nun auch wieder nicht auf dem Hof, fand sie.

Sie stellte den Motor ab, holte tief Luft und stieß die Tür auf. »Warte kurz hier, Schatz. Ich will schnell mit Opa reden«, sagte sie und trat ihrem Vater entgegen.

Willem war schmal geworden. Seine Bewegungen wirkten linkisch. Die Haare wurden dünner und immer weißer. Wieder einmal fragte sie sich, wie lange er den Hof noch bewirtschaften wollte? Die körperliche Arbeit musste ihn doch längst überfordern. Wie würde es weitergehen, wenn er älter wurde? Wer kümmerte sich dann um alles? Irgendwann würden sie sich diesem Thema stellen müssen.

»Hallo Willem.« Vater oder Papa, das kam ihr schon lange nicht mehr über die Lippen. »Ein Glück, dass du zu Hause bist. Ich hab angerufen, aber im Haus geht keiner ans Telefon. Ich hab gehofft, dass du irgendwo auf dem Hof bist.«

»Natürlich bin ich auf dem Hof. Wo soll ich sonst sein?« Er fixierte sie. »Du ... du siehst überhaupt nicht gut aus.«

So war Willem. Was für eine Begrüßung.

»Danke. Wie nett von dir.«

»Nein, ich meine nur...«

»Schon gut. Sag mal, hast du heute noch was vor?«

»Heute? Also ... ich will den Stall ausmisten. Und das Scheunentor reparieren. Wieso fragst du?«

»Dann bleibst du also den ganzen Tag auf dem Hof? Gut. Pass auf, Willem. Wir haben ja schon darüber gesprochen. Über Finn. Dass in der nächsten Zeit bei mir ein paar Betreuungslücken auftreten könnten.«

Er sah sie an, als würde ihm das Thema nicht gefallen. Dabei hatten sie alles längst geklärt. Es war ja nicht so, dass Marion selbst ein besonders gutes Gefühl dabei hatte, ihren Sohn hier abzuladen. Doch es ging nun einmal nicht anders. Jedenfalls fürs Erste. So lange, bis ein Hortplatz gefunden wäre. In der Regel bekam sie auch alles unter einen Hut, den Jungen, den Haushalt, den Job, selbst mit den zusätzlichen Stunden in der Bank. Nur an Tagen wie heute, wenn so ein blöder Kundentermin dazwischenkam, dann musste sie sich eben was einfallen lassen.

»Jedenfalls habe ich jetzt gerade so eine Betreuungslücke. Ein Kundentermin, den ich nicht absagen kann.«

»Meinst du etwa heute? Das kommt aber kurzfristig. Was ist denn mit Joost? Kann der sich nicht kümmern?«

Sie versuchte, sich zusammenzureißen.

»Nein. Kann er nicht.«

Bitte, Willem, dachte sie. Mach doch einfach mal mit. Mir zuliebe. Hilf mir dieses eine Mal.

»Wo ist Joost eigentlich? Was macht er überhaupt so?«

»Was *Joost* macht? Das ist es, was dich interessiert?«

»So war das doch nicht gemeint. Ich wollte nur...«

Marion versuchte, sich ihre Enttäuschung nicht anmerken zu lassen. Was hatte sie denn auch gedacht? Dass ihr Vater sensibel wäre und verstünde, wie es ihr gerade ging? Sie womöglich moralisch unterstützte? Sie kannte ihn doch gut genug, um zu wissen, dass sie darauf vergebens warten würde. Sie massierte sich die Nasenwurzel, sorgfältig darauf bedacht, das Make-up nicht zu ruinieren.

»Hör zu, Willem. Eigentlich hatte ich heute frei. Dummerweise haben sich die Pläne geändert, und ich muss in die Bank. Es geht nicht anders.«

Willem schien die Sache unangenehm zu sein, er sah aus, als überlegte er fieberhaft, wie er aus dieser Situation rauskäme. War es denn wirklich so schwer, ihr einmal unter die Arme zu greifen?

»Finn kann nicht zu Joost. Der wartet nur darauf, dass ich eine Schwäche zeige. Wenn ich das mit der Betreuung nicht hinkriege, wird das ein Fest für ihn.«

»Ich weiß nicht, Marion. Da übertreibst du sicher. Er ist schließlich der Vater.«

Der Wutausbruch kam selbst für sie überraschend.

»Meinst du, ich will Finn aus Spaß hierlassen?«, fuhr sie ihn an. »Ausgerechnet hier?«

Er sagte nichts, schaute über die Kuhwiesen. Es tat ihr sofort leid. Sie musste sich zusammenreißen. Ihr Stress durfte nicht auf so eine Weise nach außen dringen.

»Entschuldigung«, schob sie kleinlaut hinterher. »Es war nicht so gemeint.«

Willem stieß ein Brummen aus. Zog sich die Mütze zurecht, blickte zu Boden.

»Weißt du, Willem, Joost hat sich nie um Finn gekümmert. Immer ist alles an mir hängengeblieben. Ich hab in der Umweltbank nur halbtags gearbeitet, damit er seine Karriere voranbringen konnte. Joost hockt Tag und Nacht vor seinem Computer. Dabei darf ihn keiner stören. Er weiß doch gar nichts über Finn. Und jetzt will er plötzlich, dass Finn bei ihm lebt. Verstehst du? Er will Finn für sich haben.«

Sie wartete auf eine Reaktion. Doch Willem schien überfordert. Als könne er keine Stellung beziehen, ohne beide Seiten gehört zu haben. Natürlich ergriff er keine Partei für sie. Warum erzählte sie ihm das Ganze überhaupt. Sie warf einen Blick auf die Uhr. Sie war spät dran. Innerlich straffte sie sich.

»Finn bleibt hier. Du hast mir versprochen, dass er das darf. Ich hole ihn heute Abend wieder ab.«

»Heißt das etwa, er ist...?«

Willem sah überrascht zum Golf. Erst jetzt bemerkte er, dass der Junge auf der Rückbank saß und ängstlich zu ihm herübersah. Er war zu weit entfernt, um verstehen zu können, was die Erwachsenen sprachen. Doch ihre Körpersprache war sicher deutlich genug.

»Finn!«, rief Marion. »Komm doch her zu uns.«

Er rührte sich nicht. Sie ging zum Auto. Der Junge hatte genauso wenig Lust auf dieses Beisammensein wie sein Großvater. Sie konnte ihn gut verstehen.

»Pass auf, Finn. Wenn wir wieder zu Hause sind, dann mache ich dir zum Abendessen Fischstäbchen mit Pommes. Was hältst du davon?«

Finn liebte Fischstäbchen, doch die gab es extrem selten bei ihnen. Die ökologisch produzierten mochte Finn nämlich nicht, und die üblichen kamen Marion nicht ins Haus. Ausgerechnet Fischstäbchen. Selbst die ökologischen waren alles andere als vorbildlich, was Nachhaltigkeit anging. Aber man brauchte einem Kind natürlich nichts von industriellem Fischfang mit Grundschleppnetzen und Überfischung der Weltmeere zu erzählen. Und genauso wenig ließ sich ein Kind einen Karpfen als befriedigenden Ersatz auf den Tisch stellen. Trotzdem konnte sie sich sonst nicht überwinden, so etwas einzukaufen. Fischstäbchen waren wirklich ein rotes Tuch für sie.

»Ich besorge sie auf dem Rückweg. *Deine* Fischstäbchen, nicht meine, ausnahmsweise mal. Wie wäre das?«

Die Aussicht auf ökologisch zweifelhafte Fischstäbchen brachte ihn immerhin dazu, aus dem Auto zu klettern. Es war nicht leicht für ihn, das wusste sie. Sie nahm ihn in den Arm und gab ihm einen Kuss.

Es geht alles vorüber, hätte sie am liebsten gesagt. Wir werden unser neues Leben schon in den Griff bekommen. Mit der Zeit wird es einfacher werden. Dann stieg sie ins Auto und fuhr los, ohne sich noch einmal umzublicken. Sie hätte es nicht ertragen, ihn noch länger mit hängenden Schultern auf dem Hof stehen zu sehen.

Als sie wieder auf der schmalen Landstraße war, die schnurgerade an einem Abwassergraben vorbeiführte, war ihr zum Weinen zumute. Alles fiel auseinander. Hatte sie nicht längst die Kontrolle verloren? Finn, der sowieso schon unter allem litt, wurde jetzt bei seinem Großvater abgeliefert, als wäre er ein lästiges Haustier, das keiner haben wollte. Wie hatte es nur so weit kommen können?

Würde nur ihre Mutter noch leben. Anna Grote hätte mit ihrer unerschütterlichen Liebe alles irgendwie eingerenkt. Sie hätte gewusst, was zu tun wäre, wie Marion alles in Ordnung bringen könnte. Ihre Mutter hatte immer einen Weg gesehen, egal, wie verfahren die Sache sein mochte.

Doch sie war tot. Sie konnte schon lange nicht mehr helfen. Da war nur noch Willem, und für den gab es nur seine Tiere. Wie hatte es überhaupt möglich sein können, dass zwei Menschen, die so unterschiedlich waren, glücklich miteinander verheiratet waren? Aber irgendwie waren sie das gewesen, ihre Eltern. Jedenfalls glücklicher als sie und Joost, wie Marion hatte feststellen müssen.

Das Handy klingelte. Ohne den Blick von der Straße zu nehmen, zog sie es hervor. Es war Sandra, mit der sie sich das Büro teilte.

»Wo bleibst du, Marion?«

»Ich bin gleich da, in zehn Minuten. Ist der Kunde schon da?«

»Nein, das nicht...« Es hing ein deutliches Aber in der Luft. »Egal, wir sehen uns ja gleich.«

»Ist irgendwas passiert?«

»Nein. Ich... ach was. Nein.«

»Jetzt sag schon, Sandra!«

»Ich habe gerade Joost gesehen. In der Mittagspause.«

»Ja, und weiter? Ist das wichtig?«

»Er hat mich nicht gesehen. Er kam bei Bertram & Partner aus der Tür, du weißt schon.«

Die große Kanzlei in der Innenstadt. Scheidungsanwälte. Marion hatte das Gefühl, einen Schlag in den Magen zu bekommen. War Joost bereits gegen sie in den Krieg gezogen? Ohne ihr etwas davon zu sagen? War er längst dabei, sich für den Kampf mit harten Bandagen zu wappnen?

»Ich hab gleich bei Mandy angerufen, du kennst doch meine Nichte, die in der Kanzlei arbeitet. Die hat natürlich Schweigepflicht und so weiter, aber sie meinte, Joost wäre da gewesen, um über eure Scheidung zu sprechen und über Finn.«

Also machte er Ernst. Marion fühlte sich hilflos. Leer und erschöpft. So eine Frau hatte sie nie sein wollen, eine, die nach einer Trennung gleich zum Anwalt läuft. Es fühlte sich alles so unwirklich an. Aber wenn sie an Joosts Sturheit dachte, an seine manipulative Art und an seinen festen Willen, den er ihr immer aufzudrücken versuchte, dann passte es irgendwie ins Bild. Er hatte einfach beschlossen, seine Interessen durchzusetzen, koste es, was es wolle.

»Du musst dir auch eine Anwältin nehmen, Marion. So schnell wie möglich. Ich habe dir doch gesagt, ich kenne da eine…«

»Ich weiß nicht, Sandra. Geht das nicht auch ohne?«

»Marion. Du musst kämpfen. Sonst nimmt der Typ dir alles weg.«

Kämpfen. Gegen Joost. Hatte sie überhaupt die Kraft dafür? Er war immer stärker gewesen als sie.

»Triff dich einfach mal mit ihr, Marion. Nur um zu sehen, wo du stehst. Mehr nicht. Und wenn Joost Ernst macht, lass sie deinen Fall übernehmen. Ich schwöre dir: Falls es je vor Gericht geht, sage ich für dich aus. Fest versprochen.«

Das entlockte Marion ein schwaches Lächeln.

»Das ist nett von dir.«

»Dann triffst du dich mit ihr? Es ist ja nur für alle Fälle, Marion.« Da sie nicht antwortete, drängte Sandra: »Er soll Finn doch nicht bekommen, oder? Wenn du dich nicht wehrst, wird er dir alles wegnehmen, was er haben will.«

Ein Knacken in der Leitung, ein Murmeln im Hintergrund, dann war Sandra wieder am Apparat. »Ich muss Schluss machen. Dein Kunde ist gerade gekommen. Beeil dich.«

Sie beendeten das Gespräch. Marion wäre in wenigen Minuten in der Bank.

Eine Anwältin. Allein das Wort machte ihr Angst. Wieder wünschte sie sich, ihre Mutter würde noch leben. Um ihr Schutz und Rat zu geben. Doch wie es aussah, musste diese Rolle nun eine Anwältin übernehmen.

•••••

Finn schaute dem Wagen seiner Mutter hinterher, bis er nicht mehr zu sehen war, dann schob er unsicher die Hände in die Hosentaschen und richtete den Blick auf den Boden.

Willem stieß die Luft aus. Das war ja kaum mitanzusehen. Ihm gefiel das alles zwar überhaupt nicht, trotzdem gab er sich einen Ruck.

»Na, komm schon«, sagte er. »Komm mit. Ich fress dich nicht.«

Dann nahm er den Besen wieder auf und ging zurück Richtung Kuhstall. Der Junge blieb erst unschlüssig stehen, trabte dann jedoch mit eingezogenen Schultern hinter ihm her. Als sie an die angrenzende Weide traten, auf der die Kühe grasten, veränderte sich die Haltung des Jungen. Mit offenem Mund starrte er die Tiere an. Willem wunderte sich kurz, doch dann begriff er, dass Finn den Tieren noch nie so nah gekommen war. Er war ein seltener Gast hier auf dem Hof, und im Stall oder auf der Weide war er mit seiner Mutter noch nie gewesen.

»Du weißt aber doch, dass Kühe nicht lila sind, oder?«

»Na klar. Ich bin ja nicht blöd.«

Wenigstens das. Der Junge konnte reden. Und frech war er auch. Das fing ja gut an.

»Kannst du dich erinnern, dass du schon mal hier warst, Finn?«

»Klar weiß ich das noch. Da war ich noch im Kindergarten. Aber ich durfte nicht zu den Kühen. Mama hat das verboten. Damit ich mich nicht schmutzig mache.«

»Ach so? Tja, so muss es wohl gewesen sein.«

Typisch Marion. Hatte Angst davor, dass ein Kind sich auf einem Bauernhof schmutzig machte. Noch dazu auf dem ihres Vaters, auf dem sie selbst aufgewachsen war. Dabei hatte sie es als Kind geliebt, in den Ställen herumzutoben. Er fragte sich oft, ob Marion vielleicht irgendwann mal beschlossen hatte, auch alles Gute aus ihrer

Kindheit zu vergessen. Einen Schlussstrich zu ziehen, und fertig.

Willem nahm den Besen und fuhr mit seiner Arbeit fort. Zuerst wollte er die Scheune fegen. Danach wäre Zeit zum Ausmisten, dann der Nachmittagstee. Alles schön der Reihe nach. Er wollte trotz des Jungen an seiner Routine festhalten. Finn trat scheu an den Wiesenzaun. Die Kühe versammelten sich auf der anderen Seite und glotzten zu ihm herüber. Er begaffte sie staunend. Zuerst mit Sicherheitsabstand, dann wagte er sich näher an den Zaun heran und spähte hinüber. Das Ganze mit einer Vorsicht, als wäre er auf Großwildsafari in Afrika.

»Die sind ja riesengroß«, sagte Finn.

»Was dachtest du denn?«

»Ich weiß nicht. Irgendwie dachte ich, die sind viel kleiner. Aber das sind ja echte Monster. Mit riesigen Monsterköpfen. Und Monsteraugen. Und Monsterzähnen. Und – guck doch mal – was für eine Monsterzunge!«

Willem schüttelte den Kopf. Wahrlich, sein Enkel hatte mit der Landwirtschaft nicht viel am Hut. Er bliebe tatsächlich der letzte Bauer der Familie.

»Beißen die?«, fragte Finn voller Ehrfurcht.

»Wenn du nicht aufpasst, fressen sie dich sogar auf. Mit Haut und Haaren.«

Der Junge machte ein skeptisches Gesicht.

»Kühe fressen keine Kinder. So viel weiß ich auch.«

Widerworte zu geben war offenbar nichts Ungewöhnliches für ihn. Der Junge hatte nicht lange gebraucht, sich auf dem Hof zu akklimatisieren.

Finn beschäftigte sich weiter mit den Kühen. Er entdeckte, dass die Tiere ihm folgten, wenn er am Zaun auf und ab ging. Langsam wurde er mutiger. Er machte Spielchen mit den glotzenden Kühen, lief immer schneller am Zaun entlang, um die Tiere zu verwirren. Dann machte er ruckartige Bewegungen und ergötzte sich daran, wenn ein paar Tiere in den Fluchtmodus wechselten, verschreckt zurücksprangen und dann doch wieder neugierig zurückkehrten. Schließlich lehnte er sich über den Zaun, um einer Kuh auf den Hintern zu schlagen.

»Finn!«, rief Willem. »Lass das. Du bringst zu viel Unruhe in die Herde.«

Er zog die Hand zwar zurück, Willem sah ihm jedoch förmlich an, wie er darüber nachdachte, was er stattdessen für Faxen machen konnte.

»Komm da weg. Lass die Kühe in Ruhe.«

Widerwillig riss er sich los und kehrte zu Willem zurück.

»Und was machen wir jetzt?«, fragte er.

»Was wir machen, weiß ich nicht. Ich kann dir sagen, was ich jetzt mache. Den Stall ausmisten. Mit dem Frontlader.«

Seine Augen wurden groß. »Du mistest den Stall mit dem Trecker aus? Wirklich?«

Verwundert nahm Willem zur Kenntnis, dass der Junge wusste, was ein Frontlader ist. Er fragte sich, wie es zusammenpasste, dass Finn von Kühen überhaupt keine Ahnung hatte und trotzdem wusste, dass die hydraulische Ladevorrichtung bei einem Traktor Frontlader genannt wurde. Marion hatte ihm das ganz sicher nicht beigebracht.

»Darf ich mit auf den Trecker? Bitte! Ich möchte so gern Trecker fahren.«

»Nein, das geht nicht. Ich hab keine Zeit für so was.«

»Ich bin noch nie mit einem Trecker gefahren. Bitte.«

»Der Trecker ist für dich tabu, verstanden? Da fällst du nur runter. Ich will keinen Ärger mit deiner Mutter haben.«

»Was hast du denn für einen? Der hat doch sicher einen Kindersitz, oder?«

Willem verschränkte die Arme. Am besten stellte er gleich zu Anfang ein paar Dinge klar.

»Du kannst gern hier auf dem Hof sein, wenn sich sonst keiner um dich kümmern kann, Finn. Aber ich habe hier zu tun, verstehst du? Ich muss arbeiten. Das heißt, du suchst dir eine ruhige Ecke, wo du spielen kannst und nichts kaputtmachst.«

»Ich mach nichts kaputt, versprochen. Ich möchte nur...«

»Musst du eigentlich keine Hausaufgaben machen?«

»Die sind schon fertig.«

»Siehst du da vorn die Heuballen? Neben dem Scheunentor. Da setzt du dich hin. Und da bleibst du. Das sind die Regeln hier: Du darfst mir nicht im Weg rumstehen und musst mich in Ruhe arbeiten lassen. Vor allem hältst du dich vom Trecker fern. Haben wir uns verstanden?«

Finn nickte. Mit hängenden Schultern trottete er davon. Er gehorchte. Immerhin. Willem holte den Traktor, steuerte ihn über den Hof. Finn sah ihm sehnsüchtig dabei zu. Es war wirklich ein trostloser Anblick. Willem spürte sein schlechtes Gewissen. Im Grunde wäre ja nichts dabei, den Jungen auf dem Trecker mitfahren zu lassen. Er konnte selbst nicht so richtig erklären, warum er das nicht wollte.

Vielleicht lag es daran, dass der Kindersitz Marions angestammter Platz war. Früher, in den Zeiten, in denen sie noch sein kleines Nesthäkchen gewesen war. Da hatte sie ihn überallhin begleitet, aufs Feld, zum Heuholen, in den Landhandel. Sie hatten auf dem Trecker gemeinsam geschwiegen, oder Marion hatte alles, was passierte und was um sie herum zu sehen war, kommentiert. Der Kindersitz war ihr Stammplatz gewesen, auf dem sie ihm wie selbstverständlich Gesellschaft geleistet hatte, tagein, tagaus, sommers wie winters. Wie sehr er diese Stunden mit seiner Tochter auf dem Trecker genossen hatte, war ihm erst bewusst geworden, als er sein kleines Mädchen längst an die Welt verloren hatte und ganz allein auf seinem Hof zurückgeblieben war.

Letztlich spielte das alles aber keine Rolle. Dies war sein Hof, und er stellte die Regeln auf. Punktum. Der Junge würde bald wieder fort sein. Sobald Marion einen Hortplatz für ihn hatte. Bis dahin würden sich alle Beteiligten irgendwie mit der Situation arrangieren müssen. Finn musste sich an die Regeln halten: keine Kinder auf dem Traktor.

Von seinem Heuballen aus warf der Junge ihm nun einen wahren Hundeblick zu. Doch Willem setzte als Reaktion nur ein steinernes Gesicht auf. Er würde sich nicht von einem Achtjährigen manipulieren lassen, der traurig aus der Wäsche schaute. Sollte Finn sich ruhig schon daran gewöhnen. Er, Willem Grote, würde sich nicht von großen Kinderaugen weichkochen lassen. Nie im Leben.

KAPITEL DREI

Willem betrachtete prüfend den Himmel. Er hatte offensichtlich Glück, was das Wetter betraf, denn wie es schien, würde er seine Reise in Begleitung eines stabilen Hochdruckgebiets antreten.

Der Lanz stand stolz und würdevoll im Sonnenlicht. Das rot-goldene Emblem auf der Kühlerhaube funkelte, der taubenblaue Lack war matt und makellos, über allem thronte das tiefschwarze bauchige Auspuffrohr. Dieser Trecker war ein echtes Schmuckstück. Kaum zu glauben, dass er vor einem Jahr kaum mehr als ein großer Rosthaufen im Schuppen gewesen war.

»Glaubst du, er wird es schaffen?«, hatte Alfred Janssen gefragt, als er den fertig aufgearbeiteten Traktor von allen Seiten begutachtet hatte. »Schließlich sind es tausendzweihundert Kilometer. Sechshundert hin und sechshundert zurück. Eine ganz schöne Strecke.«

»Fünfhundertdreiundsiebzig pro Strecke«, hatte Willem korrigiert. »Hab ich genau ausgerechnet.«

»Du weißt, was ich meine. Ist keine leichte Aufgabe für ein so altes Schätzchen.«

Sie würden sehen. Der Motor war überholt, alles auf Vordermann gebracht. Letztlich war der Lanz wohl wie eine alte Dame – wenn Willem sie gut behandelte, würde sie ihm schon eine treue Begleiterin sein. Und ihn ans Ziel bringen. Er hatte ohnehin keine Wahl. Dies war seine einzige Chance. Bis zum nächsten Sommer konnte er nicht warten.

An der Rückseite hatte Willem einen Holzkasten montiert. Er nahm seinen braunen Lederkoffer und stellte ihn zu den anderen Dingen in den Kasten: ein Rucksack mit Lebensmitteln, ein Schlafsack, falls er unterwegs kein Gasthaus fand, eine große Plane, wenn es mal einen Regenschauer gab, daneben das Werkzeug für den Lanz, eine Ölkanne, alte Lappen und ein Dieselkanister.

Nachdem die Kiste verschlossen war, kletterte er auf den Bock und ließ den Motor an. Lautes Knattern erfüllte den Hof. Ein Schwall dunkler Rauch wurde durch das Auspuffrohr geblasen. Willem warf einen letzten Blick über Haus und Ställe. Es war so weit. Seine Reise begann.

Zum ersten Mal in seinem Leben verließ er für mehr als drei oder vier Tage sein Zuhause. Es roch nach Sommer und nach Dieselöl, ein warmer Wind wehte ihm um die Nase, und auf einmal erfasste ihn ein unvermutetes Gefühl von Freiheit. Es fühlte sich gut an.

Unterhalb des Lenkrads hatte er seine Karte festgeklemmt. Die Strecke war sorgfältig eingezeichnet. Er würde hauptsächlich kleine Nebenstraßen befahren, damit seine alte Dame den Verkehr nicht allzu sehr behinderte. Es ging einmal quer durch Deutschland.

Ein paar Kilometer von seinem Hof entfernt, noch immer auf vertrautem Terrain, passierte er den Friedhof seiner Kirchgemeinde. Ein von Buchenhecken und hohen

Eichen umgebenes Areal am Rande der Zweihundert-Seelen-Gemeinde.

Auf dem Friedhofsvorplatz gab es einen kleinen Brunnen, der unter einer prachtvollen Linde stand. Die Linde gab es schon seit ein paar Jahrhunderten an dieser Stelle. Unter ihrer beeindruckenden Baumkrone hatte sich schon einiges ereignet. Sie hatte viele kommen und gehen sehen und würde noch dort stehen, wenn Willem längst begraben war.

Trotz der Schönheit dieses Ortes war ihm unwohl. Er überlegte kurz, ob er einfach weiterfahren sollte. Aber das wäre ihm falsch vorgekommen. Nein, er musste anhalten. Auch wenn es jedes Mal ein schwerer Gang für ihn war. Wo er schon einmal hier war, wollte er sich von seiner Frau verabschieden. Er würde nach dem Rechten sehen und das Grab in Ordnung bringen. Danach würde er seine Reise fortsetzen.

Also parkte er den Bulldog im Schatten der Linde und kletterte vom Sitz. Er trat durch das Eingangsportal auf den einsamen Friedhof. Sonnenlicht fiel durch die Blätter der Eichen und warf Muster auf den Kiesweg. Es war so still und friedlich, dass Willem schon verstehen konnte, warum andere Angehörige hier Trost fanden und die Nähe zu ihren Lieben suchten.

Die Grabstelle seiner Familie befand sich abseits des Hauptwegs im Schatten einer dunklen Eibe. Er sah gleich, dass es gut war, hergekommen zu sein. Unkraut hatte sich zwischen den Bodendeckern breitgemacht. Löwenzahn blühte. Auf dem Grabstein klebte Vogeldreck. Willem kniete sich schwerfällig hin und machte geduldig alles sauber.

Dann stand er wieder auf, klopfte sich die Hose sauber und legte die Hände ineinander. Er hörte den eigenen Atem. Jetzt gab es nichts mehr zu tun. Beklommen ließ er den Blick auf dem Grabstein ruhen. *Anna Grote, geb. Boeckhoff, 14. 09. 1948–28. 07. 1999.*

Im Schatten der Eibe hielt sich die feuchte Morgenkühle. Es war klamm und roch nach faulem Moos. Jetzt spürte Willem die Einsamkeit, die er beim Aufbruch noch von sich hatte fernhalten können. Die Feuchtigkeit und der modrige Geruch waren ihm unangenehm. Er fühlte sich plötzlich mutterseelenallein, ohne einen Halt in der Welt. Er war hier nur von Kälte umgeben. Von Stille und Tod. Unwillkürlich schüttelte er sich.

»Sie bauen jetzt einen Kreisverkehr an der Stelle.«

Willem drehte sich ruckartig um. Bernhard Ostermeier stand hinter ihm. Mit zittrigen Beinen und auf einen Stock gestützt. Er war schon über neunzig. Ein lebendes Lexikon der Gegend, wenn er nicht gerade wirr redete. Was in den letzten Jahren immer häufiger geschah.

»Was meinst du?«, fragte Willem. »An welcher Stelle?«

»Da, wo sie verunglückt ist.« Er deutete mit dem Stock auf den Grabstein. »Anna. Da bauen sie jetzt. Wegen der vielen Unfälle. Aus der Kreuzung wird ein Kreisverkehr. Ich habe das in der Zeitung gelesen.«

Also war er gerade klar im Kopf.

»Na, dann ist es ja gut.«

Willem sah sich nach Bernhards Begleitung um. Er war sicher nicht von selbst zum Friedhof marschiert. Allerdings war keiner zu sehen.

»Bist du etwa allein hier?«

»Ach was. Das Deernken ist da.« Das Deernken war

Astrid, seine jüngste Tochter. »Sie lässt mich nicht mehr aus den Augen. Keine Sekunde. Als könnte ich abhauen und mit dem nächsten Schiff nach Amerika auswandern.«

Bernhard blickte zum Grabstein. »Was haben wir, Willem?« Er schien angestrengt nachzudenken. »Zweitausend...?«

»Sechzehn, Bernhard. Es ist zweitausendsechzehn.«

»So lange schon.«

»Ja. Siebzehn Jahre.«

»Es kommt mir vor wie gestern.«

»Mir auch.«

»Zum Glück hast du die Kinder. Die hängen so an dir. Das hat man nicht oft. Auf deine Kinder kannst du dich verlassen, Willem. Sieh zu, dass ihr zusammenhaltet.«

»Was?«, stieß er mit brennenden Augen hervor. Bernhard wusste doch, dass er kaum noch Kontakt mit seinen Kindern hatte.

»Gestern habe ich Marion gesehen«, fuhr der Alte unbeirrt fort. »So ein hübsches Mädchen. Sie ist schon fast erwachsen, nicht wahr?«

Jetzt verstand Willem. Es fiel Bernhard schwer, Vergangenheit und Gegenwart auseinanderzuhalten. Man merkte es nicht immer gleich, wenn ihm die Zeitebenen durcheinandergeraten waren.

»Sei froh, dass du sie hast«, sagte er. »Das ist nicht selbstverständlich, dass Kinder ihren Vater so lieben.«

Willem schwieg. Wäre er nur nicht auf den Friedhof gegangen. Er wollte das alles nicht hören. Wollte nicht an seine Vergangenheit erinnert werden.

»Zusammen werdet ihr das überstehen«, sagte Bernhard. »Du und deine Kinder.«

Er schloss die Augen. Die Kälte zog tiefer in seine Glieder.

»Dich trifft keine Schuld, Willem. Das weißt du doch?«

»Natürlich nicht. Warum sollte mich Schuld treffen?«

»Es war Schicksal. Dieser Bengel in dem anderen Auto, der ist zu schnell gefahren. Der hat Anna nicht gesehen. So sind die jungen Leute.«

Eine Stimme schallte über den Friedhof.

»Papa! Wo bist du denn?«

Im nächsten Moment tauchte Astrid auf. »Ach da. Hallo Willem.« Sie sah ihm gleich an, dass ihn etwas bewegte, und fragte beunruhigt: »Alles in Ordnung, Willem? Hat er etwa…?«

»Nein. Alles ist gut.«

»Ein Glück. Komm schon, Papa. Wir haben nicht ewig Zeit. Lassen wir Willem in Ruhe.«

»Dein Vater ist da«, sagte Bernhard.

Er deutete auf den Lanz Bulldog vorm Friedhoftor.

»Sein Traktor steht da vorn.«

Astrid achtete gar nicht darauf.

»Komm schon, Papa.« Sie zog ihn weg. »Wir müssen los. Tut mir leid, Willem. Schönen Tag noch.«

»Grüß deinen Vater von mir«, rief Bernhard, dann verschwanden sie hinter der Eibe.

»Das mach ich«, kam es Willem mühsam über die Lippen.

Er holte Luft. Das Grab war sauber. Der Löwenzahn entfernt. Es war Zeit, Abschied zu nehmen.

»Bis bald, Anna«, sagte er mit belegter Stimme.

Er räusperte sich, wandte sich ab und verließ mit schnellen Schritten den Friedhof.

Draußen auf dem Vorplatz empfing ihn die Sonne mit wärmenden Strahlen. Sie verscheuchte ein wenig die Kälte, die ihn am klammen Familiengrab erfasst hatte. Lichtflecken tanzten unter der Linde am Boden, Blütenstaub erfüllte die Luft. Er setzte sich an den Brunnen, aus dem frisches Wasser in eine Sandsteinschale plätscherte. Das Wasser war eiskalt und klar. Er wusch sich zuerst den Schmutz von den Händen, dann benetzte er seine Stirn.

Am liebsten wäre er wieder umgekehrt. Auch wenn ihn zu Hause nur die leeren Ställe erwarteten. Er fühlte sich alt und müde. Vielleicht war er gar nicht stark genug für diese Reise. Vielleicht war seine Krankheit schon zu weit fortgeschritten.

Helles Lachen war hinter ihm zu hören. Er drehte sich um. Zwei junge Frauen standen mit vollgepackten Fahrrädern vor seinem Lanz. Offenbar hatten sie den Traktor entdeckt, als sie auf der schmalen Straße vorbeigekommen waren, und waren von den Rädern abgestiegen, um ihn näher in Augenschein zu nehmen. Das historische Gefährt war natürlich ein ziemlicher Blickfang. So etwas bekam man nicht häufig zu sehen. Wie ein Fenster in die Vergangenheit. Ein hochpoliertes Museumsstück vielleicht, aber nichts, was man auf einem Parkplatz neben einem Friedhof am Ende der Welt erwartet.

Die beiden wirkten, als wären sie ebenfalls auf großer Fahrt, genau wie Willem. Sie trugen Funktionskleidung: Fahrradhosen, Halbarmshirts aus Polyester, wasserabweisende Windjacken, Radrennhandschuhe und Fahrradhelme. Ihre Räder waren beladen mit Gepäck. Willem glaubte ein Zelt zu erkennen. Schlafsäcke, Isomatten,

Campingutensilien. Und seitlich ausgebeulte Radtaschen, die nach einer Menge Gewicht aussahen.

Die jungen Frauen waren gutgelaunt. Obwohl die Räder aussahen, als hätten sie schon eine Menge hinter sich, strahlten die Mädchen nur so vor Frische und Reiselust. Eine trug eine Kurzhaarfrisur, die unter dem Fahrradhelm kaum zu erkennen war. Die andere hatte lange blonde und kaum zu bändigende Haare, die wild unter ihrem Helm hervorquollen, als würde der Helm jeden Moment von der Frisur gesprengt werden können. Irgendwie erinnerte ihn diese blonde junge Frau an Marion, als die gerade achtzehn geworden war. Damals hatte sie auch immer so fröhlich und unbekümmert gewirkt und dazu genauso eine blonde Löwenmähne besessen.

Die beiden bemerkten Willem erst, als er direkt hinter ihnen auftauchte und auf den Lanz zusteuerte.

»Ist das Ihrer?«, fragte die Blonde.

»Ja, das ist meiner. Ein Lanz Bulldog.«

»Wow. Der sieht wirklich toll aus. Wie aus einem alten Film. Oder aus dem Museum. Fährt der noch?«

Willem lachte. »Sonst wäre ich kaum hier, oder?«

»Stimmt«, lachte sie mit. »Wie schnell fährt der denn?«

»Ihre Fahrräder sind vermutlich manchmal schneller. Er fährt im Schnitt fünfundzwanzig Stundenkilometer. Und das auch nur, weil wir ihn beim Restaurieren ein bisschen getunt haben.«

»Er ist wunderschön«, sagte die Blonde verträumt.

»Ja, das finde ich auch.« Willem räusperte sich schwer, weil dieses Bekenntnis ihm für seine Verhältnisse allzu gefühlsduselig vorkam. »Wohin sind Sie unterwegs? Sie machen eine Radtour?«

»Richtig. Wir kommen aus Bochum«, sagte die mit der Kurzhaarfrisur. »Wir machen eine Tour durch ganz Norddeutschland. Heute wollen wir nur noch bis zum Campingplatz in Neuharlingersiel. Vielleicht in der Nordsee schwimmen, wenn das nicht zu kalt ist. Morgen geht's weiter Richtung Bremerhaven. Mal sehen, wie weit wir kommen.«

Die Blonde konnte den Blick nicht vom Lanz nehmen. Sie schien ganz vernarrt zu sein in seinen blauen Traktor.

»Wo kann man so was kaufen?«, fragte sie. »Ist bestimmt unbezahlbar, so ein Trecker, oder?«

»Den habe ich nicht gekauft. Der hat meinem Vater gehört. War der erste Trecker auf unserem Hof. Neunzehnhundertsiebenundfünfzig. Davor hatten wir nur einen Ackergaul für die schweren Arbeiten.«

»Wahnsinn. Den haben Sie gut in Schuss gehalten.«

»Ich habe ihn frisch restauriert. War eine Menge Arbeit. Aber es hat sich gelohnt.«

»Auf jeden Fall. Wie heißt der denn?«

Willem verstand nicht. »Wie er heißt?«

»Na, er muss doch einen Namen haben. Oder nicht? Das ist doch wie eine Persönlichkeit.«

Willem lächelte. Die junge Frau erinnerte ihn tatsächlich an Marion, als sie eine junge Frau gewesen war. Die hätte auch auf so eine Idee kommen können.

Etwas zögerlich gestand er: »Ich nenne ihn immer *meine alte Dame.*«

Laut ausgesprochen kam ihm das lächerlich vor. Doch sie legte ehrfürchtig die Hand auf die Motorhaube.

»Eine sehr edle alte Dame ist das, wohl wahr. Aber sie braucht noch einen richtigen Namen, tut mir leid.«

Das war offenbar ihr Ernst. Willem amüsierte sich über die Frau. Doch gleichzeitig gefiel ihm auch die Vorstellung, dem Lanz einen Namen zu geben. Schließlich spielte der Traktor eine wichtige Rolle bei allem, was er noch vorhatte. Warum ihm also keinen Namen geben?

»Fahren Sie zu einem Oldtimer-Treffen oder so was?«, fragte die andere. »So ein altes Fahrzeug habe ich sonst noch nie auf der Straße gesehen.«

»Ja, so ungefähr. Allerdings nicht hier, sondern unten in Süddeutschland. Ein paar Tage werde ich dafür schon unterwegs sein. Sie wissen ja, mit der Geschwindigkeit, die er fährt...«

»Nach Süddeutschland? Den ganzen Weg mit dem Trecker?«

Davon waren die beiden jungen Frauen ziemlich beeindruckt. Jetzt wirkte der Lanz noch phantastischer auf sie. Und Willem, der in seinem Alter so eine Tour unternahm, ganz allein auf dem Bock eines historischen Traktors, fanden sie ebenfalls bewundernswert. Sie wollten alles über seine Reise wissen und fragten ihm Löcher in den Bauch.

Etwas Merkwürdiges passierte. Willem fühlte sich nun auf sonderbare Weise als Teil einer Gemeinschaft. Sie alle drei waren Reisende, die sich hier am Brunnen trafen. Da war ein Gefühl der Verbundenheit, sich über vergangene und bevorstehende Ziele auszutauschen. Es war, als hätten sich drei Handwerker auf der Walz getroffen. Ein schönes Gefühl. Es verscheuchte die letzte Kälte aus seinem Herzen.

Er erzählte in groben Zügen, was er geplant hatte. Die beiden waren also die Ersten, die von seinen Reiseplänen erfuhren – ließ er mal Alfred Janssen außer Acht. Sonst war keiner eingeweiht. Sie hörten aufmerksam zu und nahmen alles mit einer Begeisterung und einer Selbstverständlichkeit auf, als wäre es das Normalste auf der Welt, was Willem sich vorgenommen hatte. Das entlockte ihm ein Lächeln. Beinahe alle Menschen, die er kannte, einschließlich seiner Tochter Marion, würden ihn für völlig wahnsinnig halten. Doch diese beiden Fremden zeigten uneingeschränkte Begeisterung.

Was ansteckend auf Willem wirkte. Er fühlte sich leicht und beschwingt wie lange nicht mehr. Bevor sich die beiden wieder auf den Weg machten, zog die Blonde ihr Handy hervor und machte Selfies von sich und Willem vor dem Lanz.

Schließlich schwangen sich die beiden aufs Fahrrad.

»Denken Sie daran, der alten Dame einen Namen zu geben«, sagte die Blonde. »Nicht vergessen.«

Willem zögerte. »Wie heißen Sie?«

»Gesine.« Mit strahlendem Lächeln fügte sie hinzu: »Eigentlich Gesine Greetje. Den zweiten Namen habe ich von meiner Oma.«

»Greetje. Ein ostfriesischer Name.«

»Ja. Meine Oma kommt aus Emden. Sie ist in den Sechzigern nach Bochum gegangen und hat meinen Opa geheiratet.«

Greetje. Der Name gefiel ihm.

»Dann werde ich die alte Dame *Greetje* nennen.«

»Ist das Ihr Ernst?« Sie lachte hell. »Das wäre großartig! Vielen Dank, ich fühle mich geehrt.«

»Kommen Sie gut ans Ziel«, sagte die andere und winkte.

Die beiden traten in die Pedalen und fuhren los.

»Viel Glück auf Ihrer Reise«, rief die Blonde ihm zu und winkte. »Gute Fahrt!«

Nachdem sie fort waren, stieg Willem auf seinen Lanz und startete den Motor. Er hatte die Bitterkeit und Müdigkeit beinahe vergessen, die ihn nach dem Gespräch mit Bernhard Ostermeier erfasst hatten. Die jungen Frauen hatten seine Reiselust wieder entfacht. Er war nun ein Wanderer, genau wie sie. Vor ihm lag ein großes Abenteuer.

Seine Greetje puffte und tuckerte und blies schwarzen Rauch in die Luft. Fast bedauerte Willem es, weder Farbe noch Pinsel dabeizuhaben. Er hätte gern den Namen auf die Karosserie gemalt.

»Dann mal los, Greetje«, rief er, und wie aufs Wort rollte der alte Traktor los. Er verließ den Schatten der Linde und fuhr auf die schmale Landstraße.

Vor ihm lagen nun die Marsch- und Fehnlandschaften Ostfrieslands mit ihren endlosen Wiesen, den Pappelalleen und Kanälen, den Brücken und kleinen Schleusen, den Windmühlen und schnurgeraden Sträßchen, die quer durch die Moorgebiete führten. Und das war nur der Anfang. Es würde noch vieles mehr vor ihm liegen auf seiner Reise gen Süden. Gemütlich tuckerte er drauflos. Die Sonne schien, ein lauer Sommerwind wehte, der Himmel war tiefblau und das Land satt und grün.

Willem lächelte. Er sah nicht zurück.

KAPITEL VIER

Zehn Monate zuvor

Ist das deine Werkstatt, Opa? Krass. Die ist ja *riesig*. Hast du auch ein Schweißgerät? Mein Freund sagt, dass *alle* Bauern ein Schweißgerät haben. Damit kann man Metall flüssig machen, und wenn man in die Flammen reinguckt, dann ist das so hell, dass man davon blind werden kann. Da braucht man eine extradunkle Sonnenbrille. Wenn man da ohne Schweißen durchguckt durch die Brille, dann ist alles schwarz. Nur wenn das Schweißgerät an ist, sieht man überhaupt was durch die Gläser. Sooo hell ist das nämlich, das Schweißen. Wusstest du das, Opa? Krass, oder?«

»Finn! Du stehst im Weg.«

Er trat beiseite, ließ Willem durch und heftete sich sofort wieder an seine Beine.

»Wir könnten ja mal was für die Kühe schweißen, Opa. Machen wir das? Vielleicht einen Eisenstall für die Wiese, wo man von draußen reingucken kann. Oder so ein Gruppenfahrrad mit Theke, wie das, womit Papa am Vatertag unterwegs war. Halt nur eins für Kühe, dann könnten die damit auf die Wiese rausfahren. Oder wir bauen für den Zaun extra eine Kuhtür, eine mit Klingel, wo die Kühe dann...«

»Finn! Jetzt halt mal für fünf Minuten die Luft an. Du hältst mich von der Arbeit ab.«

Seit Wochen ging das jetzt schon so. Immer wenn Finn von Marion hergebracht worden war, lief er Willem überall auf dem Hof hinterher. Er schien überhaupt keine Scheu vor dem alten Mann zu haben und zeigte sich völlig unbeeindruckt von Willems Brummigkeit. Es war, als würde der Junge seine grantige Art gar nicht bemerken. Er fragte ihm unablässig Löcher in den Bauch. Wie die Melkmaschine funktionierte, wann die Kühe auf die Weide kamen, wie oft die Molkerei die Milch abholte. Manchmal konnte er eine richtige kleine Nervensäge sein.

Nur über die Scheidung und die Probleme bei seinen Eltern, darüber verlor er kein Wort. Auch Marion sparte dieses Thema gegenüber Willem völlig aus. Alles, was er darüber wusste, hatte er von Mechthild, der Schwester seiner Anna, die seit Jahren donnerstags bei ihm putzte. Nach Annas Tod war diese Geste eine große Entlastung für ihn gewesen, doch inzwischen hätte er das eigentlich längst selbst übernehmen müssen. Doch jeden Donnerstag, wenn Mechthild bei ihm putzte, setzten sie sich anschließend zusammen, tranken Kaffee und sprachen über alles, was im Ort so vor sich ging. Er genoss diese Nachmittage so sehr, die Tatsache, jemanden zum Reden zu haben, dass er Mechthild einfach weiterputzen ließ. Er schämte sich ein bisschen dafür, doch Frauen wie Mechthild, die ihr Leben lang hart gearbeitet hatten, würden nicht einfach zu ihrem Vergnügen vorbeikommen.

»Seit der Trennung kümmert sich ja Marion hauptsächlich um den Jungen«, hatte sie ihm beim letzten Mal anvertraut. »Aber Joost will, dass sich das ändert. Er will, dass Finn auch bei ihm lebt. Ach, Willem, ich sage dir: So eine Trennung ist einfach schrecklich. Wenn eine Familie so auseinanderbricht. Vor allem für die Kinder.«

»Hast du denn mit Joost gesprochen, oder woher weißt du das?«

»Seine Tante ist doch bei mir in der Landfrauengruppe. Von ihr habe ich das. Sie sagt, er will mehr von seinem Sohn.«

»Aber Finn ist doch jedes zweite Wochenende bei ihm, oder?«

»Schon. Aber Joost will das Wechselmodell. Mindestens, sagt er.«

Willem war ziemlich perplex gewesen. »Das – *was*?«

»Das *Wechselmodell*, Willem. Da hat Finn zwei Kinderzimmer und ist eine Woche bei Marion und eine Woche bei Joost. Immer abwechselnd. Am liebsten wäre es Joost, wenn Finn ganz bei ihm leben würde. Der Junge braucht seinen Vater mehr als seine Mutter, sagt er. Aber vom Wechselmodell rückt er nicht ab.«

Willem schwieg. Wechselmodell. Das musste er zuerst überdenken.

»Marion will sich ganz um Finn kümmern. Ich kann das verstehen. Sie ist die Mutter. Und bisher hat sie ja auch ganz allein die Verantwortung für Finns Alltag getragen. Sie findet zwar, er soll durchaus Kontakt zu seinem Vater haben. Das eine oder andere Wochenende, gut und schön. Aber sein Lebensmittelpunkt soll natürlich bei ihr bleiben.«

»Ist das nicht auch normal?«, fragte Willem. »Dass die Kinder nach einer Scheidung bei der Mutter wohnen?«

»Komm schon, Willem. So weit hinterm Mond lebst du

auch nicht. Das ist doch heute alles nicht mehr so. Es gibt Kinder, die wohnen bei ihrem Vater. Andere bei beiden Eltern, mal hier, mal da. Man muss das halt miteinander aushandeln.«

»Und glaubst du, Marion und Joost sind im Moment in der Lage, etwas miteinander auszuhandeln?«

Mechthild hob skeptisch die Schultern.

»Joost war ein guter Kerl, fand ich«, sagte Willem. »Ich kann noch gar nicht glauben, dass er fremdgegangen ist. Das passt gar nicht zu ihm.«

»Sie sind eben sehr unterschiedlich, Marion und Joost.«

»Wie meinst du das?«

»Na ja, Marion ist ... du weißt schon. Bei ihr muss immer alles perfekt sein. Das ist natürlich was Gutes, versteh mich nicht falsch. Es ist nur ... sie hat immer alles im Griff. Der Haushalt ist tipptopp, sie hat klare Überzeugungen, was Umwelt und Ernährung angeht, dann der Job in dieser Ökobank und ihre Vorliebe für Zahlen. Und Joost ist eben ein Lebenskünstler. Ein bisschen schludrig. Kümmert sich nicht um alles, lässt mal fünfe gerade sein. Da sind Konflikte vorprogrammiert.«

»Aber sie leben doch seit zwölf Jahren zusammen.«

»Vielleicht ist das genau das Problem.«

Willem schüttelte den Kopf. Er und Anna waren auch nicht immer ein Herz und eine Seele gewesen. So war das eben, wenn zwei Menschen zusammenlebten. Da gab es auch mal Streit. Man ging sich dann eine Weile aus dem Weg, besann sich darauf, was wichtig war, und vertrug sich wieder. Fremdgehen und Affären haben, dafür hatte er nun wirklich kein Verständnis. Aber vielleicht war er auch einfach altmodisch.

»Und wie geht es weiter? Was machen die jetzt? Mit Finn?«

»Weiß der Himmel«, stöhnte Mechthild. »Sie haben sich beide einen Anwalt genommen. Weil sie nicht mehr miteinander reden können. Da werden nur noch böse Briefe verschickt.« Sie bemerkte Willems erstauntes Gesicht. »Weißt du das denn alles gar nicht?«

»Ich ... also, Marion ...« Es war ihm unangenehm, völlig ahnungslos zu sein. »Gibt es denn keinen, der mit den beiden reden kann? Der zwischen ihnen ein bisschen vermitteln kann oder so?«

»Ich weiß nicht. Das möchte ich keinem raten, sich da einzumischen. Derjenige würde sicher nicht mit heiler Haut davonkommen. Die Anwälte reden miteinander, immerhin. Mal sehen, was die erreichen. Irgendeine Lösung muss es ja geben.«

Marion war nicht die Art Mensch, die Dinge per Anwalt regelte. Das musste sie sehr belasten. Die Ärmste. Er glaubte jedoch nicht, dass es eine gute Idee wäre, sie darauf anzusprechen. Er fühlte sich hilflos. Wäre nur Anna da, die wüsste, was zu tun wäre.

Ihm wurde bewusst, dass er schon seit einer Weile Ruhe vor Finn hatte. Er fragte sich, wo der wohl geblieben sein konnte. Neugierig trat er hinaus auf den Hof. Er entdeckte Finn neben der Melkkammer, wo er mit einem Schälchen Milch hockte und die beiden Katzen anlockte, die auf seinem Hof lebten. Das versuchte er schon seit zwei Wochen. Diese Katzen waren immer wild gewesen, und Willem wunderte sich, dass sie sich überhaupt so nah an einen Menschen heranwagten. Während die getigerte Katze scheu den Sicherheitsabstand einhielt, schlich die gefleckte mutig bis zum Schälchen und leckte ein bisschen Milch, bereit, jede Sekunde zu fliehen, sollte Finn die kleinste Bewegung machen. Streicheln ließen sie sich natürlich nicht, doch das störte Finn nicht. Er hatte es mit seiner Beharrlichkeit schon weit gebracht. Der Rest würde nicht mehr lange auf sich warten lassen.

Der Junge bemerkte seinen Opa. Ein freudiger Ruck ging durch seinen Körper. Das reichte aus, um die Katzen zu verjagen. Sie stürzten panisch davon und tauchten hinter einer Hecke ab.

»Du hast sie bald so weit«, sagte Willem amüsiert. »Deine Mama hat früher auch alle Katzen gezähmt.«

Finn sah ihn an, als wolle er ihn auf den Arm nehmen.

»Meine Mama hasst Katzen.«

»Ist das so? Also früher, da hat sie Katzen geliebt. Vor allem kleine Kätzchen, die sie mit Milch locken konnte. Jedes Mal, wenn wir einen Wurf auf dem Hof hatten, war sie nur noch bei den Katzen.«

Finn wirkte irritiert. Er konnte offenbar nicht glauben, was er da hörte.

»Nicht nur deine Mama, auch dein Onkel Martin. Die waren beide hinter den Katzen her.«

»Onkel Martin?«, fragte er völlig verdattert. »Der war hier auf dem Bauernhof?«

»Ja, natürlich. Was dachtest du denn? Er ist doch der Bruder deiner Mama. Die sind hier beide groß geworden. Früher hat Onkel Martin jeden Morgen beim Melken geholfen.«

Finn starrte ihn mit offenem Mund an. Zu dieser Geschichte schien er so gar kein Bild zu bekommen. Willem konnte es ihm nicht verdenken. Von seinen bäuerlichen

Wurzeln war bei Martin nicht viel geblieben. Er lebte in einer schicken Hamburger Altbauwohnung, arbeitete als Kurator für irgendeine bekannte Stiftung, die zeitgenössische Kunst förderte, war immer sehr gepflegt und gut gekleidet und umgab sich eigentlich nur mit Intellektuellen. Willem wollte seinem Sohn nicht unterstellen, dass er seine Herkunft verleugnete. Aber man musste schon sehr tief graben, um den Bauernjungen zu erahnen.

»Deinem Onkel Martin hat es allerdings keinen Spaß gemacht, die Kühe von der Weide zu holen. Das habe ich immer mit deiner Mama gemacht. Schon, als sie noch jünger war als du. Und kleiner.«

»Kann ich dann auch mal Kühe treiben?«

Das kam mit so einer Begeisterung, dass Willem es dem Jungen nicht abschlagen konnte.

»Aber du musst immer auf mich achtgeben und tun, was ich sage.«

Finn sprang begeistert drauflos. Willem hoffte nur, dass die Kühe die Aufregung vertrügen.

»Aber vorher muss ich Futter für die Rinder aus dem Silo holen. Warte hier, ich bin gleich wieder da. Dann können wir die Kühe in den Melkstall treiben.«

Willem stieg auf den Traktor und startete den Motor. Das Gespräch mit Mechthild kam ihm in den Sinn.

»Finn leidet am meisten unter der Scheidung«, hatte sie gesagt, worüber sich Willem anfangs gewundert hatte. Es kam ihm gar nicht so vor, als ob es Finn besonders schlechtging. Auf seinen Redefluss wirkten sich die Probleme zu Hause jedenfalls nicht aus.

»Bei mir ist er eigentlich immer ein ganz lustiges Kerlchen.«

»Lass dich da nicht täuschen, Willem. Er verbirgt das ziemlich gut. Glaub mir, ich weiß es von Joosts Mutter. Finn hat ständig Alpträume, in der Schule zieht er sich zurück, seine Freunde kommen ihn kaum noch besuchen. Das sind alles klare Anzeichen, wenn du mich fragst.«

Willem hatte nur genickt und sich gefragt, ob ihm irgendwas entgangen war. Ob er nicht gut genug hingesehen hatte. Sicher, der Junge redete nicht über die Probleme zu Hause. Doch Willem hatte dem nicht weiter Bedeutung beigemessen. Vielleicht war das ein Fehler gewesen.

»Mit Marion und Joost ist es ganz schlimm geworden«, hatte Mechthild weiter berichtet. »Selbst wenn sie sich mal gerade nicht anschreien, ist da immer eine aggressive Grundstimmung. Bei den Übergaben, du weißt schon, wenn Finn das Wochenende bei Joost war, dann will er die letzten Meter jetzt immer allein gehen. Er will nicht, dass die beiden sich auch nur sehen. Aber das ist das Einzige, wozu er sich klar äußert. Ob er lieber bei Mama oder bei Papa wäre, dazu schweigt er beharrlich. Bestimmt wollen die beiden ihn nicht manipulieren, was das angeht. Aber du weißt ja, wie das ist. Sie haben Angst, ihn zu verlieren. Und eine ziemliche Wut aufeinander.«

Willem war immer schweigsamer geworden. Über diese Dinge hatte er noch gar nicht nachgedacht. Er hatte einfach alles so hingenommen, wie es gekommen war. Ohne groß zu fragen, was dahintersteckte.

»Ich bin nur froh, dass er dich hat, Willem.«

»Mich? Aber ich mach doch gar nichts.«

»Doch. Du bist für ihn da. Bei dir auf dem Hof kann er alles hinter sich lassen. Er mag dich, Willem.«

»Ach, Unsinn. Vielleicht mag er die Kühe und die kleinen Katzen, aber das ist auch alles.«

Mechthild hatte nur gelächelt. Willem war viel zu beschämt gewesen, um weiter darauf einzugehen, und hatte eilig das Thema gewechselt.

Als er nun mit dem Traktor über den Hof fuhr, blieb Finn im gewohnten Sicherheitsabstand stehen und sah sehnsuchtsvoll zu ihm herauf. Er fragte nicht einmal mehr, ob er mitfahren dürfte. Das hatte er sich längst abgeschminkt. Trotzdem war ihm deutlich anzusehen, wie sehr er es sich wünschte.

Willem zögerte. Schließlich war er es gewesen, der diese Regel aufgestellt hatte. Doch dann schob er die Tür auf und winkte den Jungen herbei.

»Finn! Komm mal her.«

Es dauerte, bis der begriff. Dann hellte sich sein Gesicht auf, und er rannte strahlend auf den Trecker zu.

»Darf ich wirklich?«

»Ja doch«, brummte Willem. »Jetzt mach schon, ehe ich es mir anders überlege.«

Begeistert kletterte Finn ins Fahrerhäuschen und zwängte sich auf den Kindersitz über dem Kotflügel. Er sah sich aufgeregt um, wollte ja nichts verpassen von dem Abenteuer.

»Das ist ein Farmer 260, der Trecker. Stimmt doch, Opa?«

»Gut beobachtet. Ein Fendt Farmer, so ist es.«

Finn schlug sich freudig auf die Oberschenkel.

»Wie viel PS hat der?«

»Sechzig. Und Baujahr fünfundneunzig, damit du auch alles weißt.«

Willem ließ die Kupplung kommen. Der Traktor rollte langsam auf das Mais-Silo zu.

»Ich mag bei Fendt auch die GT-Reihe. Kennst du die? Die sehen voll cool aus. Die haben vorn eine Ladefläche, wie ein umgedrehter Laster.«

Willem blickte ziemlich verwundert drein.

»So gut kennst du dich mit Traktoren aus?«

»Eigentlich ja nur mit Oldtimern. Aber neuerdings auch mit Fendt. Weil du doch einen hast. Deshalb hab ich mir da alles angeguckt, was es gibt.«

»Nimmst du mich auf den Arm? Welcher Junge interessiert sich denn für Oldtimer-Traktoren? So was habe ich ja noch nie gehört.«

»Aber du hast mir doch zu Weihnachten den Schlüter-Traktor geschenkt. In Klein. Das Modell aus der S-Reihe.«

Das erwischte Willem kalt. Er versuchte, sich nichts anmerken zu lassen, und erwiderte brummig: »Das weiß ich doch. Ich habe nur nicht gedacht, dass du dich wirklich so dafür interessierst.«

Tatsächlich hatte er keine Ahnung gehabt, was Finn von ihm zu Weihnachten bekommen hatte. Er hatte Marion Geld gegeben, damit sie ein Geschenk besorgen konnte. Nie im Leben wäre er auf die Idee gekommen, dass sie ein Modell von einem Oldtimer-Traktor besorgen könnte.

Er schämte sich dafür, kein einziges Mal nachgefragt zu haben. Was war er denn für ein Opa, dem es egal war, was sein Enkel von ihm geschenkt bekam? Aber Willem und Finn hatten ja bis vor kurzem kaum Kontakt miteinander. Beim letzten Weihnachtsfest hatte er ihn nicht einmal zu Gesicht bekommen. Marion war am zweiten Feiertag kurz auf dem Hof aufgetaucht, doch sie war allein gekommen. Finn hatte den Feiertag bei Joosts Eltern verbracht.

»Alte Trecker sind total spannend«, sagte Finn, der nichts von Willems gedrückter Stimmung bemerkte. »Wenn ich älter bin, will ich selber einen restaurieren. Den Motor flottmachen und alles. Das ist mein allergrößter Wunsch.«

Wie konnte es sein, dass er nicht einmal die größte Leidenschaft seines Enkelkindes kannte? Er hatte Finns Zuneigung wirklich nicht verdient.

»Weißt du, wie die Fendt-Trecker früher hießen?«, plapperte Finn weiter. »Fendt Dieselross. Lustig, oder? Ross heißt nämlich Pferd. Wusstest du das?« Er lachte drauflos. »Das sind Dieselpferde.«

»Festhalten«, brummelte Willem. »Statt zu reden, pass lieber auf, dass du sicher auf dem Sitz bleibst.«

Er hörte selbst, wie unwirsch das klang. Finn konnte ja nichts dafür, dass Willem sich über sich selbst ärgerte. Über seine bisherige Gleichgültigkeit dem Jungen gegenüber.

Er gab Gas und fuhr zum Silo. In Zukunft würde er viel mehr acht auf alles geben, was Finn betraf. Er würde alles tun, um tatsächlich dieser Opa zu werden, den Finn aus unerklärlichen Gründen in ihm sah. Damit würde er sich und allen anderen auch beweisen, dass er die Zuneigung dieses Jungen auch verdient hatte. Von nun an würde alles anders werden, das schwor er sich.

KAPITEL FÜNF

Die erste Etappe war beschwerlicher als gedacht. Vor allem, was den Lärm betraf, den Willem ertragen musste. Einmal mit lautem Motor um die heimische Kuhwiese zu knattern war kein Problem gewesen. Doch diesem Donnern und Krachen stundenlang unentwegt ausgesetzt zu sein, das nagte dann doch an seinen Kräften. Es dröhnte in den Ohren, er bekam zunehmend Kopfweh. Auch sein Rücken meldete sich zu Wort. Auf den modernen Traktoren saß man heutzutage ja wie ein Kind im Schoß seiner Mutter. Da konnte man schon mal vergessen, dass das früher ganz anders gewesen war.

Natürlich hätte er das keiner Menschenseele gegenüber eingestanden. Er war immerhin ein echter Bauer und kein verwöhnter Stadtbewohner. Er war in einer Zeit aufgewachsen, da gab es weder Strom noch Heizung im Haus. Sein Leben war erfüllt gewesen von harter Arbeit, und zwar unabhängig von Wind und Wetter. Irgendwelchen Komfort hatte es nie gegeben. Doch egal, wie sehr es ihm auch missfiel, er kam nicht umhin festzustellen, dass die Belastungen dieser Reise schon jetzt begonnen hatten, ihm zuzusetzen. Mit jedem Kilometer ein wenig mehr.

Die Landschaft zog gemächlich vorbei. Schwarze Wolken stießen dabei unablässig aus dem Auspuffrohr in den Himmel. Unter der Motorhaube bebte und zitterte es, es mussten gewaltige physikalische Kräfte sein, die den alten Traktor Stück für Stück vorantrieben. Willem versuchte, den Lärm so gut es ging zu ignorieren.

Kurz vor Papenburg machte sich dann das Innenleben des Traktors auf sonderbare Weise bemerkbar. Seine alte Dame reagierte kaum auf das Gaspedal, selbst wenn er es bis zum Anschlag durchtrat. Willem glaubte ein ungutes Geräusch zu hören, das sich in das Tuckern mischte. Er hoffte, dass Greetje einfach nur überhitzt war. Vielleicht erging es ihr ja wie ihm, vielleicht brauchte sie einfach eine Pause.

Auch wenn noch nicht einmal die Hälfte seiner Tagestour hinter ihm lag, wollte er in Papenburg haltmachen. Er knatterte also in die Stadt mit den vielen Kanälen und den langen schnurgeraden Straßen hinein, um sich nach einem Ruheplatz umzusehen. Es waren nicht viele Menschen unterwegs, doch die wenigen blieben allesamt stehen und betrachteten das laute Spektakel, das sich ihnen bot. Sie lachten und winkten und machten Handyfotos.

Als Willem seine Reise geplant hatte, war ihm nie in den Sinn gekommen, was für ein exotisches Bild er auf den Straßen abgeben würde. Wahrscheinlich sollte er sich darauf gefasst machen, dass ihn winkende Menschen die ganze Fahrt über begleiten würden. Eigentlich störte ihn das nicht. Im Gegenteil. Es war doch eine schöne Sache, den Leuten eine kleine Freude zu bereiten. Doch heute wollte er lieber seine Ruhe haben. Einen Platz im Schatten, ein Tässchen Ostfriesentee und vor allem ein wenig Stille anstelle des lauten Knatterns.

Es war eine Wohltat, als er den Motor endlich abstellte. In seinen Ohren rauschte es. Er hörte die Turmuhr des Rathauses schlagen, ein Kinderlachen und die Fahrradklingeln einer Gruppe Radwanderer. Touristen blieben stehen und betrachteten seine alte Dame interessiert. Er beantwortete höflich ein paar Fragen, dann machte er sich davon, fand ein Café mit Terrasse am Hauptkanal, wo er sich verkriechen und gleichzeitig Greetje im Blick behalten konnte.

Er spürte seinen Schmerzen nach. Du lieber Himmel, er wurde wahrhaftig alt. Er hatte natürlich die Schmerzmittel dabei, die seine Ärztin ihm mitgegeben hatte. Doch die konnte er unmöglich wegen solcher Lappalien einnehmen, fand er. Nach der Pause würde es schon wieder gehen mit dem Rücken.

Die Bedienung, eine stämmige Mittvierzigerin mit resoluten Gesichtszügen, kam hinaus auf die Terrasse.

»Das ist Ihrer, oder?«, fragte sie und deutete zum Lanz. »Ich hab Sie gerade kommen sehen. Einen tollen Traktor haben Sie da.«

»Ja, das ist Greetje. So heißt sie.«

»Greetje.« Sie hob eine Augenbraue. »Was für ein schöner Name für einen Traktor.«

»Finden Sie?«

»Ja. Ich heiße auch so.«

»Oh ... ich hoffe, Sie ... ich hoffe, das stört Sie nicht?«

»Nein, nein. Schon gut.« Sie warf einen nüchternen Blick zum Parkplatz. »Ich bin nur froh, dass es kein Müllwagen ist.«

Willem glaubte schon, sie wäre doch beleidigt, aber dann breitete sich ein Grinsen auf ihrem Gesicht aus.

Er bestellte Tee mit Kluntjes, weißem Kandis, und einem Schuss Sahne und sah ihr nach, wie sie wieder verschwand. Das Lokal war gemütlich und in einem altvertrauten Stil eingerichtet. Was sicherlich hieß, dass es völlig aus der Zeit gefallen war. Dinge, die Willem gefielen, waren in der Regel rettungslos altmodisch.

Er sackte in das weiche Sitzkissen. Die Augen fielen ihm zu. Er lauschte dem gemächlich dahintreibenden Leben um ihn herum. Für einen Moment vergaß er alles andere. Ihm war schwindelig, ein dumpfes Gefühl erfasste ihn. Waren das jetzt nur die Strapazen der Fahrt? Oder meldete sich etwas anderes, Gefährlicheres in seinem Körper?

»Schwarzer Tee mit Kluntjes«, sagte eine Stimme.

Willem schlug die Augen auf. Eine Tasse mit duftendem Tee wurde ihm hingestellt. Die Bedienung verschränkte die Arme samt Tablett vor der Brust.

»Heute keinen Mittagsschlaf bekommen?«

Ihm wurde bewusst, dass er ein erbärmliches Bild bot. Er saß mit hängenden Schultern da, sicher war er ziemlich blass um die Nase. Und dann schlief er hier auch noch im Sitzen ein.

»Nein, ich hab nur viel vor. Das Alter, Sie wissen schon. Ich muss mich einfach etwas ausruhen. Dann geht es schon wieder.«

»Sie meinen, Sie haben mit dem Traktor viel vor?«

»Ja. Wir machen eine lange Tour, Greetje und ich. Es ist meine erste Reise mit dem Lanz. Eigentlich ist es sogar die erste richtige Reise in meinem Leben. Ich habe einen weiten Weg vor mir.«

Willem wusste nicht, warum er das alles erzählte. Das musste die Müdigkeit sein. Die Frau dachte darüber nach.

»Haben Sie den selbst restauriert?«

»Nein, jedenfalls nicht allein. Ich habe es zusammen mit meinem Enkelsohn getan. Mit Finn. Er liebt alte Traktoren. Er soll Greetje erben, wenn es so weit ist. Sie ist mein Geschenk für ihn. Es ist das mindeste, was ich ihm geben kann.«

Vage wurde ihm bewusst, dass was er sagte wenig Sinn ergab. Seltsame Andeutungen mussten das sein. Das lag an dem Schwindelgefühl. Doch die Frau wunderte sich nicht und fragte nicht nach. Im Gegenteil. Eine Weile schien sie über alles nachzudenken. Dann schenkte sie Willem ein unvermutet warmherziges Lächeln.

»Das wird schon.«

»Wie bitte?«

»Aller Anfang ist schwer, so ist es immer. Trinken Sie den Tee. Danach geht's besser.«

Willem war zu erschöpft, um klar zu denken. Die Kellnerin wirkte auf ihn auf einmal wie eine Fee aus dem Märchen.

»Wenn man den Anfang erst hinter sich hat, dann wird es leichter. Sie werden sehen, das ist auch bei Ihnen so. Lassen Sie sich nicht entmutigen.«

Sie wandte sich ab und ließ ihn allein. Was war das nur für ein seltsames Gespräch gewesen? Trotzdem. Irgendwie fühlte Willem sich wieder etwas leichter. Die Last drückte nicht mehr so sehr. Er traute sich die nächste Etappe zu. Vielleicht lag es auch am Tee oder an der Ruhepause. Jedenfalls kehrten seine Lebensgeister zurück.

Wenn man den Anfang erst hinter sich hat, wird es besser. Gern hätte er sich bei der Bedienung verabschiedet und ihr für die netten Worte gedankt. Doch als er zahlen wollte, war nur eine Kollegin da, die ihn abkassierte. Von der Frau war nichts mehr zu sehen.

Greetje war in der Zwischenzeit abgekühlt und ließ sich problemlos starten. Willem besorgte sich rasch Ohrenstöpsel in einer Apotheke. Damit würde ihn das laute Knattern nicht mehr stören.

Auf dem Platz neben der großen Backsteinkirche stand ein kleiner Junge, der sich zwar hinter den Beinen seiner Mutter versteckte, aber dennoch neugierig und ziemlich beeindruckt herüberspähte. Willem winkte ihm zu und betätigte die Hupe. Ein lautes Tröten, das nach einer überdimensionierten Wildgans klang, dröhnte über die Straße. Der Junge lachte.

Wie der kleine Blonde da bei seiner Mutter Schutz suchte, erinnerte er Willem an seinen Sohn Martin in dem Alter. Der hatte sich schon als Dreikäsehoch besser mit seiner Mutter verstanden als mit ihm. Die beiden hatten ein gutes Team abgegeben. Das war nicht weiter schlimm gewesen, denn Willem hatte ja Marion gehabt, die eindeutig ein Papa-Kind war. Trotzdem. Zu Martin hatte er nie wirklich Zugang gefunden. Dabei war er auch so ein lustiges und interessiertes Kind gewesen wie dieser Junge dort. Er hatte überall die Herzen im Sturm erobert. Doch seinem Vater gegenüber hatte er immer Distanz gewahrt, schon als Kind.

Willem ließ noch einmal die Hupe tröten. Der Junge strahlte und winkte aufgeregt, dann verschwand er aus Willems Blickfeld.

Wie lange hatte Willem nicht mehr mit Martin gesprochen? Es mussten über zehn Jahre sein. Die Zeit verging so schnell, es war kaum zu glauben. Natürlich hätte Willem anrufen können. Doch was hätten sie sich schon zu sagen gehabt? Zwischen ihnen herrschte so viel Schweigen, es gab so vieles, worüber sie nie hatten reden können. Es war schon schwer gewesen, bevor ihre Familie auseinandergefallen war. Danach war es ganz vorbei gewesen. Keiner von ihnen war in der Lage, dieses lähmende Verstummen zu durchbrechen. Was blieb Willem heute noch anderes übrig, als sich an der Erinnerung an den lustigen kleinen Mann festzuhalten, mit den blonden Haaren und dem hellen Lachen? An die gute Zeit, die sie einst gehabt hatten, trotz aller Verschiedenheit? Für alles andere war es zu spät. Es würde keine Versöhnung mehr geben können zwischen ihm und seinem Sohn. Damit musste er leben.

Die zweite Etappe fiel Willem wesentlich leichter als die erste, was auch an den Ohrstöpseln lag. Nun ging es durchs Emsland. Vorbei an Pappelalleen, an Windrädern, Wiesen und Moorgebieten. Sein heutiges Ziel war ein Bauernhof in der Nähe von Haselünne. Dort würde er seine erste Nacht verbringen. Mit gut siebzig Kilometern wäre dies die kürzeste Strecke in seiner Planung. Er hoffte, dass er seine Etappen nicht allzu großzügig bemessen hatte. Gut hundert Kilometer am Tag wären durchaus möglich, hatte er gedacht, wenn der Lanz im Schnitt fünfundzwanzig Stundenkilometer fuhr. Doch nun merkte er, wie sehr so eine Tour strapazierte. Es war nicht nur der Lärm des Motors, auch wurde Willem ziemlich durchgeschüttelt. Wirklich bequem war es nicht auf dem Bock eines Bulldogs. Man musste einige Zeit für Pausen einplanen, um so eine Etappe zu bewältigen. Abwarten. Er würde sehen, wie es laufen würde.

Die Übernachtung in Haselünne hatte er Alfred Janssen zu verdanken.

»Deine erste Tagestour geht runter ins Emsland, so ist es doch?«, hatte sein Nachbar gefragt.

»Richtig. Ich habe den Plan nicht geändert.«

»Verstehe.« Er kratzte sich am Kopf. »Wozu auch.«

Willem wartete. Alfred wollte ihm offenbar etwas sagen und wusste nicht, wie er am besten anfing.

»Dann wirst du in Meppen übernachten, Willem?«

»Liegt daran, wie gut die alte Dame vorankommt. Aber Meppen müsste ich schaffen.«

»Gut. Das ist gut. Hör mal, Willem. Wenn du dann in Meppen bist. Also, ich hab da einen Vetter. Clemens. Der hat einen Hof in Haselünne.« Er lachte etwas gezwungen. »Bei dem ist immer was los, das kann ich dir sagen. Sie haben ein Gästezimmer, ganz ruhig und sauber. Wenn du also noch nicht weißt, wo du unterkommen sollst...«

Seine Worte klangen beinahe entschuldigend. Als würde er Willem damit zu nahe treten. Alfred wusste eben, dass er jeden Euro umdrehen musste. Bei den paar Kühen war ja nie genug übrig geblieben, um zu sparen. Besonders die letzten Jahre waren hart gewesen. Der Verkauf der restlichen Kühe hatte gerade gereicht, um die offenen Verbindlichkeiten zu begleichen. Im Grunde war es bitter, zu sehen, wie wenig geblieben war nach einem Leben voll harter Arbeit.

»Clemens sagt, du sollst vorbeikommen. Er und seine Frau würden sich freuen. Natürlich nur, wenn du in der Gegend bist. Du bist ganz frei. Es ist nur ein Angebot.«

»Es ist ein gutes Angebot. Danke, Alfred. Ich übernachte gern bei deinem Vetter.«

Alfred hatte daraufhin erleichtert gewirkt, beinahe dankbar. »Dann geb ich dir die Adresse. Er freut sich auf den Lanz. So was bekommt man nicht oft zu Gesicht.«

Während sich Willem nun dem kleinen Städtchen Haselünne näherte, schien die Sonne sanft und warm, und ein leichter Rückenwind erleichterte Greetje die Fahrt. Eigentlich war alles perfekt. Doch dann kehrten die Probleme mit dem Gaspedal zurück. Auch gab der Motor seltsame Geräusche von sich. Irgendwas schien da nicht in Ordnung zu sein.

Willem hoffte, dass es nur daran lag, dass Greetje überhitzt war. Dass sie für heute Feierabend machen wollte. So wie er auch. Bis zu seinem Ziel war es zum Glück nicht mehr weit.

Der Bauernhof von Alfreds Vetter lag abseits der Straße, eingebettet zwischen Wiesen und Erlenwäldchen. Ein alter Hof aus Backstein und Fachwerk samt modernem Boxenlaufstall für die Kühe und einer Biogasanlage. Es roch nach frisch gemähtem Heu und Kuhdung, als Willem auf den Hof knatterte. Ein Hund lief ihm freundlich bellend entgegen, gefolgt von einigen Katzen, die deutlich misstrauischer wirkten. Ein paar Kinder tauchten ebenfalls auf, sie lachten und winkten. Offenbar wurden er und Greetje schon erwartet.

Im Scheunentor tauchte ein bärtiger Mann in Arbeitskleidung auf. Er war kräftig gebaut und rotwangig und sähe in ein paar Jahren mit ergrauten Haaren sicher aus wie der Weihnachtsmann.

»Schön, dass du uns besuchst, Willem«, begrüßte er ihn, nachdem Greetjes Motor verstummt war. »Ich bin Clemens. Die Kinder freuen sich schon den ganzen Tag.«

Willem wusste nicht, wie er seinen Dank ausdrücken sollte. Doch offenbar wurde das gar nicht erwartet.

»Meine Frau zeigt dir dein Zimmer. Da kannst du dich frisch machen und ein bisschen ausruhen. Und wenn du nichts dagegen hast, werfen wir später den Grill an.«

Willem wäre zwar gern auf sein Zimmer gegangen, um sich auszuruhen, doch ihm wurde schnell klar, dass er das den Kindern nicht antun konnte. Drei kleine Rotzlöffel zwischen vier und sieben Jahren, allesamt Jungs, die ihre Augen nicht von Greetje lassen konnten. Sie waren so begeistert von dem uralten knatternden Traktor, dass ihm nichts anderes übrigblieb, als den Motor noch einmal anzuwerfen und ein paar Extrarunden über den Hof zu machen, mit wechselnden kleinen Gästen auf dem Kindersitz. So viel Zeit musste sein, auch wenn seine Knochen müde waren und sein Rücken schmerzte.

Als er nach einem verspäteten Mittagsschlaf in den Garten hinterm Haus trat, ging es ihm erheblich besser. Der Duft von Grillkohle und saftigem Fleisch wehte ihm entgegen. Die gesamte lebhafte Familie hatte sich samt Hund und Katzen an einem langen Holztisch auf einem frisch gemähten Rasen niedergelassen. Die Sonne stand tief am Horizont und tauchte den Garten in goldenes Licht.

Die Kinder warteten nur darauf, sich wieder auf Willem stürzen zu können. Sofort ging der Streit los, wer neben ihm sitzen dürfe und wo am Tisch er Platz nehmen solle.

»Jetzt lasst den armen Mann doch erst mal ankommen«, sagte Clemens Frau, eine burschikose und ebenfalls stämmige Frau, die ihm lächelnd eine Bierflasche öffnete. »Ihr könnt ihn doch nicht so belagern.«

Doch Willem fühlte sich gar nicht gestört. Im Gegenteil, er genoss es, von den Knirpsen umzingelt zu werden. Während sie auf das Fleisch warteten, begannen die Jungs, ihn mit Fragen zu bombardieren. Wie lange er Greetje schon besitze, ob es schwer gewesen sei, sie zu restaurieren, ob er das allein gemacht habe. Irgendwann wurden die Fragen dann persönlicher, plötzlich wollten sie wissen, auf welcher Schule er als Kind gewesen sei und welche Fächer er am liebsten gemocht habe. Willem wunderte sich zwar darüber, doch Clemens' Frau kommentierte es grinsend: »Sie haben dich als ihresgleichen akzeptiert, Willem. Deswegen interessiert sie das. Herzlichen Glückwunsch.« Erst als die Frage kam, ob er auch eine Frau habe, wurde es plötzlich ernst am Tisch. Clemens wollte die Kinder zurechtweisen, doch Willem bedeutete ihm mit einer Handbewegung, dass alles in Ordnung war. Er konnte für sich selbst reden, und für die Kinder war das ja eine ganz normale Frage.

»Ich hatte mal eine«, sagte er. »Sie hieß Anna. Aber sie ist tot.«

»So wie Oma Klara?«, fragte der Jüngste.

Willem wusste zwar nichts von dieser Oma, nickte jedoch mit traurigem Lächeln. Da gab es schließlich nicht viel zu deuten. Danach fielen die Kinder in Schweigen. Die Sonne glitzerte in den Biergläsern, Mücken tanzten im Abendlicht, und Heuschrecken zirpten auf der Wiese hinterm Garten.

Zum Glück war in diesem Moment das Fleisch fertig. Die fröhliche Stimmung kehrte zurück, Teller klapperten, Nudelsalat wurde gereicht und Bier nachgeschenkt. Willem lehnte sich zurück und betrachtete seine Gastgeber.

Diese Art von Familienleben, der Garten, das Beisammensein und die Gemeinschaft, das alles erinnerte ihn an früher, wie es an solchen Sommertagen auch auf seinem Hof gewesen war. Als es seine Familie noch gab. Würde Anna noch leben, wäre es sicherlich heute immer noch so. Dann würden sie alle in seinem Garten sitzen, die ganze Familie, während auf dem Grill das Fleisch briet. Marion und Joost und Finn wären da. Sogar Martin. Anna hätte schon dafür gesorgt, dass der Kontakt zu ihm nicht abgerissen wäre. Vielleicht wäre sogar dieser Mann dabei, mit dem Martin seit vielen Jahren in Hamburg zusammenlebte. Thomas oder Thorsten. Anna hätte bestimmt auch das unter einen Hut gebracht.

Willem spürte den Verlust dieser Sommerabende, obwohl es sie doch nicht gegeben hatte. Aber solch ein Beisammensein wäre möglich gewesen. Die Vorstellung schien ihm so nah an der Wirklichkeit, dass er sie fast erahnen und vermissen konnte.

»Wie lange ist deine Frau denn schon tot?«, fragte irgendwann das mittlere der Kinder.

»Jonas!«, kam es von Clemens' Frau.

Doch Willem störte sich nicht an der Frage.

»Schon sehr lange. Seit siebzehn Jahren.«

»Lange bevor ihr geboren seid«, meinte Clemens.

Die Kinder dachten kurz darüber nach, dann widmeten sie sich wieder ihrer Bratwurst.

»Sie ist bei einem Autounfall ums Leben gekommen, richtig?«, fragte Clemens mit gedämpfter Stimme, offenbar in der Hoffnung, dass die Kinder sich nicht weiter für das Gespräch der Erwachsenen interessierten. »Alfred hat das mal erzählt.«

»Ja, es war ein Unfall.«

»Was ist passiert?«

»Keiner konnte sich erklären, warum es nicht zu sehen war«, sagte Willem, was er in Situationen wie dieser schon so oft gesagt hatte. »Das andere Auto, meine ich. An der Kreuzung ist alles übersichtlich. Die Querstraße ist schnurgerade. Das Wetter war schön. Die Sicht war gut, die Sonne schien. Und trotzdem ist es passiert. Sie war auf einmal mitten auf der Kreuzung, und das andere Auto ist ungebremst in sie hineingefahren.«

Willem hatte zuvor noch mit ihr darüber geredet, dass sie an die Leberwurst denken solle, aus dem Aldi. Die war nämlich aufgebraucht gewesen, und er hatte es sich zur Gewohnheit gemacht, abends ein Leberwurstbrot zu essen. »Vergiss nicht, die Leberwurst mitzubringen.« Das waren seine letzten Worte gewesen, nach achtundzwanzig Jahren Ehe. Es hätte so viel anderes gegeben. Er hätte ihr so unendlich viel zu sagen gehabt, wenn er nur die Möglichkeit dazu bekommen hätte.

»Sie war zum Glück sofort tot«, sagte Willem, der gegen seine aufkommende Trauer ankämpfte. Siebzehn Jahre, und immer noch waren die Wunden nicht verheilt. »Sie hat nicht gelitten. Das hat die Polizei gesagt, auch der Notarzt. Es ist ganz schnell gegangen.«

»Sie ist jetzt ein Engel«, mischte sich Jonas wieder ins Gespräch ein.

Willem strich ihm lächelnd übers Haar.

»Sie war früher schon ein Engel. Für mich war sie immer einer.«

So war es tatsächlich gewesen. Anfangs hatte er gar nicht glauben können, dass diese lebendige und warmherzige Frau sich überhaupt in ihn verlieben konnte. In diesen wortkargen, mürrischen und etwas ungelenken jungen Mann, der er damals gewesen war. Ein Jungbauer, der zusammen mit seinem ebenso schweigsamen und griesgrämigen Vater auf einem Bauernhof gelebt hatte. Das Leben geprägt von harter Arbeit und von dem schwierigen Verhältnis zwischen Vater und Sohn. Willems Vater, durch Krieg und Gefangenschaft hart geworden, hatte seinen Sohn immer auf Distanz gehalten. Er hatte zeit seines Lebens nie über den Krieg gesprochen oder über das, was ihm dort widerfahren war, doch hatten ihm diese Erlebnisse jede Sentimentalität genommen, jedes Gefühl für menschliche Wärme. Und Willem, der auf dem besten Weg gewesen war, ebenso zu werden wie sein Vater, hatte sich dann in Anna verliebt. Wie durch ein Wunder wurde seine Liebe erwidert. Anna hatte so viel Wärme, Freude, Licht und Lachen in sein Leben gebracht. Durch sie war alles anders geworden. Willem war anders geworden. Sie hatte das einfach an sich gehabt, das Beste aus den Menschen hervorzuholen. Sie war diejenige gewesen, die alles zusammengehalten hatte. Deswegen war sie so unersetzlich gewesen für sie alle.

»Für meine ganze Familie war sie ein Engel, für jeden Einzelnen von uns. Schon lange, bevor sie von uns gegangen ist.«

Willem hatte es nicht geschafft, nach ihrem Tod den Zerfall der Familie aufzuhalten. Er hatte Annas Rolle nicht ausfüllen können. Im Gegenteil. Er hatte kräftig daran mitgewirkt, dass alles auseinanderfiel. Das würde er sich nie verzeihen.

»Aber sie ist nicht weg, oder? Sie ist immer noch da.

Nur im Himmel. Da sitzt sie jetzt auf einer Wolke und guckt runter. Genauso wie Oma Klara.«

Willem dachte an die feuchte Kälte an Annas Grab. An das klamme Gefühl der Leere und der Einsamkeit. Jonas blickte ihn erwartungsvoll an.

»Ja, das ist sie«, log er. »Sie ist immer noch da.«

KAPITEL SECHS

Acht Monate zuvor

Es geht ja nicht nur um diese eine Deutscharbeit, die Finn versemmelt hat«, sagte Herr Bertram, der Klassenlehrer. Er stand am Fenster und schaute hinab auf das lautstarke Getümmel in der großen Pause. »Ihr Sohn ist in letzter Zeit sehr unkonzentriert. Wirkt häufig abwesend. Introvertiert. Er redet kaum noch im Unterricht.«

Er wandte sich Marion zu, die schweigend auf einem Stuhl saß und ihre Hände im Schoß betrachtete. Sie fühlte sich elend. Es war ja ganz klassisch, was passierte. Finn war ein Scheidungskind, warum sollte er nicht die Probleme haben, unter denen so viele Kinder in solch einer Situation litten? So sehr sie sich auch bemühte, sie konnte ihn nicht vor den Folgen der Trennung beschützen.

»Auch von seinen Mitschülern zieht Finn sich zurück. Wir erleben ihn hier als still und ernst. Dabei war er früher immer lebhaft und sehr mitteilsam.«

Sie schaffte es nicht, ihm in die Augen zu sehen.

»Wie ist das denn bei Ihnen zu Hause? Beobachten Sie da auch eine Veränderung?«

Sie zupfte einen losen Faden aus dem Bündchen ihres Kostüms. Sie wusste noch, wie glücklich sie über diesen Blazer gewesen war. Ökologische und fair gehandelte Businesskleidung war nicht leicht zu bekommen. Dazu ihr blasser Teint, mit dem sie keine kräftigen und dunklen Farbtöne tragen konnte. Bei der Anprobe hatte sie sich gefreut wie ein Kind. Es war erst ein paar Monate her, doch die Erinnerung daran kam ihr vor wie aus einem früheren Leben. So viel war seitdem passiert.

»Für Finn ist das gerade keine leichte Zeit«, begann sie mit ihrer Beichte. »Mein Mann und ich, also… wir leben seit einiger Zeit getrennt. Mein Mann ist ausgezogen. Er will sich von mir scheiden lassen.«

Herr Bertrams Blick sprach Bände. Als wäre bei ihm der Groschen gefallen, jetzt ergab für ihn alles Sinn. Alles, was mit Finn passierte, war mit einem Satz zu erklären.

Marion spürte heiße Scham. Wenn sie sich durch die Augen des Lehrers sah, dann war sie einfach eine weitere Mutter, die in Scheidung lebte und ihr Kind unter der Trennung leiden ließ. Als hätte sie sich all dies ausgesucht. Als wäre es nicht Joost gewesen, der alles hingeworfen und sich davongemacht hatte.

»Joost, also Finns Vater, wohnt weiter hier in Leer. Wir haben noch nicht geklärt, wie das mit der Betreuung sein wird. Im Moment verbringt Finn jedes zweite Wochenende bei seinem Vater. Vor der Deutscharbeit war Finn auch bei ihm. Ich habe Joost gesagt, er soll mit Finn lernen, aber dann ist nichts passiert. Ich muss einfach mit ihm sprechen. Damit so was nicht wieder vorkommt.«

»Es ist ja nicht nur diese Deutscharbeit.«

»Das weiß ich. Finn ist unkonzentriert. Natürlich ist er das. Er braucht Unterstützung. Gerade deshalb hätte Joost an dem Wochenende mit ihm lernen müssen.«

Der Lehrer blickte sie durchdringend an. Sie hörte ja selbst, wie das klang. Sie gab Joost die Schuld für Finns Probleme.

»Es verändert sich gerade viel für Finn. Die Trennung, zwei Wohnungen, die neue Frau, mit der sein Vater zusammenlebt. Das ist alles nicht leicht für ihn.«

Sie hatte das Gefühl, sich verteidigen zu müssen. Als säße sie auf der Anklagebank.

»Finn liest im Moment sehr viel. Über Maschinen und Traktoren. Dafür interessiert er sich sehr. Vor allem für historische Traktoren. Aber das ist doch normal für einen Jungen in dem Alter, dass er sich für technische Dinge interessiert. Ich denke, Lesen ist was Gutes, oder?«

Herr Bertram lächelte nachsichtig. Er hatte sein Urteil längst gefällt. Marion spürte, wie das Blut in ihre Wangen schoss. Sie würde mit Finn mehr lernen müssen. Joost war dafür nicht zu haben, das war schon immer so gewesen. Er wollte seinen Spaß haben mit dem Jungen. Fußball spielen, fernsehen, »zocken«. Mit Finn etwas für die Schule zu tun war in Joosts Augen ihre Aufgabe. Und Willem war auch keine große Hilfe, was dieses Thema betraf. Sie hatte ihn einige Male gebeten, Finns Hausaufgaben mit ihm durchzugehen, doch er ließ Finn stattdessen allein in der Küche sitzen, und erst wenn er mit den Schulsachen fertig war, durfte er hinaus auf den Hof und ihm bei der Arbeit helfen. Unter diesen Umständen war es ja klar, dass Finn sich nicht gerade viel Zeit nahm, seine Aufgaben gründlich zu erledigen. Das Thema Schule blieb an ihr hängen.

»Ich tue, was in meiner Macht steht, um es für Finn erträglicher zu machen. Ich weiß doch, wie schwer es für ihn ist. Dass er sich nicht konzentrieren kann. Ich lerne mit ihm, so gut es geht.«

»Natürlich tun Sie das«, sagte der Lehrer lahm. »Davon bin ich überzeugt.«

Was hätte sie ihm schon sagen können? Sie fühlte sich überfordert mit allem. Es gab keinen, der ihr eine echte Hilfe war. Wenn doch ihre Mutter noch leben würde. Die würde das ganze Chaos in den Griff bekommen. Doch Marion war allein. Sie stand einsam vor den Trümmern ihres Lebens.

Am Wochenende hatte sie mit Martin telefoniert. Er nahm sich wenigstens ein bisschen Zeit für sie, damit sie Dampf ablassen konnte. Das war mehr, als die meisten anderen für sie taten. Natürlich war ihr Bruder erschrocken gewesen, als er von der Trennung gehört hatte. Er hatte ihr zugehört, seine Hilfe angeboten. Doch danach war es wieder ruhig geworden. Von allein meldete er sich nicht. Wenn sie jemanden zum Reden brauchte, musste sie selbst zum Hörer greifen. Und bei Finns Problemen in der Schule konnte Martin sie wohl kaum unterstützen.

»Ich bringe Finn jetzt regelmäßig zu Willem«, hatte sie bei ihrem letzten Gespräch berichtet. »Wenn ich nachmittags in der Bank sein muss, wird Finn von ihm betreut.«

»Von *Willem*? Auf dem Hof?«

»Na ja. Er ist sein Opa. Warum denn nicht?«

Martin hatte verwundert geschwiegen.

»Denkst du, das ist keine gute Idee?«

»Keine Ahnung, Marion. Es wundert mich nur. Aber... wird schon okay sein. Willem ist ja kein Verbrecher oder so. Finn wird schon in guten Händen sein. Ich meine... es war ja früher auch ganz schön auf dem Hof, oder?«

»Du meinst, als Mama noch lebte. Ich weiß ja auch nicht, ob es das Richtige ist, wenn ausgerechnet Willem sich um den Jungen kümmert. Aber was soll ich machen?«

»Ach, was soll schon passieren? Ich schätze, letztlich wird es so sein, dass Willem einfach unbeirrt seine Arbeit macht und sich von Finn nicht aus der Ruhe bringen lässt. Der kann ihm hinterherlaufen und mithelfen, wenn er will. Oder es eben seinlassen. Habe ich recht?«

»Ja, so ungefähr läuft es ab. Aber trotzdem. Finn mag seinen Opa. Sehr sogar, glaube ich.«

Sie schwiegen, als müssten sie beide darüber nachdenken, was von dieser Zuneigung zu halten wäre.

»Ich gönne es Finn ja, einen Opa zu haben«, sagte Marion. »Ich versuche jedenfalls, in seiner Gegenwart kein schlechtes Wort über Willem zu verlieren. Er soll sich selbst eine Meinung bilden. Wenn er ihn mag, will ich das nicht kaputtmachen.«

»Das finde ich richtig, wirklich. Willem hat ja auch gute Seiten. Soll Finn ihn ruhig mögen.«

»Er leidet so unter der Scheidung, Martin. Es bricht mir das Herz, das zu sehen. Aber ich kann es nicht ändern. Ich kann ihn nur liebhaben. Versuchen, ihm zu helfen. Aber ich merke, dass das natürlich längst nicht reicht.« Marion seufzte. »Ich weiß gar nicht mehr, was richtig ist. Soll ich Joost etwa seinen Willen lassen? Zulassen, dass er mir auch noch meinen Jungen wegnimmt, nachdem er alles kaputtgemacht hat? Und wäre das überhaupt gut für Finn? Joost kümmert sich sowieso nicht um ihn. Das hat er nie getan. Seine neue Freundin wäre dann für meinen Sohn zuständig. Er würde aus dem Koffer leben und zwischen uns pendeln. Was Joost da will, macht alles doch nur schlimmer.«

Der wichtigste Grund blieb jedoch unausgesprochen. Marion wurde allein bei dem Gedanken schwindelig. Sie durfte Finn auf keinen Fall verlieren. Er war das Wichtigste in ihrem Leben. Er war wie ein Teil von ihr. Wenn es Joost gelänge, ihn ihr wegzunehmen, wäre das, als würde er ihr das Herz aus der Brust reißen.

Als Marion das Klassenzimmer verließ, saß Finn draußen auf dem Schulflur wie ein Häufchen Elend auf einer Bank. Er sah ihr ängstlich und reumütig entgegen. Natürlich wusste er, dass es in dem Gespräch mit Herrn Bertram um seine schlechte Deutschnote gegangen war.

»Tut mir leid, Mama. Das mit Deutsch. Und überhaupt.«

»Das weiß ich doch, Finn.« Sie nahm ihn in den Arm. »Das ist nicht so schlimm. Wir kriegen das schon wieder hin.«

Sie versuchte, Finn so weit wie möglich aus allem herauszuhalten. Doch es waren einfach zu viele Kräfte am Werk. Von allen Seiten wurde an ihnen gezerrt.

»Es ist eben eine schwierige Zeit, für uns alle«, sagte sie. »Aber wir müssen uns öfter hinsetzen und für die Schule lernen. Eine Fünf in Deutsch ist kein Weltuntergang. Es heißt nur, dass wir uns ein bisschen mehr anstrengen müssen. Mach dir keine Sorgen deswegen.«

Sie gingen zum Parkplatz, verstauten Finns Sachen im Kofferraum und stiegen ins Auto.

»Opa rechnet eigentlich erst nach dem Mittagessen mit uns«, sagte sie, als sie vom Schulhof fuhr. »Ich hoffe, er hat genug zu essen gekocht, damit es für zwei reicht.«

Selbst wenn nicht, dachte sie. In Willems Tiefkühltruhe waren neuerdings Dinge wie Hühner-Nuggets und Ofenpommes zu finden. So weit hatte er sich schon auf Finn eingestellt. Marion verkniff sich dabei ihre Meinung zu den Nuggets. Sie verkniff sich alles, was es über Massentierhaltung und industriell gefertigte Lebensmittel samt Glukosesirup und Geschmacksverstärkern zu sagen gab, und freute sich einfach darüber, dass Willem für Finn einkaufte und sich um ihn kümmerte. Dennoch hoffte sie still und heimlich, dass Finns Geschmacksnerven bei Willem nicht für immer ruiniert werden würden.

»Ach, das ist nicht schlimm, wenn nicht«, sagte Finn freimütig. »Bei Papa hatten wir Sonntag auch kein Mittagessen. Da haben wir Döner gegessen und Pommes. Aber erst, als der Dönerladen aufgemacht hat.«

»Wie bitte? Es gab bei Papa kein Mittagessen?«

Sie merkte, wie schneidend ihr Tonfall war. Sie musste sich zusammenreißen. Finn konnte schließlich nichts dafür. Doch die Wut auf Joost war größer. Nicht einmal am Sonntag hatte er ihm ein Mittagessen gemacht.

»Und ihr musstet warten, bis der Dönerladen aufmacht? Wann war das denn, nachmittags um drei?«

Es war alles so typisch für Joost.

»Hat Papa wieder den ganzen Tag gearbeitet? Sag schon. Hat Papa am Sonntag vorm Computer gesessen?«

Finn sah schuldbewusst auf die Schuhspitzen. Also hatte sie ins Schwarze getroffen. Joost hielt sich nicht einmal die wenige Zeit frei, in der er Finn hatte. Aber das Wechselmodell musste es sein, unbedingt.

Finn wusste, dass er sich verplappert hatte. Er sah aus, als würde er am liebsten losheulen. Dabei war es nicht seine Schuld. Bestimmt war bei Joost kurzfristig ein Auftrag reingekommen. Das kannte sie ja. Trotzdem, sie durfte ihren Ärger nicht an dem Kind auslassen.

Das war der Sonntag gewesen, an dem Joost mit Finn für die Deutscharbeit hätte lernen müssen. Toller Vater, schafft es nicht mal, Essen auf den Tisch zu bringen. Als wären sie nicht Vater und Sohn, sondern Mitbewohner in einer Studenten-WG. Marion wusste gar nicht, wohin mit ihrem Ärger.

Erst als das Auto auf den Hof ihres Vaters schoss, merkte sie, wie schnell sie fuhr. Das durfte ihr nicht passieren, dass sie zu jagen begann, nur weil sie auf Joost sauer war. Sie musste sich besser im Griff haben.

Willem stand mit der Schippe in der Hand am Wiesengatter und hob den Blick. Er tippte an den Rand seiner Schirmmütze und stellte die Schippe weg.

»Ihr seid aber früh«, sagte er, als sich die Türen des Wagens öffneten. An Finns Gesicht bemerkte er sofort, dass etwas nicht in Ordnung war. Er sah Marion fragend an.

»Hast du noch Mittagessen für Finn?«

»Es ist genug da. Ich hab selbst noch nicht gegessen. Finn, geh doch schon mal vor in die Küche. Ich komm gleich nach, und dann essen wir.«

Der Junge trottete davon und verschwand aus ihrem Blickfeld.

»Ist was passiert?«, fragte Willem.

»Ach. Ich hatte gerade ein Gespräch mit seinem Klassenlehrer. Sein Notendurchschnitt ist ziemlich in den Keller gerutscht. Vor allem in Deutsch sieht's finster aus. Ich hab meine Mittagspause vorgezogen, damit ich ihn abholen kann. Deshalb bin ich früh dran.«

»Er wird hier nicht verhungern.«

»Das weiß ich. Danke, Willem.«

Bliebe nur noch die Sache mit dem Lernen.

»Sag mal, Willem. Ich weiß ja, du achtest darauf, dass Finn seine Hausaufgaben macht. Aber kannst du dich nicht doch auch ein bisschen mit ihm hinsetzen? Es muss jemand mit ihm zusammen lernen, es geht nicht anders.«

»Mich mit ihm hinsetzen?«, kam es wenig begeistert zurück.

»Er hat Aufgabenhefte, da kannst du dich orientieren. Einfach jedes Mal nach dem Essen eine halbe Stunde Aufgaben machen.« Bittend sah sie ihren Vater an. »Allein tut er das nicht, da muss sich eben einer mit ihm hinsetzen.«

An Willems Gesicht war genau zu erkennen, was er von der Sache hielt. Er hatte sich Arbeiten auf dem Hof vorgenommen. Mit einem Kind für die Schule zu lernen gehörte nicht gerade zu den Dingen, mit denen er sich auskannte, und außerdem war es nicht in seinem Zeitplan vorgesehen. Und wenn er sich einmal etwas vorgenommen hatte, konnte er ziemlich stur sein.

»Also gut, Willem. Wenn es heute nicht passt, dann vielleicht beim nächsten Mal. Er braucht in Zukunft einfach mehr Hilfe beim Lernen von uns.«

»Ich weiß nicht, Marion. Wie soll ich das denn machen? Ich kenne mich da doch gar nicht aus.«

»So schwer ist das nicht. Bitte, Willem. Es wäre wirklich wichtig.«

Er stieß ein Brummen aus. Sie kannte ihn gut genug, um zu wissen, was es bedeutete. Es war sein abschließendes Urteil. Sie konnte weiterbetteln, solange sie wollte, es würde nichts helfen. Willem wäre dem Jungen keine Unterstützung, was die Schule anging. Genauso wenig wie Joost. Alle Probleme mussten wieder mal von ihr gelöst werden.

»Ich muss zur Arbeit zurück«, sagte sie resigniert. »Wir sehen uns später.«

Sie hatte sich bereits abgewandt, als er ihr hinterherrief. Sie drehte sich verwundert um.

»Ja? Was ist?«

»Vielleicht... Also, ich meine...«

»Was denn, Willem?«

»Das mit der Schule, Marion. Vielleicht steckt ja mehr dahinter. Ich meine... grundsätzliche Probleme.«

Sie sah ihren Vater ungläubig an. War das etwa sein Ernst? Ausgerechnet Willem wollte ihr jetzt so kommen?

»Jetzt bist du plötzlich der Fachmann für Erziehungsfragen?« Sie hörte selbst, wie giftig das klang, doch das war ihr nun egal. »*Grundsätzliche Probleme*, die dahinterstecken?«

»So meine ich das doch gar nicht.«

»Finn hat also Probleme. Natürlich hat er die. Seine Eltern trennen sich gerade. Nichts ist mehr wie vorher. Meinst du, ich weiß nicht, wie ihn das belastet? Denkst du, ich bin so mit mir selbst beschäftigt, dass ich keine Augen dafür habe, was die Scheidung von Joost für mein Kind bedeutet? Wie sehr ihn die ganze Sache quält? Was denkst du denn über mich?«

»Marion, versteh mich bitte nicht falsch. Ich meine nur, dass Finn...«

Sie hörte gar nicht mehr zu. Ihr Vater war nun wirklich der letzte Mensch auf der Welt, der sich anmaßen dürfte, irgendwelche Ratschläge zu geben, was die Bedürfnisse und Nöte von Kindern anging.

»Lass es einfach, Willem. Ich muss zurück zur Arbeit. Deinen Rat brauche ich nicht.«

Doch er gab keine Ruhe. Offenbar wollte er unbedingt alles noch schlimmer machen.

»Ich bin immerhin sein Opa. Du kannst den Jungen nicht einfach hier abladen und mir dann das Wort verbieten.«

»Nein, Willem. Spar dir das. Ausgerechnet von dir muss ich mir keine Erziehungstipps anhören. Das ist ja wohl ein Witz. Du hast doch selbst zwei Kinder, bei denen du es verbockt hast.«

Das hatte gesessen. Danach herrschte Schweigen.

Es war ihr rausgerutscht. Sie bereute sofort, es gesagt zu haben. Doch es war die Wahrheit. So schmerzlich es auch für Willem sein mochte, sie hatte nur laut ausgesprochen, was alle wussten. Wenn sie sich nun entschuldigte, würde sie wieder eine Lüge daraus machen.

»Finn wird bald einen Hortplatz haben.« Sie vermied es, ihn anzusehen. »Dann musst du deine Zeit nicht mehr opfern. Wir haben dich schon viel zu sehr in Anspruch genommen. Vielen Dank noch mal, dass du heute einspringst. Ich muss jetzt zurück zur Arbeit.«

Ohne ein weiteres Wort stieg sie ins Auto und startete den Motor. Im Rückspiegel sah sie Willem, der ihr mit steinernem Gesicht hinterherschaute. Marion spürte Tränen in sich aufsteigen. Doch es gab nichts, das sie sich vorwerfen konnte. Sie hatte jedes Recht, so auf seinen Einwurf zu reagieren. Vielleicht war es ja doch ein Fehler gewesen, diese Familienzusammenführung. Ihre Mutter war tot. Und Willem war auch keine Hilfe, er würde niemals eine sein. Egal wie sehr sie sich danach sehnte, eine Schulter zum Anlehnen zu haben, sie war allein. Sie musste stark sein, für Finn.

· · · · ·

»Du hast Glück, dass ich noch nicht gegessen habe«, sagte Willem, als er die Küche betrat.

Er versuchte, sich nicht anmerken zu lassen, wie sehr ihn Marions Worte getroffen hatten.

»Hol dir schnell einen Teller und Messer und Gabel, Finn. Dann können wir anfangen.«

Der Junge sprang ganz selbstverständlich zum Küchenschrank und bediente sich dort, als wäre er hier zu Hause. Willem betrachtete ihn nachdenklich. Es war schön, ihn hierzuhaben.

Es war schön, wenn sich ein anderer Mensch in seiner Küche wie zu Hause fühlte.

Er ging zum Herd und nahm die Töpfe in Augenschein.

»Erbsen und Kartoffelbrei sind genug da. Nur die Bratwurst, die müssen wir uns wohl teilen.«

»Du kannst die Bratwurst ruhig allein essen«, sagte Finn kleinlaut.

Offenbar glaubte er, keine Wurst verdient zu haben, nach der Sache mit seiner Deutschnote. Gleichzeitig konnte er jedoch nicht verhindern, sehnsüchtig zur Pfanne zu schielen. Willem musste lachen.

»Das kommt gar nicht in Frage, Finn. Wir teilen gerecht. Wie sich das unter Männern gehört.«

Finn lächelte schwach. Willem stellte das Essen auf den

Tisch und verteilte es auf die Teller. Schweigend machten sie sich darüber her.

Willem sah zwischendrin verstohlen zu Finn hinüber. War es wirklich nur die Deutschnote, die ihn so wortkarg hatte werden lassen? Sonst machte er ja immer einen munteren Eindruck, wenn er auf dem Hof war. Nicht aber heute. Er dachte an das, was Mechthild angedeutet hatte.

Finn sah auf, und ihre Blicke trafen sich. Willem schenkte ihm ein Lächeln. Am besten lenkte er ihn von seinen trüben Gedanken ab.

»Du hast doch bald Geburtstag, Finn. Freust du dich schon? Dann wirst du neun.«

Finn antwortete nicht. Stattdessen senkte er den Kopf und stocherte in seinen Erbsen herum, als hätte er ihn gar nicht gehört. Was war denn jetzt los?

»Du feierst doch mit deinen Freunden?«

»Schätze schon.«

»Du *schätzt*? Freust du dich denn gar nicht?«

»Weiß nicht. Am liebsten hätte ich gar keinen Geburtstag.«

»Keinen Geburtstag? Wieso das denn nicht?«

Das war Willem auch noch nicht passiert, dass er dem Jungen jedes Wort aus der Nase ziehen musste.

»Nur so«, sagte Finn. »Ist mir egal.«

»Aber es gibt doch sicher eine Geburtstagsfeier?«

»Schon. Papa will den Bolzplatz mieten.«

»Ja, und weiter?«

»Halt zum Fußballspielen. Mit meinen Freunden. Und danach gibt's Pizza. Im Vereinsheim.«

»Aber das ist doch großartig, oder?«

Finn zuckte nur mit den Schultern. Seltsam.

»Kommt deine Mama denn nicht zum Bolzplatz?«

»Mama will bei uns im Garten feiern. So wie jedes Jahr. Sie hat schon ganz viel vorbereitet. Jetzt ist sie total sauer auf Papa, weil der den Bolzplatz gemietet hat. Die schreien sich wieder nur an.«

Jetzt begriff Willem, wo der Hase langlief.

»Und was willst du am liebsten? Bolzplatz oder Gartenfest?«

»Weiß nicht. Ist mir egal.«

Natürlich war der Bolzplatz unschlagbar, aber Willem konnte verstehen, was in dem Jungen vorging. Er wollte sich nicht zwischen seinen Eltern entscheiden müssen, und darauf lief es zwangsläufig hinaus.

Sie fielen wieder in Schweigen. Aßen lustlos weiter. Willem versuchte erneut, das Thema zu wechseln.

»Du wolltest mir doch von deinen Oldtimer-Treckern erzählen. Von deiner Sammlung.«

Finn sah auf und lächelte zögerlich. Na also.

»Sammelst du immer noch alte Traktoren?«

»Klar. Irgendwann will ich selbst einen Trecker restaurieren. Wenn ich alt genug bin. Ich lese schon alles darüber, damit ich dann weiß, wie es geht. Und wenn ich einen Trecker habe und den restauriere, dann fahre ich damit zu allen Oldtimer-Treffen. Ich war mit meinem Papa letztes Jahr beim Feldtag in Nordhorn. Da waren so viele alte Trecker, Opa. Das war so toll. Da möchte ich auch mal mitfahren.«

»Da musst du warten, bis du sechzehn bist. Dann kannst du einen Treckerführerschein machen.«

»Bestimmt noch viel länger«, sagte er unglücklich. »Selbst wenn ich irgendwann Trecker fahren darf, habe ich keinen Trecker. Und Papa meint, ich muss erst erwachsen werden und Geld verdienen, vorher geht das nicht.«

»Du kannst hier bei mir auf dem Trecker fahren, wenn du alt genug bist. Weißt du, dass ich dreizehn war, als ich Treckerfahren gelernt habe?«

»Aber das ist doch verboten!«

»Auf der Straße ist es verboten, das ja. Auf einem Privatgrundstück darfst du vorher schon fahren. Unter Aufsicht. Deine Beine müssen nur lang genug sein, um an die Pedale zu kommen.«

»Heißt das, ich darf auch mit dreizehn Trecker fahren? Hier bei dir auf dem Hof? Oh, Opa, bitte. *Bitte, bitte.*«

Willem bereute schon, es gesagt zu haben. Er hätte das zuerst mit Marion absprechen sollen. Zum Glück waren es noch einige Jahre bis dahin.

»Noch ist es nicht so weit. Deine Eltern haben auch noch ein Wörtchen mitzureden. Erzähl mir lieber, was du für Oldtimer-Modelle in deiner Sammlung hast.«

Das Ablenkungsmanöver funktionierte. »Schon ziemlich viele. Also, wenigstens ein paar. Die kosten eben viel Geld. Die originalgetreuen Modelle. Mama schenkt mir gern Spielzeugtraktoren, aber das ist nicht das Gleiche. Die versteht das nicht. Von den Echten hab ich den Schlüter S 20, den du mir geschenkt hast. Der ist so cool, Opa. Danke noch mal.«

Willem lächelte schmal. Er schämte sich immer noch, bis vor kurzem von diesem Geschenk gar nichts gewusst zu haben. Aber so etwas würde ihm nicht noch einmal passieren.

»Dann habe ich noch einen Hanomag R 35, der sieht total echt aus. Wirklich krass. Den hat Papa mir geschenkt. Obwohl der findet, ich soll mir lieber ein Longboard oder eine Playstation wünschen. Dann hab ich noch einen Porsche Diesel. Und ein Fendt Dieselross, den F 40. Ist der Klassiker.«

»Was du alles weißt.« Willem grinste verschwörerisch. »Ich kenn einen Bauern, der hat einen alten restaurierten Traktor. *Das* Modell kennst du ganz sicher nicht.«

Finn setzte ein Pokerface auf. »Was denn für einer?«

Alfred Janssen hatte seinen Traktor vor ein paar Jahren wieder auf Vordermann gebracht. Nur so, zum Zeitvertreib. Willem musste mit Finn unbedingt mal dorthin gehen, um ihm das Schmuckstück zu zeigen.

»Es ist ein Traktor von Wesseler.«

»Ein Wesseler?« Finn grinste übers ganze Gesicht. »Klar kenne ich Wesseler. Die haben Trecker in der Nähe von Münster gebaut. Bis 1966. Dann wurden die von Fiat übernommen.«

»Unglaublich. Spielst du denn auch mit deinen Modellen?«

Finn starrte ihn an, als hätte er Hochverrat begangen. »*Spielen*? Das sind naturgetreue Modelle. Die sind viel zu schade zum Spielen. Die stehen in meiner Vitrine.«

»Entschuldigung. Und was ist dein Lieblingstraktor?«

»Mein absoluter Lieblingstraktor ist der Lanz Bulldog. Den finde ich am allertollsten.«

»Den Lanz Bulldog?«, fragte Willem überrascht.

Das rührte ihn. Ein seltsamer Zufall, doch sicher nicht verwunderlich. Lanz-Traktoren waren schließlich Klassiker. Es hatte Zeiten gegeben, in denen das Wort Bulldog umgangssprachlich für Ackerschlepper stand, so wie heute viele Leute nach einem Tempo fragten, wenn sie ein Papiertaschentuch wollten.

Trotzdem. Dass Finns Lieblingstraktor ausgerechnet ein Bulldog war. Ihr erster Traktor auf dem Hof. So schloss sich der Kreis. Der Bulldog musste noch irgendwo in der Scheune stehen. Willem hatte es nie übers Herz gebracht, ihn zum Schrottplatz zu bringen wie die anderen Traktoren, die später auf dem Hof ausgemustert worden waren. Irgendwie war der Lanz immer was Besonderes gewesen.

»Wieso denn gerade der Lanz Bulldog, Finn?«

»Keine Ahnung. Der ist eben so cool. Das war mein erster Trecker. Mama hat mir den geschenkt, als ich noch klein war.«

»Deine Mama? Die hat dir den geschenkt?«

Dann war es doch kein Zufall, dass Finns Herz am Bulldog hing. Marion und Martin hatten als Kinder in der Scheune oft mit dem ausgemusterten Traktor gespielt. Zwar fuhr er schon damals nicht mehr, dennoch hatten sie ihn über alles geliebt. Und nun erfuhr er, dass Marion ein Modell dieses Traktors Finn geschenkt und damit seine Treckerbegeisterung erst ausgelöst hatte. Marion hatte wohl doch nicht alles hinter sich gelassen.

»Sag mal, Finn. Hast du schon mal einen echten Lanz gesehen?«

»Na klar. Mit Papa im Museum. Sogar eine Lanz-Bulldog-Ackerraupe. Die war krass, Opa. Die sah aus wie ein Panzer.«

»Weißt du, dass ich auch mal einen Lanz gefahren habe? Ist lange her...«

Jetzt fiel Finn die Kinnlade herunter. Das hatte Marion dem Jungen also verschwiegen. Bestimmt war sie davon ausgegangen, dass Willem die Scheune längst entrümpelt hatte. Er konnte selbst nicht genau sagen, warum er den Rosthaufen noch besaß.

»Du hast ...?« Finn war sprachlos.

»Jawohl. Einen Lanz Bulldog. Von neunzehnhundertsiebenundfünfzig.«

Finn sah ihn an, als hätte Willem ihm gerade verkündet, dass irgendein amerikanischer Popstar sein bester Freund war.

»Iss auf. Dann zeig ich dir was.«

Finn war natürlich prompt viel zu aufgeregt, aber Willem bestand darauf, dass er wenigstens die Wurst aufaß. Dann verließen sie die Küche und traten auf den Hof. Draußen herrschte mittägliche Ruhe. Die Kühe lagen im Schatten am Wiesenzaun, die Herbstsonne stand niedrig und leuchtete golden, nichts rührte sich.

»Was willst du mir zeigen, Opa?«

»Wart's ab. Wir haben es gleich.«

Er zog den Riegel am Scheunentor zur Seite und schob das Tor mit lautem Quietschen weit auf. Dahinter klaffte ein schwarzer Schlund. Abgestandene Luft schlug ihnen entgegen. Staubkörner tanzten in den Sonnenstrahlen, und Fliegen surrten träge im Licht.

»Deine Augen gewöhnen sich gleich an die Dunkelheit. Komm rein.«

Finn zögerte kurz. Es war nicht gerade verlockend, in das dunkle muffige Innere zu treten. Doch er fasste sich ein Herz und folgte seinem Großvater.

Es herrschte ziemliches Chaos. Hier musste dringend mal entrümpelt werden, so viel stand fest. Im vorderen Teil standen seine alte Spritzmaschine, eine halb verrostete Egge, ein Stapel Paletten und die Eisengitter von einem ausrangierten Kuhstall. Dazwischen Bretterstapel, leere Kanister und eingetrocknete Farbeimer.

»Komm mit, Finn. Hier entlang. Pass auf mit der Egge. Die hat scharfe Kanten.«

Er führte den Jungen in den hinteren Teil der Scheune. Der Traktor befand sich unter einer Plane, die Willem irgendwann vor langer Zeit darübergeworfen hatte. Glücklicherweise, wie sich herausstellte, denn die Plane war voller Staub und Vogeldreck. Willem nahm einen Zipfel und zog sie mit einem Ruck zur Seite. Da war er. Sein alter Lanz Bulldog. Er sah schlechter aus, als Willem ihn in Erinnerung hatte. Grau, verrostet und voller Beulen. Das Auspuffrohr lag quer über der Motorhaube. Die Reifen waren platt. Überall Rost und eingetrocknetes Öl. Doch davon abgesehen war es immer noch ein originaler Lanz, und Willem konnte erkennen, dass sein Enkelkind genau das in dem Traktor sah. Sein ehrfürchtiger Blick sprach Bände.

»Na?«, meinte Willem mit leichtem Stolz. »Was sagst du jetzt?«

Es dauerte, bis Finn seine Sprache wiederfand.

»Ein Bulldog«, hauchte er. »Ein echter Lanz Bulldog.«

KAPITEL SIEBEN

Willem drehte den Zündschlüssel. Mit einem Knall blies der Bulldog eine Abgaswolke in den Himmel. Das laute, unverwechselbare Knattern des Einzylinders erfüllte den Hof. Die Kinder stimmten jubelnd in den Lärm ein, der Hund sprang bellend im Kreis, und Clemens zeigte lächelnd den erhobenen Daumen.

Willem legte einen Gang ein. Seine Reise ging nun weiter. Und zwar mit einem tadellos funktionierenden Traktor. Das war jedenfalls bei seiner sorgfältigen Prüfung herausgekommen. Er hatte Schmieröl und Kühlwasser nachgefüllt, das Getriebeöl überprüft, den Luftfilter gereinigt, ein paar Schrauben nachgezogen und mit seinem Ölkännchen einige Schmierstellen bearbeitet.

»Woran erkennt man einen Lanz-Bulldog-Fahrer?«, hatte es früher immer geheißen. »An den Ölflecken zwischen den Zähnen.«

Die Kinder waren mit einem Schild aufgetaucht, auf das der Name *Greetje* gemalt war. Eine tolle Überraschung. Willem hatte es an dem Holzkasten auf der Ackerschiene angebracht, und bevor er den Hof verließ, fuhr er noch einmal im Kreis herum, damit alle das Schild bewundern konnten. Dann tuckerte er hupend und winkend über den schmalen Zufahrtsweg davon und nahm die Landstraße in Richtung Süden.

Die Sonne schien von einem strahlend blauen Himmel, Kühe grasten gemächlich auf den Wiesen, und das Knattern des Lanz hallte von den Kiefernwäldern wider. Er dachte an den schönen Grillabend mit der freundlichen Familie. Und an die Fragen, die diese Kinder ihm gestellt hatten. Anna. Immer wieder Anna. Auf dieser Reise dachte er so oft an sie wie lange nicht mehr. Sonst begleitete ihn der Verlust eher wie ein vager Schatten, manchmal bei der Arbeit oder bei seinen alltäglichen Abläufen, immer an seinen einsamen Sonntagen. Nun aber nahm dieser Schatten wieder ganz klar Gestalt an.

Er fragte sich, ob er Anna auf irgendeine Art wiedersehen würde, wenn es so weit war. Wie so viele, die ihre Ehepartner verloren hatten, wünschte er, daran glauben zu können. Doch das gelang ihm schwerlich. Sein Gefühl sagte ihm, dass er sie für immer verloren hatte.

Um sich auf andere Gedanken zu bringen, studierte er den eingezeichneten Weg auf seiner Karte. Er wollte heute bis nach Münster kommen. Mal sehen, vielleicht schaffte es seine Greetje sogar ein Stück weiter. Aber wahrscheinlich wäre er ziemlich erledigt, wenn er erst einmal in Münster angekommen wäre. Und Münster wäre auch kein schlechter Ort für die nächste Übernachtung. In einer Stadt dieser Größe wäre es sicher ein Leichtes, eine günstige Unterkunft zu finden.

Dummerweise kehrten jedoch nach einer Weile Greetjes Probleme vom Vortag zurück. Irgendwas stimmte nicht mit dem Motor. Das Gaspedal reagierte weniger und weniger, die Drehzahl nahm ab, der Traktor wurde langsamer, und Willem glaubte ungute Geräusche im Motor zu hören. Er legte Pausen ein, setzte sich mit einem Becher Kaffee aus der Thermoskanne auf einen Baumstumpf am Wegesrand und gönnte Greetje etwas Erholung. Danach ging es zuerst wieder eine Weile, bevor die Probleme zurückkamen – jedes Mal ein bisschen früher und etwas stärker.

Als er kurz vor Hörstel die Ausläufer des Teutoburger Waldes erreichte und in dem hügeligen Gelände leichte Steigungen zu bewältigen hatte, wurde es ernst. Den ersten Hügel nahm er bereits im Leerlauf, vor dem zweiten musste er eine Pause einlegen, um den Motor abkühlen zu lassen, und beim dritten sah er ein, dass es so nicht mehr weiterging. Er brauchte eine Werkstatt.

Er fuhr Greetje an den Straßenrand in den Schatten eines Baumes und studierte seine Karte. Rheine war ganz in der Nähe, eine größere Stadt, in der bestimmt Werkstätten zu finden waren. Dummerweise war die Batterie seines Handys leer. Er hatte nicht daran gedacht, das Gerät bei Clemens aufzuladen. Zu Hause benutzte er das Ding so gut wie nie. Also musste er es auf gut Glück versuchen.

Er kämpfte sich bis zum Stadtrand von Rheine vor. Obwohl es Nachmittag und herrliches Sommerwetter war, war in dem Wohngebiet, das er durchquerte, kaum eine Menschenseele auf der Straße. Eine Art Spielplatz tauchte auf, umgeben von hohen Bäumen. Es gab eine dieser Rampen, auf denen Jugendliche mit Skateboards Kunststücke machen konnten. Drei Jungs führten sich gerade gegenseitig ihr Können vor, als sie durch das laute Knattern des Einzylinders abgelenkt wurden und neugierig herübersahen. Willem brachte den Traktor vor der Rampe zum Stehen. Mit einem lauten Knall und einer schwarzen Abgaswolke verabschiedete sich der Motor. Es wurde still.

»Moin«, rief Willem, nahm seine Ohrstöpsel heraus und wischte sich den Schweiß von der Stirn.

Die Teenager, alle drei mit modischen Jogginghosen, nach hinten gedrehten Käppis und Skateboards unterm Arm, sahen ihn an, als wäre er ein Außerirdischer.

»Wisst ihr, wo ich eine Telefonzelle finden kann?«

Ihm fiel ein, dass er die Nummer der Auskunft nicht auswendig wusste. »Am besten eine mit Telefonbüchern«, fügte er hinzu. »Ich muss nämlich was nachschlagen.«

Die Jungs blickten mit offenen Mündern. Er begriff, dass er nun endgültig wie ein Besucher aus dem letzten Jahrtausend wirken musste.

»Die Batterie von meinem Telefon ist leer«, erklärte er. »Deshalb... ach, da fällt mir ein: Oder hat einer von euch vielleicht ein Telefon dabei? Ich suche eine Werkstatt, die sich mit Traktoren auskennt. Hier in Rheine.«

Jetzt endlich hatten sie den Anblick von Willem und seinem historischen Traktor verdaut. Einer zog ein schmales silbernes Gerät aus seiner Hosentasche.

»Klar hab ich ein Handy«, sagte er, machte aber keine Anstalten, es aus der Hand zu geben.

»Vielleicht kannst du die Auskunft anrufen und nach einer Werkstatt fragen?«

»Sicher. Kein Problem.« Er drückte auf einen Knopf. »Siri, welche Autowerkstatt hat in Rheine geöffnet?«

»Wer ist denn Siri?«, fragte Willem die anderen. »Seine Freundin?«

Die beiden anderen grinsten breit. Eine Erklärung bekam er nicht. Eine weibliche Stimme drang aus dem Handy und zählte Werkstätten auf, die der Junge der Reihe nach anrief. Nach den ersten Telefonaten wurde jedoch klar, dass es schwierig werden würde, jemanden zu finden, der auch nur das Geringste von alten Traktoren verstand.

Da hatte Willem eine Idee. Fast hätte er sich vor die Stirn geschlagen, dass er nicht eher daran gedacht hatte, wie Finn es immer tat.

»Frag die Frau von der Auskunft nach dem Wesseler-Werk.«

»Dem – was für einem Werk?«

»Nach dem Wesseler-Traktorenwerk. Kennt ihr das nicht? Das ist ganz in der Nähe. In Altenberge. Ganz großartige Traktoren wurden da gefertigt, in den Fünfzigern. Die waren überall bekannt für ihre Qualität.«

Das Traktorenwerk war heute ein Museum, und es gab einen Verein von Traktorenliebhabern. Dort würde man sicher wissen, wo eine Werkstatt war, die weiterhelfen konnte. Diese Leute kannten sich in ihrer Gegend aus. Willem überzeugte den Jungen, dass es diesmal das Beste wäre, wenn er selbst anrief.

»Ich mache dir dein Telefon schon nicht kaputt. Ist ja nicht das erste Mal, dass ich so ein Ding in der Hand habe ...« Er nahm es in die Hand und wusste prompt nicht mehr weiter. »Wo muss ich jetzt drücken?«, fragte er möglichst beiläufig.

Willem fragte sich noch, ob das Museum überhaupt geöffnet haben würde, da knackte es bereits in der Leitung und eine dunkle Stimme meldete sich am anderen Ende.

»Schleppermuseum Altenberge, Uphövel.«

»Grote hier. Willem Grote. Ich hab ein Problem. Mein Bulldog und ich, also wir stecken in Rheine fest. Ich brauche eine Werkstatt, die sich mit alten Traktoren auskennt. Wissen Sie da was?«

»Ein Bulldog? In Rheine?« Der Mann hörte sich plötzlich sehr interessiert an. »Was denn für Probleme?«

Willem schilderte ihm kurz, was los war und weshalb er liegen geblieben war. Nachdem er geendet hatte, fragte der Mann: »Was haben Sie denn getankt?«

»Na, Diesel. Ich hab auf meinem Hof einen Dieseltank, und damit habe ich den Lanz aufge…«

Er stockte. Natürlich. Sein Dieseltank. Gut möglich, dass da Verunreinigungen hineingelangt waren.

»Der Dieselfilter! Das muss es sein.«

Es ergab alles einen Sinn. Der Filter war verstopft. Deshalb wurde der Lanz immer langsamer. Es gelangte nicht mehr genug Kraftstoff in den Motor.

»Das denke ich auch. Hört sich ganz nach dem Filter an. Was haben Sie denn für einen Bulldog?«

»Einen D 2416, Baujahr neunzehnhundertsiebenundfünfzig.«

»Vierundzwanzig PS. Volldieselbulldog.«

»Ganz genau.«

»Und wo genau sind Sie jetzt?«

Willem gab die Frage an die Jungs weiter.

»Im Stadtpark in Rheine.«

Stille am anderen Ende. Der Mann schien nachzudenken.

»Ich hole Sie. In einer knappen Stunde bin ich da.«

Willems Proteste wurden schlichtweg überhört.

»Ich möchte mir Ihren Bulldog gern ansehen«, beendete er die Diskussion. »Bekommt man schließlich nicht jeden Tag zu Gesicht.«

Nachdem Willem das Handy zurückgegeben hatte, fuhren die Jungs auf ihren Skateboards davon. Er nutzte die Zeit, um sich auf dem Traktorsitz auszuruhen. Wenn Finn wüsste, dass er zum ehemaligen Werk der Firma Wesseler fahren würde, wäre er sicher eifersüchtig. Willem lächelte und schloss die Augen. Wie von Ferne spürte er sanft die Schmerzen, die sich in seinem Körper ankündigten. Sie erinnerten ihn daran, was in naher Zukunft vor ihm lag. Seine Gedanken schweiften ab, und er schlummerte ein.

Ein lautes Rumpeln weckte ihn. Auf der Straße tauchte ein leuchtend gelber Sattelschlepper vom ADAC auf. Eine Hupe dröhnte, dann fuhr er rumpelnd und zischend auf ihn zu.

Willem reckte sich. »Was zum Teufel…?«

Ein kleiner dicker Mann im Overall sprang aus dem Führerhäuschen und klopfte sich zufrieden die Hände. Er war in etwa in Willems Alter, hatte ein gutmütiges rotglänzendes Gesicht und eine Halbglatze, die von einem struppigen Haarkranz umgeben war.

»Sie fragen sich bestimmt, wo ich den geklaut habe«, begrüßte er Willem kichernd. »Mein Sohn fährt für den ADAC. Ich hab mir den Wagen mal ausgeliehen.«

Er reichte ihm seine ölverdreckte Hand, in die Willem freudig einschlug. »Alfons Uphövel.« Anerkennend betrachtete er den Lanz. »Schönen Traktor haben Sie. Ich muss schon sagen – toll hergerichtet. Und wenn's wirklich der Dieselfilter ist, haben wir das schnell repariert. Wo haben Sie den denn gekauft?«

»Nirgendwo. Das war der erste Traktor auf unserem Hof, damals in den Fünfzigern.«

»Ach. Dann sind Sie Landwirt?«

»Ich war es. Mit fünfunddreißig Milchkühen. Ich hab durchgehalten bis zur Rente. Jetzt ist Schluss.«

»Verstehe. Dann macht bei Ihnen auch keiner weiter. So wie bei mir. Ich bin seit fünf Jahren in Rente.« Ein Schatten fiel über das lustige und rotwangige Gesicht des Mannes. Er lächelte traurig. »Es hat ja auch keinen Sinn. Ich hab meinen Kindern gesagt, sie sollen studieren gehen. Machen, wozu sie Lust haben. Sie sollen sich das nicht antun mit dem Hof. Wenn man bedenkt, wie sehr sich die Landwirtschaft in den letzten dreißig Jahren verändert hat...«

»Die kleinen Höfe geben auf, die großen werden immer größer. Man muss investieren und investieren. In Maschinen, in Ställe, in Land. Ohne zu wissen, wo die Reise hingeht. Immer größer werden. Heutzutage läuft alles nur noch über Masse.« Willem wusste genau, was Alfons Uphövel meinte.

»Und immer muss alles schnell und billig sein. Egal, ob Lebensmittelkonzerne, Molkereien oder Schlachthöfe – alle pressen noch den letzten Cent aus dir raus. Hauptsache Profit. Der Rest spielt keine Rolle.«

»Und die Verbraucher beschimpfen uns dann wegen der Gülle und des Nitrats im Boden. Oder wegen der Tierhaltung. Als ob wir die Spielregeln machen würden.«

»Während die Politik uns in Papierkram erstickt. Alles muss dokumentiert werden. Wofür eigentlich? So ein Schwachsinn. Nein, das macht schon lange keinen Spaß mehr.« Uphövel seufzte.

»So ist es. Und schon gar nicht mit fünfunddreißig Milchkühen. Bei dem Preisdruck kann man da nicht überleben.«

Sie fielen in Schweigen. Dann tauchte wieder ein breites Grinsen auf dem Gesicht von Alfons Uphövel auf. »Ich sehe schon, wir verstehen uns.«

Auch Willem konnte sich ein Lächeln nicht verkneifen.

»Und ein Gutes haben meine leeren Ställe übrigens«, sagte Alfons Uphövel. »Ich hab Platz genug für meine Traktoren. Ich hab schon fast zwanzig Traktoren restauriert. Dann lass uns mal loslegen.«

Es dauerte nicht lange, bis Greetje sicher an den Abschleppwagen gekettet war und die Fahrt weitergehen konnte.

»Wohin sind Sie denn unterwegs mit dem alten Schätzchen?«, fragte Alfons Uphövel, als sie ins Führerhaus stiegen.

»Ich fahre runter nach Süddeutschland.«

Ungläubig betrachtete Alfons Uphövel seinen Gast, kratzte sich nachdenklich am Bart.

»Nach Süddeutschland? Mit dem Lanz? Was fährt der denn? Doch höchstens zwanzig Stundenkilometer.«

»Wir haben ihn ein bisschen getunt«, grinste Willem. »Mein Nachbar kennt sich mit solchen Sachen aus. Wir haben die Getriebeübersetzung verändert. Er fährt jetzt fünfundzwanzig Stundenkilometer im Schnitt.«

»Verstehe. Und wohin genau geht die Reise?«

Willem zögerte. Bislang hatte er noch keinem die Einzelheiten seiner Reise offenbart. Keinem außer Alfred Janssen. Und den beiden Radfahrerinnen, aber denen hatte er nichts über das eigentliche Ziel seiner Reise verraten. Irgendwie fühlte es sich wie ein Verrat gegenüber Finn an. Obwohl das natürlich Unsinn war. Er gab sich einen Ruck. Es gab keinen Grund, es für sich zu behalten.

»Runter bis nach Mannheim. Und von da geht's weiter nach Speyer.«

»Nach Speyer! Und die ganze Strecke mit dem Lanz?«

»Ja. Ich hoffe, er hält durch.«

»Und was ist denn der Grund für die Reise?«

Wieder ein kurzes Zögern. Doch dann sagte er: »Ich fahre zum John-Deere-Werk, dahin, wo der Lanz gefertigt wurde. Es geht quasi zurück zum Ursprung, von wo aus er in den Fünfzigern nach Ostfriesland hochgefahren wurde. Seine Jungfernfahrt, jetzt da er frisch restauriert ist, soll zum Ursprung zurückgehen. Das war die Idee meines Enkels. Und danach geht's zum Lanz-Bulldog-Treffen in Speyer. Das findet einmal im Jahr statt. Da treffen sich Lanz-Bulldog-Fans aus ganz Deutschland.«

Das Ganze war eine einzige große hirnverbrannte Idee. Wenn Finn das alles erzählte, mochte sich das Vorhaben irgendwie vernünftig und logisch anhören. Doch wenn es außerhalb der traktorverrückten Welt eines Neunjährigen laut ausgesprochen wurde, wirkte es nicht mehr so zwingend normal. Eher ziemlich verrückt.

Es sei denn, man hatte einen Mann wie Alfons Uphövel als Zuhörer, wie Willem sofort begriff. Denn der sah ihn mit offenkundiger Bewunderung an.

»Das ist ja mal ein Plan! Großartig. Ganz großartig. Machen Sie die ganze Fahrt allein?«

»Eigentlich sollte mich mein Enkel begleiten. Finn. Aber er kann leider nicht hier sein. Also bin ich allein los.«

»Zurück zu den Ursprüngen. Ganz großartig. Wie viele Tagestouren sollen das werden?«

»Wenn ich gut hundert Kilometer pro Tag fahre, müsste ich in fünf Tagen da sein. Vielleicht schaffe ich es auch früher. Wenn Greetje richtig warm gelaufen ist, schafft sie mehr als hundert Kilometer. Das Problem ist dann eher, dass ich nicht mehr auf dem Bock sitzen kann und irgendwann Feierabend brauche, um meine Knochen zusammenzuhalten.«

Willem wurde schamhaft bewusst, dass er von *Greetje* gesprochen hatte, als wäre sie eine Person. Doch das schien seinen Fahrer nicht zu stören. Im Gegenteil, Willem wurde ihm dadurch offenbar nur sympathischer.

»Greetje also.« Er grinste breit und zeigte einen Goldzahn. »Heute Nacht kannst du jedenfalls bei uns schlafen. Wir duzen uns doch, oder? Ich bin Alfons.«

»Das kann ich nicht annehmen.«

»Ach was! Wir haben ein Gästezimmer. Keine Widerrede. Und heute Abend trinken wir ein gepflegtes Bier. Ich glaube, wir haben uns eine Menge zu erzählen.«

Eine Weile später erreichten sie den Hof von Alfons Uphövel. »Komm, ich zeig dir meine Traktoren«, sagte Alfons, nachdem Greetje abgeladen war. »So viel Zeit muss sein.«

Er führte Willem zu einem riesigen Kasten aus einfachem Klinker und Wellblech, einer Mischung aus Scheune und Maschinenhalle. Mit lautem Rattern flog das Rolltor zur Seite, und sie traten ein.

Mindestens ein Dutzend restaurierter und auf Glanz polierter Traktoren stand im Innern aufgereiht. Stolze, leuchtende Prachtstücke. Willem sah einen feuerroten

Porsche-Traktor mit seinem klassisch-eleganten Design, einen gelb-grünen Bauernschlepper von Deutz, der legendären Marke jener Zeit, daneben ein klobiges Vorkriegsmodell von Güldner mit wuchtigem Schriftzug auf dem Kühlergrill. Es gab hier viel zu sehen, das war sofort klar.

»Einmal am Tag gehe ich hier rein und schaue mir alle an«, sagte Alfons. »Mindestens einmal. Manchmal auch häufiger.«

»Da ist ja ein Bulldog!«

Und was für einer. Er sah aus wie eine auf Hochglanz getrimmte Gründerzeitfabrik auf Rädern. Ein stolzes, bauchiges Gefährt mit kunstvoll geschwungenen Kotflügeln. Dagegen konnte seine Greetje einpacken.

»Was für ein Schätzchen!«

»Das kannst du wohl sagen. Ein D 8506, Baujahr vierunddreißig.«

Willem wünschte sich, Finn wäre bei ihm. Diesen Anblick hätte er gern mit ihm geteilt. Der Junge wäre außer sich gewesen.

»Mit dem kommt man sicher nicht nach Speyer«, kicherte Alfons. »Das würde der nicht durchhalten. Eine Runde um den Hof, das ja. Aber viel weiter schafft er es kaum.«

»Ob meine Greetje es schafft, darauf möchte ich auch nicht wetten. Abwarten.«

»Ach, die packt das schon. Was sagt denn eigentlich deine Frau dazu? So ganz allein die weite Strecke ... Das hat ihr sicher nicht gefallen, oder?«

»Meine Frau ist gestorben. Ich bin Witwer.«

»Oh. Das tut mir leid. Ich wollte nicht ...«

»Nein, nein. Das ist schon siebzehn Jahre her.«

Willem fiel in Schweigen. Um seine Gefühle zu überspielen, nahm er den Bulldog genauer in Augenschein. Was sollte sein Gastgeber denn von ihm denken? Siebzehn Jahre waren eine lange Zeit.

»Wirklich eine Schönheit, dein Bulldog«, sagte er.

Doch Alfons Uphövel ließ sich nicht ablenken.

»Wir haben wirklich einiges gemeinsam. Meine Frau... Sie hatte damals Krebs.«

Willem sah erstaunt auf.

»Sie ist gestorben, da waren meine beiden Jungen gerade in der Pubertät. Und standen auf einmal ohne Mutter da. Das war eine harte Zeit.«

Alfons trat an einen Hanomag heran und tätschelte den Kotflügel, als wäre der Traktor ein geliebtes Pferd.

»Siehst du den?«, fragte er. »Der Hanomag war mein Erster. Er ist so was wie der gute Geist der Familie. Der sollte da eigentlich auf den Schrott kommen. Doch wir drei haben beschlossen, ihn zu retten. Ihn gemeinsam zu restaurieren. Das war, als meine Frau gerade tot war. Wir haben geschraubt und geschliffen und geschmirgelt und gehämmert. Meist, ohne ein Wort dabei zu verlieren. Doch wir waren zusammen, und das war wichtig in dieser Zeit. Das hat uns zusammengeschweißt. Wir haben uns gegenseitig Halt gegeben. Heute stehen wir uns so nah, wie sich ein Vater und seine Söhne nur sein können. Alles allein wegen des Hanomag. Kein Wunder, dass ich nicht aufhören kann, Traktoren zu restaurieren, oder?«

Willem lächelte. Alfons und seine Kinder hatten nach dem Tod der Frau einander geholfen. Die Zeit hatte sie zusammengeschweißt. Vielleicht hatten er und Alfons doch nicht so viel gemeinsam wie gedacht.

»Du hast deine Greetje mit deinem Enkel restauriert, nicht wahr?«

»Ja, mit Finn«, sagte Willem.

Diesmal war sein Lächeln aufrichtig. Der Gedanke an Finn erfüllte ihn mit Glück. Dieser Junge hatte es geschafft, dem Kummer um die Leerstelle, die er seit Annas Tod nicht zu füllen wusste, ein warmes Gefühl entgegenzusetzen. »Er liebt alte Traktoren. Und ich hatte den Lanz noch in der Scheune stehen. So kam das.«

Natürlich steckte etwas mehr dahinter. Und auch sie hatte diese Arbeit zusammengeschweißt. Ohne Finn wäre Willem sicher nicht hier. Er hätte sich nie auf diese Reise gemacht. Ohne Finn würde er allein auf seinem Hof sitzen und auf den Tod warten. Ein alter einsamer Mann, der nichts mehr vom Leben zu erwarten hatte. So viel hatte sich geändert durch den Jungen. Wer hätte vor einem Jahr gedacht, dass Willem dem Kind so nahekommen würde? Dass Finn so wichtig für ihn werden würde?

Alfons Uphövel schritt auf den nächsten Traktor in der Reihe zu. Seine Stimmung hellte sich wieder auf, die Trauer in seiner Stimme war verschwunden.

»Danach kam dann der Wesseler«, sagte er und klopfte auf dessen Motorhaube. »Das war unser zweiter Traktor. Natürlich musste es ein Wesseler sein, versteht sich doch von selbst.«

»Mein Nachbar hatte früher auch einen Wesseler.«

»In Ostfriesland?« Alfons nickte. »Ja, so weit sind die gekommen. Es waren eben hochwertige Schlepper. Wir haben auch nach Belgien und in die Niederlande exportiert. Ich hab noch zwei Wesseler in meiner Flotte. Im Museum sind natürlich auch noch einige. Apropos. Das muss ich dir natürlich zeigen. Ich würde sagen, wir gucken uns deinen Dieselfilter an, und danach geht's ins Schleppermuseum.«

Hinter ihnen ging erneut die Rolltür. Eine kräftige Endfünfzigerin in Reiterhosen und mit Daunenweste tauchte auf. Wie Alfons hatte sie ein rundes rotwangiges Gesicht und gutmütige Züge.

»Da ist ja unser Besuch«, begrüßte sie die beiden. »Habt ihr den Traktor reparieren können?« Und an Willem gewandt: »Sie bleiben doch noch zum Abendessen, oder? Ich hab schon alles vorbereitet.«

»Er bleibt sogar über Nacht«, kam es gutgelaunt von Alfons. »Willem ist auf dem Weg nach Speyer, zum Lanz-Bulldog-Treffen. Ich habe ihm gesagt, er kann im Gästezimmer schlafen.«

»Meinetwegen gern. Speyer also. Hört sich spannend an. Müssen Sie später unbedingt mehr drüber erzählen. Ich muss jetzt zuerst das Pferd in den Stall bringen.«

Damit verschwand sie wieder und ließ die beiden allein.

»Das war meine Frau«, klärte Alfons unbekümmert auf.

»Ich dachte, deine Frau ...« Willem guckte so verdattert aus der Wäsche, dass Alfons zu lachen begann.

»Du hast wieder geheiratet?«, fragte Willem.

Eine dumme Frage, dachte er gleich darauf. Warum denn auch nicht? Viele taten das. Besonders die Männer. Die suchten sich nach einer Weile wieder eine neue Frau, weil sie nicht allein sein konnten.

Mechthild hatte ihm das damals auch prophezeit, ein Jahr nach Annas Tod: Eines Tages findest du eine neue

Frau, Willem, denk an meine Worte. Er hatte sich das nicht vorstellen können, auch wenn Mechthild mit solchen Dingen meistens recht behielt. Aber in dieser Zeit hatte er sich überhaupt nicht vorstellen können, wie das Leben weitergehen sollte. Es war, als hätte er sich in einem Raum befunden, in den niemals Licht einfiel. An guten Tagen war er einfach taub und empfindungslos gewesen. Doch es hatte eine Vielzahl schlechter Tage gegeben.

Vielleicht also noch mal heiraten. Er war noch jung gewesen, damals. Einundfünfzig. Da konnte noch eine Menge passieren im Leben. Dennoch hatte er für sich entschieden, diesen Platz keiner anderen Frau als Anna einzuräumen. An dieser Entscheidung hatte er niemals gerüttelt. Es hatte sich einfach richtig angefühlt, und wenn er in sich hineinfühlte, tat es das heute immer noch.

»Ja, ich habe wieder geheiratet.« Offenbar ließ sich in Willems Gesicht lesen wie in einem Buch, denn er fuhr fort: »Es ist nicht das Gleiche. Auch für sie nicht. Aber es ist gut. Es ist das Beste, was möglich war im Leben.«

Willem ließ den Blick über die Traktoren schweifen. Das Beste, was möglich war.

»Jetzt aber los«, vertrieb Alfons die Schwere des Augenblicks. »Sehen wir uns den Dieselfilter an. Und danach geht's ins Schleppermuseum.«

»Ich wünschte nur, Finn wäre dabei. In den alten Werkhallen von Wesseler zu sein – der wäre sicher ganz aus dem Häuschen.«

»Komm einfach irgendwann wieder. Bring deinen Enkel beim nächsten Mal mit. Und hier bei mir ist jederzeit genügend Platz.«

Willem lächelte. Eine schöne Vorstellung, mit Finn

hierher zurückzukehren. Auch wenn ihm wohl nicht genug Zeit bliebe, das in die Tat umzusetzen.

»Ja«, sagte er dennoch. »Das werde ich tun. Ich werde wiederkommen.«

KAPITEL ACHT

Sechs Monate zuvor

Beim letzten Besuch von Mechthild, als sie nach dem Putzen bei einer Tasse Kaffee zusammensaßen, hatte Willem wieder einmal von ihr erfahren, was es Neues von der Scheidung seiner Tochter zu berichten gab.

»Wie's aussieht, werden sie sich nicht ohne weiteres einigen, was Finn angeht«, hatte Mechthild ihm anvertraut. »Marion will, dass Finn jedes zweite Wochenende bei seinem Vater ist. Joost will nach wie vor das Wechselmodell. Da rückt keiner einen Zentimeter von der Stelle.«

»Und was sagt Finn dazu?«

»Du kennst ihn doch. Gar nichts. Es ist wirklich ein Jammer, Willem. Für den Jungen ist es am schlimmsten. Er leidet so unter der ganzen Situation. Die beiden müssen doch sehen, was mit ihm los ist. Sie können doch keinen Kleinkrieg auf seinem Rücken austragen.«

»Ich versteh das nicht«, sagte Willem. »Marion tut doch sonst auch alles für ihren Sohn.«

»Ich weiß, Willem. Marion und Joost würden es beide sicher weit von sich weisen, irgendwas zu tun, was Finn schaden könnte. Wenn, dann ist es nur der jeweils andere, der Schuld hat. Marion glaubt, Joost will ihr Finn wegnehmen, damit er mit ihm und seiner neuen Freundin so weitermachen kann wie zuvor, und sie selbst soll sich zum Teufel scheren. Und Joost glaubt, Marion will ihm Finn vorenthalten, um ihn dafür zu bestrafen, dass er sie nicht mehr liebt. Da ist kein Frieden zu machen. Joost droht jetzt schon, das geteilte Sorgerecht einzuklagen, wenn keine Regelung gefunden wird.«

»Vor Gericht? Wird Finn dann auch vor Gericht befragt werden?« Allein die Vorstellung war ein Alptraum.

»Nein, dafür ist er noch zu klein. Das machen die nur, wenn die Kinder älter sind. Und so weit ist es ja noch nicht. Joost hat bisher nur damit gedroht. Außerdem weigert Finn sich beharrlich zu sagen, bei wem er leben will. Sonst kann er ja plappern wie ein Wasserfall. Aber was diese Sache angeht, da bleibt er stur.«

Willem fühlte sich überfordert von diesem Chaos.

»Was kann ich denn tun, Mechthild? Ich muss doch irgendwie helfen können. Ich würde ja mit Marion reden, aber ich glaube, damit mache ich alles nur schlimmer.«

»Du tust schon mehr als genug, glaub mir. Der Junge hat in dir einen Anker. Hier auf dem Hof kann er sein, wie er will, und der Scheidungskrieg ist weit weg. Er liebt dich, Willem. Das ist schon eine ganze Menge.«

Finn saß ihm nun gegenüber am Küchentisch. Sie hatten gerade gegessen und widmeten sich dem Vanillepudding, den Willem als Nachtisch gekocht hatte. Er betrachtete den Jungen aus dem Augenwinkel. Finn war stiller geworden in letzter Zeit. Die Lebensfreude schien ihm ein bisschen abhandengekommen zu sein.

Willem war sich nicht sicher, ob Mechthild recht hatte mit dem, was sie über seine Rolle gesagt hatte. Er glaubte nicht mehr, dass Finn seine Probleme hier auf dem Hof wirklich hinter sich lassen konnte.

»Sag mal, Finn ... Wie, also, wie geht's deiner Mutter?«, fragte Willem.

Finn sah verwundert auf. Er zuckte mit den Schultern.

»Ganz gut.«

»Verstehe.« Willem räusperte sich umständlich. »Und deinem Vater? Wie geht's dem?«

»Auch gut«, sagte Finn lustlos und wandte sich wieder dem Pudding zu.

»Ja, dann ... das ist gut.«

Er betrachtete Finn, doch es kam nichts mehr.

»Grüß sie von mir.«

So kam er nicht weiter. Er zerbrach sich den Kopf. Irgendwie war es leichter, wenn Finn von sich aus redete und er nur zuhörte. Normalerweise funktionierte das ja auch so. Nur nicht bei diesem Thema.

Er stand auf und räumte den Tisch ab.

»Also gut, Finn. Ich halte jetzt Mittagsschlaf. Ich schlage vor, du nimmst dir deine Hausaufgaben vor. Danach gehen wir dann raus, okay?«

»Ist gut, Opa«, sagte er gleichgültig und zog folgsam seinen Tornister hervor.

Das Ganze war nicht mit anzusehen. Wo war nur seine Lebensfreude geblieben? Willem konnte es kaum ertragen, den Jungen so geknickt zu erleben. Er traf eine Entscheidung. Es gab nur einen Weg, wie er Finn aufmuntern konnte. Am besten wartete er nicht länger damit.

Er ging nach nebenan, rief Alfred Janssen an und fragte, ob der seinen Mittagsschlaf verschieben könne.

»Meinen Mittagsschlaf? Du verlangst ja was.«

»Es geht nicht anders. Wir müssen unseren Plan vorziehen.«

»Du meinst die Sache mit Finn? Dann wird es kein Weihnachtsgeschenk werden?«

»Nein. Finn braucht Ablenkung. Das kann nicht warten.«

»Gut. Ich mach mich fertig. In zehn Minuten bin ich da.«

Diesen Plan hatte sich Willem schon vor einer Weile ausgedacht. Er hatte sich das Ganze gut überlegt. Es würde viel Arbeit auf ihn zukommen, so viel stand fest. Aber jetzt im Winter, an den langen dunklen Abenden, wäre genug Zeit, sich der Sache anzunehmen. Finn würde damit auf andere Gedanken gebracht werden, und das war das Wichtigste.

Als er in die Küche zurückkehrte, saß sein Enkel am Tisch und machte seine Hausaufgaben. Willem kochte einen Kaffee, stark und schwarz, wie Alfred ihn mochte, und goss ihn in die Thermoskanne. Es dauerte nicht lange, dann war ein Knattern zu hören, das sich von der Hofauffahrt näherte. Ein Knattern, das verdächtig an einen alten Traktor erinnerte.

Finn hob ruckartig den Kopf. Er lauschte mit offenem Mund, mit einem Schlag war seine ganze Lebendigkeit wieder da. Willem konnte sich ein Lächeln nicht verkneifen, was seinem Enkel natürlich nicht entging.

»Was ist da draußen? Ist das ein Trecker?«

»Ich weiß nicht.« Als hätte er keine Ahnung, zuckte Willem mit den Schultern. »Sehen wir doch mal nach.«

Finn ließ augenblicklich seinen Stift fallen, sprang auf und rannte zur Haustür. Gerade noch rechtzeitig, um Alfred mit seinem Wesseler auf den Hof rollen zu sehen. Er hupte und winkte. Finn war völlig aus dem Häuschen.

»Opa! Ein Wesseler! Opa, guck doch nur!«

»Ich habe dir doch gesagt, dass ein Nachbar von mir einen alten Wesseler hat«, amüsierte sich Willem. »Ich hab ihn zu uns eingeladen. Wir machen heute eine Spritztour.«

Finn sah ihn begeistert an. Da war sie wieder, seine vertraute Fröhlichkeit. Alle Probleme wirkten wie weggewischt. Finn konnte sich nicht mehr zurückhalten und rannte Alfred entgegen, der mitten auf dem Hof anhielt und den Motor ausstellte. Sofort wurden aufgeregte Fachgespräche geführt, über Baujahr und Zylinderanzahl und Motorenleistung. Willem trat lächelnd hinzu.

»Wo fahren wir denn hin?«, fragte Finn ruhelos.

»Warte es ab, Finn«, spannte Willem ihn amüsiert auf die Folter.

»Ganz in der Nähe soll ein Traktor von Grund auf saniert werden«, sagte Alfred. »Die fangen heute damit an. Ein Opa und sein Enkel wollen das machen. Ich dachte, das interessiert dich vielleicht.«

»Ehrlich? Heute? Was denn für einen Traktor?«

»Komm, steig auf. Ich zeig's dir. Wenn du Lust hast, fahren wir gleich rüber.«

Er blickte fragend zu Willem, der wohlwollend nickte.

»Ich komme gleich nach. Fahrt nur schon mal vor.«

Finn ließ sich nicht lange bitten. Er kletterte mit größter Vorsicht und viel Respekt auf den Traktor und nahm auf dem Kindersitz oberhalb des Hinterrads Platz. Dabei wirkte er so ernst und hoheitsvoll, dass Willem lachen musste. Alfred startete und fuhr los. In einem Bogen über den Hof und zu Willems Scheunentor, bevor er den Motor wieder abstellte.

Finn sah sich verwirrt um. Die beiden Männer warteten grinsend darauf, dass bei ihm der Groschen fiel. Ein Opa und sein Enkel ... wer könnte das sein? Finn blickte verstört zur Scheune. Bis sich plötzlich seine Augen weiteten und ihm die Kinnlade herunterfiel. Völlig verdattert starrte er seinen Opa an, unfähig, etwas zu sagen.

»Na also«, kommentierte Alfred. »Er hat's.«

Finn schien etwas sagen zu wollen, doch er war überwältigt. Gaffte zur Scheune und wieder zu seinem Opa und noch mal zur Scheune. Willem sah ihm zu und fühlte sich glücklich. Allein hierfür hatte sich das Ganze schon gelohnt, fand er. Um den Jungen sprachlos vor Freude zu sehen.

Finn löste sich schließlich aus seiner Erstarrung, sprang vom Traktor und rannte auf ihn zu.

»Oh, Opa! Wirklich? *Wirklich*, Opa?«

Und damit warf er sich ihm in die Arme. Willem versteifte sich ungewollt ein wenig. Er wusste nicht, wann er zum letzten Mal von einem anderen Menschen umarmt worden war. Das musste eine Ewigkeit her sein.

Doch schließlich ließ er es zu. Und lächelte.

Es fühlte sich gut an.

·····

Kurz darauf war Weihnachten. Das erste Weihnachten, das sie nicht als Familie gemeinsam feierten. Vater, Mutter, Kind, das würde es nun nicht mehr geben. Für Marion fühlte sich das seltsam an. Es machte sie traurig. Doch nach wochenlangen Streitereien darüber, wer Finn zu Weihnachten wann und wo zu sehen bekommen würde, fand sie, dass allein diese Konflikte einem das Fest schon ganz verleiden konnten.

Marion wollte sich trotzdem alle Mühe geben, wenigstens ihrem Sohn schöne Feiertage zu bereiten. Sie würde sich eben zusammenreißen. Die billigen Dominosteine aus dem Discounter kaufen, die Finn so liebte, auch wenn das Glukose- und Chemiebomben waren, die ihr sonst nicht ins Haus kamen. Einen Adventskalender mit buntem, blinkendem Plastikmüll, auch wenn der voller Gift und Elektroschrott war, und natürlich eine Nikolausmütze mit eingenähter Leuchtkette, made in China. Sie durfte gar nicht daran denken, es schüttelte sie geradezu, doch für Finn wollte sie ihre Prinzipien ausnahmsweise über Bord werfen.

Der Weihnachtsbaum, den sie besorgt hatte, war besonders schön gewachsen. Es war einer mit Wurzelballen, damit man ihn im Frühjahr wieder einpflanzen konnte. Sie hatte ein echtes Prachtexemplar aufgetan. Nach einigem Zögern hatte sie sich dazu durchgerungen, den Baum mit Joosts Weihnachtsschmuck zu behängen, der noch in ihrem Keller lagerte. Es sollte für Finn alles sein wie immer, soweit das eben möglich war, wo sie in diesem Jahr doch nur zu zweit feierten.

Die Regelung, die sie und Joost nach langem Ringen getroffen hatten, besagte, dass Finn Heiligabend bei seiner Mutter wäre, am ersten Feiertag bei Willem und am zweiten schließlich bei Joost. Es hatte einigen Ärger gegeben, denn ursprünglich sollte Finn schon am ersten Weihnachtstag zu Joost. Doch der Junge wollte unbedingt zu seinem Opa. Sonst bekam man ja so gut wie nie aus ihm heraus, was er sich eigentlich wünschte und wo er selbst am liebsten sein wollte. Doch in dieser Sache war er ganz klar gewesen. Und er hatte sich durchgesetzt. Am ersten Weihnachtstag würde es also zu Opa gehen.

Natürlich lag das an dem Traktor, den die beiden neuerdings mit Hilfe von Alfred Janssen restaurierten. Finn war kaum noch für irgendetwas anderes zu begeistern. Den ganzen Tag redete er von nichts anderem als vom Lanz. Er vergrub sich in Traktorbüchern und recherchierte technische Details im Internet, und wenn er und Marion gemeinsam am Esstisch saßen, plapperte er unablässig von Kurbelwellen und Achsenschenkeln, als ob sie auch nur die leiseste Ahnung hätte, was es damit auf sich hatte.

In der Woche vor Weihnachten nahm Marion sich frei. Backte Kekse, schmückte das Haus, machte alles, um Finn trotz der Trennung ein schönes Weihnachten zu bieten. Aber es half nichts. Als sie am Nachmittag des Heiligabends allein mit Keksen und dem Fernsehen in der Küche saßen und mit ihren gewohnten Ritualen auf den Weihnachtsmann warteten, wurde er immer stiller und in sich gekehrter.

Und dann wünschte er sich seltsamerweise, in die Kirche zu gehen. Sonst hatte man ihn immer dazu zwingen müssen, und in den letzten beiden Jahren hatten sie die Messe ganz ausfallen lassen. Deshalb wunderte sich Marion zwar darüber, doch an diesem Tag sollte eben alles nach seinen Wünschen laufen. Also gingen sie in die Abendmesse, obwohl sie selbst zuerst keine große Lust darauf hatte. Zu ihrer Überraschung war es jedoch sehr schön. Die vielen Kerzen, die festlich wirkende Kirche und die alten Weihnachtslieder, die sie sangen, versetzten auch sie trotz aller Probleme in feierliche Stimmung. Finn rückte ganz eng an sie heran und legte den Kopf an ihre Schulter. So nah hatte sie sich ihm lange nicht mehr gefühlt. Vielleicht würde es doch ein schönes Weihnachten werden, dachte sie.

Doch nach der Messe wollte er nicht sofort nach Hause fahren, um so schnell wie möglich die Bescherung einzuleiten, wie es sonst immer gewesen war. Stattdessen druckste Finn auf dem Parkplatz an der Kirche herum und räusperte sich mehrmals.

»Was ist denn los? Sollen wir nicht zurückfahren?«

»Doch, schon. Aber... können wir vorher kurz bei Opa vorbeifahren?«

Das traf sie unvorbereitet. Schließlich wäre so ein Besuch eine ziemlich schräge Situation. Es war ja schon komisch genug, dass Vater und Tochter, die beide allein lebten, Heiligabend nicht miteinander verbrachten. Marion hatte zwar angerufen und ihm ein frohes Fest gewünscht. Sie hatte sogar kurz überlegt, ihn noch zu sich einzuladen. Doch dann war ihr Gespräch wieder so stockend und distanziert gewesen. Und so hatte sie eben keine Einladung ausgesprochen. Sie feierten ja schon seit fast zwanzig Jahren Heiligabend nicht mehr miteinander.

Da konnte sie doch nun nicht einfach einen Blitzbesuch bei Willem machen, ohne vorher anzurufen.

»Bitte, Mama«, bettelte Finn. »Nur ganz kurz. Ich habe ein Weihnachtsgeschenk für Opa, das möchte ich ihm vorbeibringen.«

»Reicht das nicht, wenn du es ihm morgen mitbringst?«

»Aber heute ist doch Heiligabend. Heute werden die Geschenke gemacht.«

In ihrem Kopf wirbelten die Gedanken durcheinander. Um Zeit zu gewinnen, fragte sie: »Was ist das denn für ein Geschenk?«

Finn zog stolz eine unförmige Schraube mit einem kleinen Griff an der Oberseite hervor.

»Das ist ein Kraftstoffhahn. Ganz neu und aus Messing. Das Gewinde ist genau passend für unseren Tank. Es ist eine Nachbildung extra für den Lanz Bulldog.«

Marion musste sich zusammenreißen, um die Augen nicht zu verdrehen. Natürlich irgendein Zeug für den Traktor.

»Den hab ich von meinem Taschengeld gekauft. Alfred Janssen hat mir dabei geholfen, ihn aufzutreiben.«

»Hattest du denn kein Geschenkpapier mehr? So ganz nackt macht so eine Schraube ja nicht viel her, oder?«

»Das ist keine Schraube, das ist ein Kraftstoffhahn«, sagte Finn empört und betrachtete sein Geschenk, als verstünde er nicht, wie man dieses Ding nicht wunderschön finden konnte. »Der sieht genauso aus wie das Original.«

»Ja, schon gut. Ich sag ja nichts mehr.«

»Dann fahren wir kurz zum Hof?«

Marion zögerte. Sie brachte es nicht übers Herz, ihm diesen Wunsch zu versagen.

»Also gut. Aber wir haben nicht viel Zeit. Unser Essen steht im Ofen.«

Finn jubelte los und sprang fröhlich ins Auto. Marion folgte ihm mit Unbehagen. Sie fragte sich, was Willem wohl an Heiligabend machte. Wobei würden sie ihn stören, wenn sie nun unangemeldet bei ihm vorbeikamen?

Sie fuhren in die Nacht hinaus, deren Dunkelheit auf dem Land nur vereinzelt von leuchtenden Tannenbäumen in den Gärten der Bauernhöfe durchbrochen wurde. Außer ihnen war niemand unterwegs. Alle feierten zu Hause mit ihren Familien, während sie durch diese verlassene Landschaft kurvten. Marion sah die Schneeflocken in der Luft tanzen, die jedoch schmolzen, sobald sie den Boden berührten.

Auf Willems Hof regte sich nichts. Sie hielt den Wagen vorm Wohnhaus an und blickte beklommen hinaus. Alles war dunkel, nur im Küchenfenster leuchtete ein Weihnachtsstern. Sein Anblick versetzte ihr einen Stich. Der war noch von ihrer Mutter, er musste über zwanzig Jahre alt sein. Trotzdem leuchtete er unverändert, als wäre seit damals kein Tag vergangen. Es war ein vertrautes Bild aus ihrer Kindheit. Wie in einer Zeitreise. Dass der Stern immer noch funktionierte.

Sie stiegen aus und sahen sich unschlüssig an. Schneeflocken wirbelten herum. Alles war still. Auch Finn wirkte nun verunsichert. Marion ergriff die Initiative.

»Am besten, wir klingeln«, sagte sie und ging entschlossen zur Haustür. »Opa ist sicher im Haus.«

In diesem Moment gab es einen Knall, gefolgt von einem anschwellenden Donnern und Krachen, die schließlich in ein gleichmäßiges Knattern übergingen. Irgendeine Maschine musste in Gang gesetzt worden sein, und Marion ahnte schon, welche. Der Lärm kam nämlich aus der Scheune, in der, wie sie nun erkannte, Licht brannte.

»Der Bulldog!«, entfuhr es Finn ehrfürchtig. »Mama, hör doch nur. Das muss der Bulldog sein.«

Dann rannte er zur Scheune, zog das Tor auf und gab

den Blick auf die Werkstatt frei. Willem hatte tatsächlich den Motor des alten Traktors in Gang gesetzt. Er stand im Overall und mit ölverschmiertem Gesicht vor dem Innenleben des Lanz, den er in den letzten Wochen mit Finns Hilfe auseinandergebaut und in seine Einzelteile zerlegt hatte. So ruhte der Motor nun nackt und schutzlos auf den Resten des unverkleideten Fahrgestells. Offenbar war es Willem gelungen, der Maschine wieder Leben einzuhauchen.

»Er läuft!«, rief Finn. »Der Motor läuft!«

Nun entdeckte Willem die beiden im offenen Tor. Er rief ihnen etwas zu, das jedoch im Knattern des freigelegten Motors unterging. Umständlich beugte er sich über die Maschine und stellte sie wieder ab. Sofort war es still.

»Was macht ihr denn hier?«, fragte er Marion.

Sie kam gar nicht dazu, ihm zu antworten. Finn rannte auf seinen Opa zu und bombardierte ihn mit Fragen, die er geduldig beantwortete. Marion entnahm dem Ganzen, dass dies ein großer Moment für die beiden sein musste. Sie waren sich nicht sicher gewesen, ob bei dem Lanz noch genug Substanz vorhanden war, um ihn zu retten. Und nun war der Motor nach gut fünfzig Jahren aus seinem Dornröschenschlaf erwacht.

»Das war nur ein Testlauf«, sagte Willem entschuldigend. »Ich dachte, wir machen das morgen zusammen, du und ich. Ich wollte es nur schon mal vorbereiten.«

Doch Finn störte sich gar nicht daran, dass Willem den Motor allein gestartet hatte. Er hatte den großen Moment ja miterlebt, und das reichte ihm völlig.

Marion trat näher. Der Traktor, der weder Räder noch Motorhaube hatte, erinnerte sie an eine alte Dampfmaschine. Überall waren Rost und abgeschlagene Farbe zu sehen.

»Und daraus wollt ihr wirklich einen Traktor machen?«, fragte sie. »Lohnt die Mühe denn überhaupt?«

»Mensch, Mama, der sieht doch nur so aus, weil wir ihn auseinandergenommen haben. Der Motor läuft, das ist das Wichtigste. Den Rest kann man wieder schön machen und zusammenbauen.«

»Was schluckt der denn so? Bestimmt eine Menge, oder? Und dann auch noch Diesel.«

Über die Ökobilanz dachte man bei so einem Ding besser nicht nach, überlegte sich Marion.

»Was macht ihr hier eigentlich?«, fragte Willem erneut.

»Finn möchte dir sein Weihnachtsgeschenk übergeben. Das kann offenbar nicht bis morgen warten.«

Finn zog etwas verlegen seine Schraube hervor, die Willem im Gegensatz zu seiner Mutter sichtlich zu schätzen wusste. Die beiden fachsimpelten ein wenig über den Dieseltank, dann fragte Finn: »Können wir den Motor noch mal anwerfen?«

»Das machen wir morgen, Finn«, sagte er. »Für heute ist es gut. Es ist doch Weihnachten.«

»Aber ich möchte so gern noch mal den Motor hören.«

»Morgen, Finn. Ich mache auch jetzt Schluss hier, versprochen.«

Finn wirkte enttäuscht. Doch er fügte sich. Marion stand etwas unschlüssig da. Wieder verspürte sie den Impuls, Willem einzuladen. Vielleicht wäre es gar keine schlechte Idee. Das würde Finn sicher einiges von der Schwere nehmen, die auf ihm zu Hause lastete, weil nur noch ein Elternteil da war. Dennoch zögerte sie. Sie konnte sich einfach nicht durchringen.

»So, jetzt müsst ihr aber los«, kam es ruppig von Willem. »Euer Essen steht im Ofen, Finn.«

»Aber ...«, begann Marion.

»Nein, nein. Ich muss auch rein und mich waschen. Da ist eine Sendung, die ich im Fernsehen sehen will. Nun geht schon. Finn, wir sehen uns morgen.«

Das war endgültig. Dagegen war kein Ankommen. Ob Willem sich heute einsam fühlte? Nicht einmal das konnte sie mit Sicherheit sagen. Sie räusperte sich umständlich.

»Also gut. Dann ... Frohe Weihnachten, Willem.«

Er nickte ernst. »Frohe Weihnachten.«

Finn konnte sich immer noch kaum vom Anblick des Motors lösen.

»Wir sehen uns morgen, Finn«, sagte Willem. »Komm schon, du willst doch nicht die Bescherung verpassen?«

Der Junge setzte sich widerwillig ins Auto. Marion startete den Motor und fuhr in die Nacht hinaus. Im Rückspiegel sah sie den Weihnachtsstern ihrer Mutter im Küchenfenster leuchten. Seltsam, dass er so viele Jahre überstanden hatte. Zu ihrer Verwunderung erfüllte es sie mit Trost, dass etwas aus ihrer Kindheit das ganze Chaos überlebt hatte. Dann wandte sie den Blick ab und sah wieder nach vorn.

KAPITEL NEUN

Willem und Alfons brauchten nicht lange, um Greetje wieder auf Vordermann zu bringen. Es war tatsächlich der Dieselfilter, der die Probleme verursachte. Der Weiterfahrt stand nichts mehr im Wege, und so machte Willem sich am nächsten Morgen in aller Frühe auf den Weg. Das Wetter schien ebenfalls mitzuspielen. Die Sonne stand am Himmel, und leichter Wind von hinten trieb Greetje durchs Münsterland in Richtung Ruhrgebiet. Alfons' Frau hatte ihm Brote geschmiert und Kaffee in seine Thermoskanne gefüllt.

Doch auch diese Tagestour begann bald an Willem zu zehren. Seine Rückenbeschwerden kehrten zurück, er bekam Kopfschmerzen, und ein übler Sonnenbrand breitete sich über Arme und Nacken aus. In der vorherigen Nacht hatte er nur wenig Schlaf bekommen. Die Geister der Vergangenheit hatten ihn bedrängt, während er in dem kleinen Gästezimmer lag. Er musste an den Tod von Anna und die schreckliche Zeit danach denken. An Marion, sein kleines Mädchen von einst, das ihm heute so fern und fremd war. Und an Martin, der Willem und dem Hof für immer den Rücken gekehrt hatte. All diese Geister waren seine ständigen Begleiter geworden, und die Begegnung mit Alfons ließ die Erinnerungen umso deutlicher hervortreten. Das war vermutlich sein Schicksal auf dieser Reise. Er wurde von der Vergangenheit eingeholt. Er spürte die Leere und die Einsamkeit, die die wenigen glücklichen Jahre mit seiner Familie hinterlassen hatten. Dabei hatte er doch mit dieser Unternehmung nichts anderes gewollt, als ganz in der Gegenwart zu leben. Er hatte diese Reise genießen wollen, schon allein wegen Finn. Das Wetter, die Landschaft, diesen vielleicht letzten Sommer seines Lebens. Doch nun holten ihn die Fehler seines Lebens ein. Offenbar würde er keine Ruhe vor ihnen finden.

Er konzentrierte sich auf seine Reise. Er hatte sich viel vorgenommen für heute. Einhundertvierzig Kilometer. Mal sehen, ob er das packte. Es würde in jedem Fall ein langer Tag auf dem Lanz werden. Doch gab es unterwegs viel zu sehen. Stoppelfelder zogen vorbei, alte Scheunen und Speicher. In den Straßengräben blühten Wildblumen, an kleinen Ständen am Wegesrand wurden Kartoffeln und Eier verkauft, Kinder spielten in Haltestellenhäuschen, und Holunderbeeren begannen sich an Büschen zu färben.

Die ersten Steigungen des Sauerlands zeichneten sich vor ihm am Horizont ab. Die Landschaft wurde hügeliger, und Greetje röhrte kräftig, wenn ihr ab und zu die Anstrengung zu viel wurde. An einer Gabelung tauchte irgendwann ein Wegweiser auf, der Willem innehalten ließ. *Möhnetalsperre* stand darauf. Er lenkte Greetje an den Straßenrand und stellte den Motor ab. Nun herrschte Stille. Die Luft flirrte, Heuschrecken zirpten, und von einer Eberesche zog ein schwerer Duft herüber.

Das Möhnetal. Eine Weile betrachtete er das Schild,

dann blickte er auf seine Karte. Es wäre gar kein großer Umweg. Er würde anschließend durch den Arnsberger Wald fahren und danach wieder auf seinen eingezeichneten Weg treffen können. Nur ein kurzer Abstecher, mehr nicht. Nur ein paar Kilometer Umweg. Nichts Bedeutendes.

Wieder sah er zum Wegweiser. Eine innere Stimme riet ihm, besser nicht dorthin zu fahren. Schließlich versuchte er doch gerade, die Geister der Vergangenheit abzuschütteln, und hiermit würde er das Gegenteil erreichen. Was für einen Sinn machte es, diese alten Erinnerungen wachzurufen? Die Zeiten waren unwiderruflich vorbei. Lass es bleiben, Willem. Es bringt nichts.

Doch er konnte nicht widerstehen. Dies wäre wahrscheinlich seine letzte Gelegenheit, an diesen Ort zurückzukehren. Das wollte er sich nicht entgehen lassen. Also startete er den Motor, setzte den Blinker und verließ seinen vorgezeichneten Weg.

Er tauchte in ein Waldgebiet ein, dann ging es kräftig bergauf. Greetje rasselte und stöhnte. Sie wurde zwar immer langsamer, doch es ging beständig voran. Und tatsächlich, nach einer Weile lichtete sich der Wald vor seinen Augen, die Hügelkuppe war erreicht, und vor ihm erschien das weitgestreckte Tal. Der große Möhnesee und die wuchtige Talsperre, Fichtenwälder und Segelboote, Wanderwege an den weitläufigen Ufern, Campingplätze und Sandstrände, einsame Buchten mit knorrigen Kiefern, und das alles bei schönstem Bilderbuchwetter.

Es hatte sich kaum etwas geändert, beinahe sah es aus wie in seiner Erinnerung. Damals, in den Siebzigern, war kaum ein Mensch, den er kannte, nach Spanien oder Griechenland gefahren, wie es heute üblich war. Nicht einmal nach Bayern oder Österreich. Wer wenig Geld hatte, und das waren damals in seiner Nachbarschaft die meisten gewesen, der fuhr an die Nordsee oder ins Sauerland. Hier war er mit Anna gewesen, noch vor ihrer Hochzeit und bevor Anna auf den Hof gezogen war. Willems Vater hatte sich ein paar Tage allein um den Hof gekümmert. Ein Urlaub am Strand. Für einen Landwirt eine seltene Begebenheit. Es war Annas Idee gewesen, und hier hatte er daraufhin den schönsten Sommer seines Lebens verbracht.

Sie beide ganz allein in einem geliehenen Campingwagen, weit weg von dem Bauernhof, der vielen Arbeit und seinem mürrischen Vater. Willem war regelrecht aufgeblüht. Er hatte es kaum für möglich gehalten, wie sehr er sich einem anderen Menschen öffnen konnte. Er erkannte sich selbst nicht wieder. Doch Anna hatte es ihm einfach gemacht. Sie war so unbefangen gewesen, so überschwänglich in ihrer Liebe. Erst da hatte er gemerkt, wie ausgehungert er gewesen war nach Zuneigung, wie bedürftig und verzehrt. Er hatte begriffen, wie sehr ihn sein kühler, abwesender Vater auf Distanz gehalten hatte. Wie sehr er sich nach Liebe gesehnt hatte. Und wie nah er daran gewesen war, selbst so zu werden wie sein Vater. Ein mürrischer, distanzierter Mann, der alle auf Abstand hielt. Wenn Anna nicht gekommen wäre und alles geändert hätte.

Willem fuhr ins Tal hinunter, kurvte ein bisschen herum, dann stellte er den Traktor in der Nähe der Staumauer ab und ging zu Fuß weiter. Wie groß und uneinnehmbar diese riesige Anlage mit den meterdicken Mauern und den wehrartigen Türmen wirkte. Wie ein Bollwerk aus dem Mittelalter, das für die Unendlichkeit gebaut war und alles Lebendige überdauern sollte. Was für eine Ironie. Es hatte nur ein paar alliierte Bomber gebraucht, um die mächtige Staumauer einzureißen und das Tal überfluten zu lassen. Sicherheit war eben trügerisch, als wenn Willem das nicht gewusst hätte. Über Nacht konnte sich alles ändern, keiner war davor gefeit. War die Katastrophe erst hereingebrochen, wurde einem klar, dass es eigentlich egal war, wie dick die Mauern waren, die einen schützen sollten. Es gab immer etwas, das stärker war.

Er setzte sich auf die Bank vor dem Torhäuschen. Blinzelte gegen die Sonne. Alles war so friedlich. So vertraut. Hier hatte er es gefunden: das Beste in seinem Leben. Mit einem Mal spürte er eine namenlose Einsamkeit. Wo bist du nur, Anna? Wieso hast du mich alleingelassen?

»Entschuldigung. Könnten Sie ein Foto von uns machen?« Eine junge Frau stand vor ihm. Eine echte Schönheit, mit blonden Locken und strahlendem Lächeln. »Da vorn an der Mauer?«

Ein ebenfalls sehr ansehnlicher junger Mann stand mit dem Rücken zum Wasser und nickte Willem freundlich zu. Der erhob sich mühsam und strich sich die Hände am Hosenbein ab.

»Ich kann's mal versuchen. Aber diese Kameras ... ich weiß nie, ob ich mit denen umgehen kann.«

»Ach, wir haben gar keine Kamera. Nur ein Smartphone.«

Willem musste lachen. Ein Handy machte die Sache doch noch komplizierter. Er ließ sich von der jungen Frau in die Technik einweisen und gab sein Bestes. Mehr als es versuchen konnte er nicht.

Zwei Verliebte an der Staumauer. Natürlich erinnerten ihn die beiden an ihn selbst und Anna, wie sie damals hier an der Mauer gestanden und Fotos geschossen hatten. Er wünschte den beiden eine bessere Zukunft. Wünschte ihnen, miteinander alt werden zu können. Dass nicht mittendrin plötzlich alles zu Ende wäre und nichts bliebe als ein dunkles, kaltes Loch.

»Vielleicht noch eins auf der anderen Seite der Mauer?«, schlug die Frau vor. »Es geht ganz schnell, versprochen.«

»Kein Problem. Ich habe es nicht eilig.«

Willem schlenderte den beiden hinterher. Ließ dabei die Umgebung und den Anblick des glücklichen Paars auf sich wirken. Nach Annas Tod war er allein zurückgeblieben. Und das, obwohl er nicht einmal glaubte, dass mit dem Tod alles zu Ende war. Oder dass die Toten einfach fort waren. Im Gegenteil. Als sein Bruder Eiko jung an einem Herzinfarkt gestorben war, hatte Willem ihn wochenlang nachts an seinem Bett gespürt. Als habe Eiko ihn wissen lassen wollen, dass es ihm gutging. Selbst heute glaubte Willem manchmal noch die Anwesenheit seines Bruders zu spüren. Die Toten ließen einen nicht einfach allein. Von ihnen blieb etwas, ein Abdruck, der den Hinterbliebenen für immer prägte. Dass sie noch eine Weile blieben und Trost schenkten. Nur seine Anna, die war einfach fort gewesen. Von jetzt auf gleich. Bei ihr war alles stumm geblieben, selbst an ihrem Grab gab es nichts als Kälte.

»Machen Sie Ferien hier?«, fragte er, als er das Handy zurückgab. Das Fotografieren hatte erstaunlich gut funktioniert, trotz des modernen Geräts.

»Ja, wir haben einen Wohnwagen ein Stück weiter auf einem Campingplatz«, sagte der Mann.

»Mit Badestelle«, fügte seine Freundin hinzu. »Es ist wirklich total schön da. Und jeder kennt jeden. Eine richtig nette Gemeinschaft. Wir müssen nicht einmal das Auto abschließen.«

»Ich habe hier früher auch Urlaub gemacht. Mit meiner Frau.«

Er erinnerte sich – an den winzigen rundlichen Campingwagen, den sie sich damals geliehen hatten, an die blaugestrichene Strandbude, in der es Fanta gab und Pommes rot-weiß, an ihre Fahrten mit dem Ruderboot, mit seiner schönen Frau in dem gelben Bikini, an Caterina Valente im Radio, an das glitzernde Licht auf dem See, die Abende am Lagerfeuer. An ihr großes kleines Glück, wie sie es genannt hatten. Irgendwie hatte er gehofft, Anna wenigstens hier zu spüren, wenn schon nicht in Ostfriesland.

Sie waren so glücklich gewesen.

Aber auch hier war nichts. In ihm blieb alles still und leer. Es war keine gute Idee gewesen, herzukommen. Er hätte auf seiner geplanten Route bleiben sollen. Was hatte er sich nur gedacht?

Die beiden schienen seine Traurigkeit zu spüren. Sie fragten nicht nach seiner Frau. Wahrscheinlich konnten sie sich denken, was los war.

»Kommen Sie uns doch besuchen«, schlug die junge Frau vor. »Auf dem Campingplatz ist jeder willkommen. Das ist lustig bei uns, glauben Sie mir.«

»Ja, wir machen heute Abend eine Grillparty«, sprang ihr der Mann zur Seite. »Da sind alle Generationen vertreten. Sie sind herzlich eingeladen.«

»Die Leute da sind wirklich nett, Sie werden sehen.«

»Nein, danke. Ich muss weiter. Ich ... ich bin schon viel zu spät dran. Ich hätte nicht herkommen sollen.«

Er verabschiedete sich eilig, kehrte zu seinem Traktor zurück und knatterte kurz darauf los. Den See überquerte er knapp drei Kilometer entfernt auf einer langen modernen Autobrücke. Auf halber Strecke hielt er nochmals und kletterte vom Traktor. Er ließ seinen Blick über den See gleiten. Über das glitzernde Wasser und die Segelboote, die Badestrände und die Wälder, die sich an den Hügeln erstreckten. Möwen erhoben sich schreiend in den Himmel, Schäfchenwolken zogen vorüber. Auch wenn er Anna nicht gefunden hatte, so wollte er sich doch irgendwie verabschieden von diesem Ort.

Ein Boot mit einem Angler tauchte unter der Brücke auf. Willem lächelte. Damals hatte er hier auch geangelt. In einem Boot, das ganz ähnlich ausgesehen hatte. Es waren ruhige, entspannte Stunden gewesen. Und er hatte einen Zander gefangen, den sie abends auf den Grill gelegt hatten.

Der Angler hob den Kopf und grüßte ihn. Willem stutzte. Er blinzelte gegen das Licht, um besser sehen zu können. Doch die Sonne spiegelte sich im glitzernden Wasser. Alles verschwamm zu Licht und Schatten. Trotzdem. Beinahe war es, als würde er sein jüngeres Ich dort unten in dem Boot sehen. Sich selbst, wie er geduldig Jagd auf den Zander machte. Der Angler senkte seinen Arm und wandte sich ab. Möwen schrien, sein Boot trieb langsam davon, und dann war er kaum noch zu erkennen.

Ein Auto hupte. Willem versperrte mit seinem Lanz die Straße. Er kehrte zurück und startete den Motor. Während Greetje wieder knatternd zum Leben erwachte, sah er noch einmal dem Angler hinterher, dessen Boot schon fast verschwunden war. Er spürte, wie sich seine Trauer legte und ihn auf seltsame Weise Frieden erfüllte. Als stünde plötzlich ein Fenster in die Vergangenheit offen, als säße er im selben Moment, in dem er hier auf der Brücke war und in die Tiefe schaute, als junger Mann dort auf dem Boot. Das Auto hinter ihm hupte erneut, diesmal drängender. Also legte er den Gang ein und rollte drauflos. Er nahm Abschied. Nun fiel es ihm ein bisschen leichter.

Am anderen Ufer empfingen ihn Wälder und geschwungene Wege, Motorradausflügler fuhren ihm entgegen, am Waldesrand lagen kleine Cafés. Er knatterte unbeirrt weiter in Richtung Süden. Mitten durch die dunklen Wälder des Sauerlands. Er fuhr, bis es Abend wurde und die Sonne die Gipfel der Berge in goldenes Licht tauchte, während die Täler bereits im Schatten lagen.

Es waren nur noch wenige Kilometer bis zu seinem nächsten Ziel. Doch für heute reichte es ihm. Er wollte sich nach einer Unterkunft umsehen. Gleich morgen früh würde er das letzte Stück der Strecke fahren.

Während der Fahrt hielt er nach einem einladenden Ort Ausschau. Und tatsächlich dauerte es nicht lange, da tauchte ein Landgasthof am Hang eines Berges auf. Ein in den Siebzigern erbautes mehrstöckiges Gebäude mit langen Balkonen und einem holzverkleideten Giebel. Willem fuhr auf den Parkplatz, stieg vom Traktor und trat näher. Die dunkle Holzschutzfarbe der Holzverkleidung glühte in der Abendsonne, in den Dornenhecken summten Bienen, aufgeplatzte Kirschen lagen im Gras. Das Haus bot einen großartigen Ausblick auf das Tal mit einem kleinen

Dorf und den gegenüberliegenden Hängen, an denen gerade Heu eingefahren wurde.

Willem trat an ein Gartentor heran, um die Sicht zu genießen, als eine Terrasse in sein Blickfeld rückte, auf der ein alter Mann in der Sonne saß und ein Weizenbier trank. Er hockte auf einem gemütlichen Polsterstuhl, um ihn herum rankten Wein und Knöterich. Alles an diesem Bild strahlte so viel Ruhe und Frieden aus, dass Willem sich gleich heimisch fühlte.

Offenbar wusste dieser Mann, wie man seinen Ruhestand genoss. Als er Willem in dem Gartentor entdeckte, tauchte ein liebenswürdiges Lächeln auf seinem Gesicht auf.

Willem trat durch das Tor in den Garten.

»Einen schönen Platz zum Leben haben Sie hier«, begrüßte er ihn.

»Nicht wahr? Hier kann man nett ein Bierchen trinken, wenn die Sonne untergeht.«

Willems Knochen schmerzten, und er fühlte sich erschöpft. Es war ein langer Tag gewesen. Er musste lernen, seine Kräfte besser einzuteilen.

»Wieso setzen Sie sich nicht zu mir?«, schlug der Mann vor.

»Ich suche eigentlich ein Zimmer. Wissen Sie, ob hier noch was frei ist?«

»Aber sicher. Ein Zimmer ist immer frei. Meine Tochter wird sich gleich darum kümmern.«

»Dann ist das Ihr Gasthof?«

»Nein. Der gehört jetzt der nächsten Generation. Aber früher, da war es meiner. Kommen Sie schon, setzen Sie sich.«

Er erhob sich mühsam aus seinem Polstersitz, um ein Weizenbier aus einer Kühltasche zu holen. Willem erkannte, dass der Mann älter war, als er auf den ersten Blick gewirkt hatte. Das Gehen schien ihm schwerzufallen. Mit einem erleichterten Seufzer ließ er sich wieder auf seinen Platz sinken und stellte das Bier auf den Tisch.

Willem nahm auf einem Gartenstuhl Platz. Ein schattiger Platz und ein kühles Weizenbier. Etwas Besseres konnte er sich nach diesem Tag nicht vorstellen.

»Waren Sie das mit dem Lanz Bulldog?«

»Sie haben mich kommen sehen? Ja, der Lanz gehört mir.«

»Gesehen habe ich Sie nicht. Nur gehört. Aber ein Lanz, der ist unverkennbar. Nichts anderes hört sich so an.«

Willem lachte. Spätestens jetzt wurde klar, welcher Generation sein Gastgeber entstammte.

»Wohin sind Sie unterwegs? Sie kommen nicht aus der Gegend, oder?«

»Nein, ich komme aus Ostfriesland. Unterwegs bin ich nach Speyer. Wenn alles gutgeht, werde ich in drei Tagen da ankommen.«

»Die ganze Strecke mit dem Traktor? Quer durchs Land? Dafür muss es doch einen guten Grund geben.«

»Ja, den gibt es.« Willem nahm die Flasche und goss sich das kühle Weizenbier ein. »Ich habe ein Versprechen gegeben, das ist der Grund. Ich muss mich daran halten, das ist mir wichtig.«

»Ein Versprechen? Das müssen Sie mir erzählen.«

Er ließ seinen Blick über das weite Tal schweifen.

»Es ist eine lange Geschichte.«

»Ich hab Zeit. Und ich liebe lange Geschichten.«

Willem ließ den Blick über die Gipfel schweifen, die im Abendlicht leuchteten. Er genoss die Aussicht und den Frieden dieses Tales.

Warum eigentlich nicht?, fragte er sich. Er lächelte, nahm einen Schluck von dem Bier, das köstlich schmeckte. Dann lehnte er sich zurück und begann zu erzählen.

KAPITEL ZEHN

Vier Monate zuvor

Den Winter über hatten Willem und Finn viel Zeit in der Scheune verbracht. Auch Alfred Janssen schaute regelmäßig vorbei, um nach dem Rechten zu sehen und Tipps für die Reparaturen zu geben. Finn hatte mit Marion verabredet, dass er nachmittags zu Willem durfte, wenn die Hausaufgaben gründlich gemacht worden waren und keine Nachhilfestunden anstanden.

Lediglich Joost war zwischendrin sauer geworden, als er sich einen spontanen Skiurlaub in den Winterferien mit Finn abschreiben konnte, weil der sich mit Händen und Füßen dagegen wehrte. Joost gab Marion die Schuld daran, dass der Junge nur noch den Lanz Bulldog im Kopf hatte. Sie manipuliere den Jungen, warf er ihr vor, um ihn von seinem Vater fernzuhalten. Dafür missbrauche sie sogar Willem, mit dem sie doch sonst nie was am Hut gehabt habe. Marion war sofort auf hundertachtzig gewesen, und es war mal wieder hoch hergegangen zwischen ihnen. Willem versuchte einfach, sich aus allem rauszuhalten. Am liebsten würde er den beiden zwar ordentlich den Kopf waschen, doch er wusste, dass er damit alles nur schlimmer machen würde.

Die Arbeit am Lanz ging indes gut voran. Gemeinsam schraubten und schliffen und hämmerten sie. Gesprochen wurde wenig, doch bildeten sie in diesen Tagen eine verschworene Gemeinschaft. »Unser Männer-Traktor-Club« nannte Alfred das, was Finn zu gefallen schien. Er war ziemlich stolz darauf, auch einer dieser *Männer* zu sein, aus denen der Club bestand.

»Ich kannte mal einen«, begann Alfred eines Abends zu erzählen, als er gerade den Rost vom Zylinder abschmirgelte, »der hat auch seinen alten Traktor restauriert. Ein Fendt Dieselross war das, aus der F18er-Baureihe.«

Draußen war es längst dunkel geworden, und Willem hatte einen Gasheizer in die Scheune gestellt, damit sie nicht froren. Alfred sah über den Rand seiner Brille hinweg zu Finn. »Weißt du, wo Fendt seine Dieselrösser produziert hat, Junge?«

»In Marktoberdorf«, kam es wie aus der Pistole geschossen. »Da werden heute noch Fendt-Traktoren gemacht. Aber das gehört inzwischen ja auch den Amerikanern.«

»Ganz richtig. In Marktoberdorf. Mein Bekannter hatte allerdings einen Traktor von neunzehnhundertneunundvierzig. Aus der Zeit, wo Fendt noch ein bayerischer Familienbetrieb war. Als sein Dieselross fertig restauriert war, ist er auf die Idee gekommen, den gleichen Weg zurückzufahren, auf dem der Traktor nach seiner Fertigung zu ihm gekommen war. Versteht ihr? Von hier zurück nach Marktoberdorf. Als zweite Jungfernfahrt. Halt nur gut sechzig Jahre später.«

Finn schien die Vorstellung zu faszinieren. Er ließ die Bohrmaschine sinken, die Willem ihm nach mehrmaliger

Ermahnung zur Vorsicht überlassen hatte und mit der er das Blech der Motorhaube abschmirgelte.

»Er war tagelang mit dem Fendt unterwegs«, fuhr Alfred fort. »Bei Wind und Wetter. Einmal quer durch Deutschland. Aber er hat es wirklich geschafft, mit dem uralten Fendt bis ins Allgäu zu fahren. In Marktoberdorf haben sie ihn dann willkommen geheißen. Sogar die Presse war da. Das muss eine ganz große Sache gewesen sein.«

»Echt?« Finns Augen leuchteten. »Ist ja krass.«

»Dann müssten wir wohl nach Mannheim fahren«, kommentierte Willem gutgelaunt. »Zum John-Deere-Werk.«

Die Firma Lanz war in den Fünfzigern von dem amerikanischen Traktorhersteller übernommen worden, der noch heute auf dem Werksgelände seine Traktoren fertigte. Es war im Grunde als Scherz gedacht, doch als Willem das Gesicht seines Enkels sah, wurde ihm klar, dass er sich diesen Kommentar besser gespart hätte. Denn Finn war sofort Feuer und Flamme für die Idee.

»Das können wir in den Sommerferien machen, Opa! Oder wir machen das schon Ostern. Wenn wir bis dahin fertig sind. Wenn wir uns beeilen, können wir doch Ostern fertig sein, oder, Opa? Wie lange fährt man denn bis nach Mannheim?«

»Sachte, sachte. So schnell geht das nicht. So was muss gut überlegt sein.«

»O bitte, Opa! Das wäre so... so *krass*.«

»Dazu musst du erst etwas älter sein«, ruderte Willem zurück. »Eines Tages machen wir das vielleicht. Aber ganz sicher nicht in den Osterferien.«

Alfred hatte offenbar Spaß, weiter Öl ins Feuer zu gießen, denn er zwinkerte Finn genüsslich zu.

»Wenn ihr schon mal in Mannheim seid, dann könntet ihr auch gleich von dort weiterfahren nach Speyer. Sind ja nur ein paar Kilometer. In Speyer findet nämlich einmal im Jahr das große Lanz-Bulldog-Treffen statt.«

»Das ist da in der *Nähe*?«, fragte Finn aufgeregt. »Ich hab das schon mal im Internet gesehen. Da kommen Leute aus ganz Deutschland. Und jeder hat einen Bulldog dabei. Da sind bestimmt fast alle Modelle zu sehen, die es gibt.«

Willem warf Alfred einen düsteren Blick zu, doch der grinste nur breit. Um Finn war es nun endgültig geschehen.

»Das müssen wir unbedingt machen, Opa. *Unbedingt*. Wann ist denn das Lanz-Bulldog-Treffen? Wenn das in den Osterferien ist, dann müssen wir uns doch beeilen, dass wir dann schon fertig sind, oder? Sonst müssten wir ja wieder ein ganzes Jahr warten.«

»Jetzt halt mal die Beine still. So schnell geht das alles nicht. Irgendwann machen wir das vielleicht mal. Aber ganz sicher nicht in den Osterferien. Irgendwann halt.«

»Versprichst du mir das, Opa?«

Nun richteten sich alle Augen auf Willem. Er zögerte. Ihm war sehr wohl bewusst, dass er einem Kind nicht leichtfertig irgendetwas versprechen konnte. Finns Blick war jedoch so sehnsuchtsvoll, dass er es einfach nicht übers Herz brachte, nein zu sagen.

»Ach, hol's der Teufel«, stöhnte er. »Also gut: Ich verspreche es dir, Finn. Irgendwann fahren wir nach Mannheim und nach Speyer zum Lanz-Bulldog-Treffen. Bestimmt nicht in diesem Jahr und wahrscheinlich auch nicht im nächsten. Aber irgendwann. Okay?«

Finn sprang mit einem Jauchzer auf, wobei die Bohrmaschine zu Boden fiel. Ihr war zwar nichts passiert, dennoch machte Willem ein verärgertes Gesicht. Finn hob sie schuldbewusst auf und hielt sie fortan so vorsichtig wie ein rohes Ei. Alfred kicherte leise vor sich hin, während Willem vor sich hin brummte, dann nahmen sie alle drei ihre Arbeit wieder auf.

Das Versprechen galt, so viel war Willem klar. Nun, man würde sehen. Die Sache würde erst einmal auf die lange Bank geschoben werden. Und wer wusste schon, ob Finn das in einem oder zwei Jahren tatsächlich noch machen wollte. Vielleicht würde er ja die Lust darauf verlieren.

Doch Willem ahnte nicht, wie sehr er sich damit irrte.

KAPITEL ELF

Sechs Wochen später

Marions Stimmung war auf dem Nullpunkt. Sie hatte sich wirklich etwas versprochen von dieser Familienberatungsstelle, wo sie und Joost über Finns Unterbringung sprechen sollten, um eine Einigung zu finden. Der Fall war schließlich nicht sehr kompliziert. Letztlich ging es nur darum, ob die Betreuung durch Marion gewährleistet werden würde oder durch die neue Freundin von Joost. Er selbst war sowieso nicht in der Lage, sich um seinen Sohn zu kümmern. Seine Arbeit ging immer vor, das kannte man doch. Eigentlich also keine schwere Frage, fand sie.

Doch diese Sozialpädagogin war von Anfang an auf Joosts Seite gewesen. Hockte da mit ihren bunten Schals und ihrer weichgespülten Art und fand alles toll, was Joost sagte. Ein Mann, der sich für sein Kind interessierte. Ganz großartig. Dabei ging es um Finn. Und Marion wusste, was für ihn das Beste war. Es war ihr Junge, sie kannte ihn. Sie würde kämpfen müssen, egal, was es sie kostete. Egal, wie allein sie war.

Als sie auf den Hof fuhr, brach die Sonne durch die Wolken. Es war Frühling, überall spross und blühte es. Im warmen Licht war es wunderschön. Alles wirkte so friedlich und beständig. Mit einem Mal wünschte sich Marion, den ganzen Streit hinter sich lassen zu können. Joost und die Betreuungsfrage, die Sozialarbeiterin und die Anwälte. Einfach hier in der Sonne sitzen und die Natur genießen.

Sie stieg aus dem Auto und sog die warme Luft ein. Für einen Moment gab sie sich der Vorstellung hin, dass sie und Finn allein hier draußen auf dem Hof lebten. Kein Ärger, keine Scheidung, nur sie beide und die Schönheit der Natur.

Willem tauchte hinter ihr auf.

»Du bist früh dran«, sagte er.

»Ich konnte heute früher los. Ist Finn in der Scheune?«

»Ist noch in der Küche. Macht Hausaufgaben.«

»Gut. Dann hole ich ihn.«

»Sag ihm, er soll noch mal schnell zu mir in die Scheune kommen. Der Lanz ist so weit. Es dauert nur eine Minute, Marion. Danach kannst du mit ihm nach Hause.«

Sie ließ die Tagträume hinter sich und steuerte das Haus an. Joost hatte ihr vorhin einen Link aufs Handy geschickt. Der führte auf eine Nachrichtenseite. Mit gerunzelter Stirn hatte sie die Meldung gelesen. Ein Grundsatzurteil des Bundesgerichtshofs, nachdem ein Elternteil das Wechselmodell auch gegen den erklärten Willen des anderen Elternteils durchsetzen könne. Dieser Idiot. Am liebsten hätte sie das Handy zu Boden geschmettert.

Würde er wirklich ernst machen und im Notfall vor Gericht gehen? Was, wenn er es drauf ankommen lassen wollte? Einfach nur, um seine Macht zu demonstrieren? Sie fragte sich, wann dieser Alptraum enden würde. Ob er überhaupt je enden würde.

»Finn? Bist du hier?«

Sie öffnete die Küchentür. Auf dem Tisch waren sorgfältig die Schulsachen zusammengeräumt, der Stuhl war jedoch leer. Sie sah sich um. Finn stand neben dem Vorratsraum und betrachtete Bilder an der Wand. Es waren Familienbilder, alle uralt, die noch zu Lebzeiten ihrer Mutter dort aufgehängt worden waren.

Finn sah sie hereinkommen, wandte jedoch gleich den Blick ab und starrte weiter auf die Wand. Er distanzierte sich zunehmend von ihr. Das ging schon eine Weile so. Eine schreckliche Entwicklung. Sie wollte doch für ihn da sein, ihm dabei helfen, alles durchzustehen.

Er deutete auf das Foto ihrer Mutter.

»Ist das Oma?«

»Ja, das ist sie.«

Marion trat näher. Ein schönes Foto. Es zeigte ihre Mutter, wie sie lachte, mit glänzenden Augen und zahllosen Lachfältchen. Dieses innige und unbändige Lachen war typisch gewesen für sie. Man sah sofort, wie viel Herzenswärme sie anderen Menschen zu geben hatte.

»Schade, dass du sie nicht kennengelernt hast, Finn. Sie hätte dich sehr liebgehabt.«

»Sie war schon lange tot, als ich auf die Welt kam, oder?«

»Ja. Schon ein paar Jahre. Leider.«

Finn betrachtete eine Weile schweigend das Foto.

»Und Opa ist seitdem ganz allein?«

Marion stutzte.

»Er ... er hat seine Kühe.«

»Und uns. Richtig, Mama? Opa hat auch uns.«

»Natürlich«, sagte sie und strich ihm durch die Haare.

»Jetzt beeil dich aber. Hast du deine Hausaufgaben fertig? Dann pack deine Tasche. Wir müssen los.«

Ihr fiel ein, was Willem draußen gesagt hatte.

»Ach, Finn. Geh noch mal kurz in die Scheune. Opa sagt, der Lanz sei so weit.«

Es war, als hätte sie magische Worte gesprochen. Finn war sofort wie ausgewechselt. Begeistert sprang er auf.

»Echt? Wir müssen sofort raus. Komm schon. Das ist so *krass*, Mama.«

»Wieso? Was heißt das denn?«

»Wir haben doch gemeinsam die neue Vorderachse eingebaut«, plapperte er drauflos, während er nach draußen flitzte. »Und neue Reifen aufgezogen. Opa wollte sich noch um die Bremsbeläge kümmern. Wo bleibst du denn, Mama?«

Marion eilte hinterher. »Ich bin ja hier.«

»Also, das heißt, wir können den Lanz heute starten. Die Elektrik ist noch nicht fertig. Es fehlt auch ein Kotflügel, und wir müssen noch lackieren und so weiter. Aber die Maschine steht, wir können heute zum ersten Mal damit fahren. Jetzt beeil dich doch.«

Finn rannte über den Hof zur Scheune. Willem stand mit zufriedenem Grinsen im Tor.

»Bereit für eine kleine Runde, Finn?«

»Können wir wirklich, Opa? Oh, das ist so cool.«

»Steig schon auf. Wir legen los.«

Das ließ Finn sich nicht zweimal sagen. Er kletterte eilig auf den Kindersitz. Willem zwinkerte Marion zu, dann stieg er ebenfalls auf und machte sich daran, den Traktor anzulassen. Es schien mühsam zu sein und dauerte eine Weile, doch plötzlich gab es ein ohrenbetäubendes Knattern, und der Lanz rollte unaufhaltsam aus der Scheune heraus.

Marion war auf seltsame Weise bewegt. Als Kind hatte sie diesen alten Traktor geliebt. Oft hatte sie mit ihrem Bruder Martin Stunde um Stunde in der Scheune verbracht, um auf dem Lanz zu spielen. In einer Zeit, in der die Welt noch in Ordnung gewesen war, und jetzt war eben dieser Traktor wieder zum Leben erweckt worden.

Und seltsamerweise war das ihrem Sohn zu verdanken, dem Marion in einem sentimentalen Moment die Nachbildung eines Lanz Bulldog geschenkt hatte. Mit von ihr ungeahnten Folgen, was seine Traktorbegeisterung anging. Auf gewisse Weise, dachte sie nun, hatte Finn ihre Kindheit wiederbelebt, und zwar den Teil, in dem sie noch eine richtige Familie gewesen waren.

Der Lanz rollte knatternd um sie herum. Sie lachte und winkte. Finn wirkte so glücklich wie lange nicht. Ihre Augen wurden feucht. Das mussten die Abgase des Bulldog sein. Über die Feinstaubbelastung wollte sie lieber gar nicht erst nachdenken. Ganz zu schweigen davon, was so ein alter Motor an CO_2 in die Luft pustete.

Willem hielt neben ihr und ließ den Motor verstummen. Wieder zwinkerte er ihr zu.

»Hast du das gesehen, Mama?« Finn sprang herunter. »Er fährt wieder, wir haben ihn zum Laufen gebracht. Ist das nicht krass, Mama? Wenn der ganz fertig ist, dann wollen wir damit nach Mannheim fahren, zum John-Deere-Werk. Dahin zurück, wo er hergekommen ist, verstehst du? Wir fahren den gleichen Weg zurück, den der Lanz gefahren ist, als er ganz neu war. Zurück zu seinen Eltern oder so. Nur Opa und ich. Vielleicht machen wir das schon in den Sommerferien. Wir müssen gucken, wann das Lanz-Bulldog-Treffen in Speyer ist. Da wollen wir nämlich auch hin.«

»Stopp mal«, ging Willem dazwischen und warf Marion entschuldigende Blicke zu. »So haben wir das nicht besprochen. Vielleicht machen wir das irgendwann mal. Aber sicher nicht in diesen Sommerferien. Dazu musst du erst älter sein. Und deine Eltern haben auch ein Wörtchen mitzureden.«

»Aber wenn der Lanz jetzt wieder läuft, können wir doch losfahren. Wir müssen nur noch die Elektrik machen. Und lackieren.«

Willem blickte schuldbewusst zu Marion. Ihm schien das Ganze ihr gegenüber unangenehm zu sein.

»Nein, Finn. Ich habe gesagt, wir warten mal ab. Das war nur so eine Idee. So einfach ist das nicht.«

»Aber wieso denn? Wieso können wir das nicht in den Sommerferien machen?«

»Finn, diesen Sommer bist du doch in diesem Ferienlager im Sauerland«, sagte Marion. »Da haben wir dich längst angemeldet. Das weißt du doch.«

Das Ferienlager hatte ein spezielles Angebot für Kinder, die in der Schule Probleme hatten und Nachhilfe brauchten. Es war eine Mischung aus Lernen und Spaß. Genau das Richtige für Finn.

Willem wollte sich offenbar bei ihr entschuldigen, doch sie winkte ab. Sie konnte sich schon vorstellen, wie alles zustande gekommen war.

Finns Begeisterung war sofort verpufft. Er blickte trostlos aus der Wäsche. Marion spürte ihr schlechtes Gewissen. Doch dieses Ferienlager war wichtig. Finn wusste das.

»Wieso fahrt ihr nicht noch ein bisschen herum?«, schlug sie vor. »Ich kann auch in ein oder zwei Stunden wiederkommen und dich abholen. Wir haben ja heute nichts vor.«

»Ich muss später eh in die Stadt«, sagte Willem. »Ich muss noch zur Sparkasse und ein paar Sachen regeln. Da kann ich Finn bei dir absetzen.«

»Ist das okay für dich, Finn?«

Der Junge nickte. Er war immer noch enttäuscht, doch wenigstens konnte er jetzt noch ein paar Runden mit dem Traktor drehen.

Marion stieg ins Auto. Das Handy lag auf dem Armaturenbrett. Ein Anruf in Abwesenheit. Sie sah nach. Joost. Nicht schon wieder! Ihre Stimmung sank augenblicklich. Für heute war ihre Dosis Ärger mit dem Exmann schon deutlich zu hoch gewesen.

Doch sie wusste, was er wollte. Dieses Wochenende wäre Finn bei ihm, und sie hatten die Übergabe noch nicht geklärt.

Sie schickte ihm eilig eine SMS. *Kann grad nicht, bin im Auto.* Dann warf sie das Handy auf den Beifahrersitz und startete wütend den Motor. Würde er doch einfach verschwinden. Sich in Luft auflösen. Andere Männer taten das schließlich auch. Natürlich brauchte Finn einen Vater, aber so wie es jetzt lief, war es alles andere als gut für ihn.

Irgendwie hatte Finn spitzgekriegt, dass Joost ihr gedroht hatte, vor Gericht zu gehen, und das hatte ihn extrem verunsichert. Sie hatte versucht, es ihm zu erklären, aber sie war nicht richtig zu ihm durchgedrungen. Er entzog sich ihr. Ihre Umarmung danach hatte er teilnahmslos über sich ergehen lassen. Sie hatte sich schrecklich gefühlt. Sie war seine Mutter, sie sollte ihn davor bewahren, verletzt zu werden und leiden zu müssen. Aber sie hatte keine Ahnung, wie sie ihn vor alldem beschützen sollte, was zwischen ihr und Joost passierte.

Im Rückspiegel sah sie, wie Willem und Finn mit dem Lanz um den Hof fuhren. Sie musste durchhalten, sagte sie sich wieder, für Finn. Irgendwann wäre dieser Trennungskrieg vorbei, und dann könnten sie in Ruhe von vorn anfangen.

• • • • •

Nachdem Marion verschwunden war, fuhren sie noch eine Weile herum. Es war wirklich ein großer Spaß, nicht nur für Finn. Auch Willem genoss es, auf dem Lanz zu sitzen. Wenn man zu jeder Schraube, zu jedem Stück Schlauch und jedem Dichtungsring eine Beziehung entwickelt hatte, dann änderte sich auch das Gefühl zu der gesamten Maschine. Beinahe spürte Willem so etwas wie Liebe, wenn er den Motor betrachtete. Damit hätte er niemals gerechnet. Diese ganze Aktion war ja nur dazu gedacht gewesen, Finn ein wenig abzulenken und aufzuheitern. Doch jetzt war er selbst ganz verschossen in den Lanz.

Vorsichtig fuhr er ihn zurück in die Scheune und stellte den Motor ab. »Wir müssen leider für heute Schluss machen, Finn. Ich habe einen Termin in Leer. Da darf ich nicht zu spät kommen.«

»Dann fangen wir nächste Woche mit der Elektrik an? Opa, das ist voll Hammer, dass wir es geschafft haben. Der ist wirklich bald fertig. Darf ich mal ein paar Freunde aus der Schule mitbringen, wenn wir ihn lackiert haben?«

»Natürlich. Und wenn du möchtest, fahre ich euch auch abwechselnd herum. Aber jetzt müssen wir los.«

Finn holte seinen Schulranzen aus der Küche, und sie setzten sich in Willems Wagen. Er plapperte sofort drauflos, hielt Vorträge über das Restaurieren eines Lanz, phantasierte, wohin sie überall fahren könnten, wen sie unterwegs träfen, ohne Punkt und Komma.

Willem konzentrierte sich auf den Verkehr. Es war ein grauer und diesiger Tag, die Dämmerung schien früher einzusetzen als normal. Der Winter war eben noch nicht ganz vorbei.

Als sie das Haus seiner Tochter erreichten, setzte ein Schauer ein. Drinnen brannte bereits Licht. Finn zögerte noch, hinaus in den Regen zu gehen, da tauchte Marion am Fenster auf. Sie hatte die beiden vorm Haus nicht gesehen. Offenbar war sie nicht allein. Sie redete wild gestikulierend und schien ziemlich sauer zu sein. Da tauchte eine zweite Person auf. Es war Joost. Finn sog ängstlich die Luft ein. Die beiden stritten miteinander, mal wieder. Auch wenn sie hier draußen kein Wort verstanden, war klar, was da passierte.

Finn wurde ganz still. Starrte auf seinen Schulranzen. Willem räusperte sich. Was sollte er nun sagen? Der Regen drippelte aufs Autodach.

»Das geht alles vorbei, Finn. Irgendwann. Glaub mir.«

Finn sagte nichts. Willem strich ihm etwas ungelenk über den Kopf.

»Mama und Papa werden ihre Probleme regeln, dann wird sich alles finden. Tut mir leid, Finn.«

Eine Weile sagte er nichts. Er zog einen losen Faden aus einer Naht an seinem Schulranzen.

»Wir fahren doch zusammen nach Mannheim, Opa?«

»Natürlich. Das habe ich doch gesagt. In diesem Jahr wird es wohl nichts. Aber wir fahren.«

»Das hast du mir versprochen, oder?«

»Ganz genau. Das habe ich versprochen. Und was man verspricht, daran muss man sich auch halten.«

Er nickte. Offenbar reichte ihm das. Er war nun bereit, auszusteigen und zum Haus zu gehen. Willem hupte ein paarmal, damit Marion und Joost wussten, was los war. Dann brachte er Finn durch den Regen zur Tür.

»Tschüss, Opa«, sagte er und wirkte ganz klein und zerbrechlich.

»Tschüss, Finn.«

Willem tat etwas, das er noch nie getan hatte. Er beugte sich vor und gab dem Jungen einen Kuss auf die Wange. Finn lächelte, dann verschwand er im Haus.

Er musste sich nun beeilen. Bevor er zur Sparkasse ging, hatte er einen Termin bei seiner Ärztin. Es ging zwar nur um die Ergebnisse seiner Routineuntersuchungen, doch er hasste es, unpünktlich zu sein.

Zwei Mal im Jahr musste er sich in der Onkologie untersuchen lassen. Wie gesagt, zur Routine. Heute hatte er sich das *Landwirtschaftliche Wochenblatt* unter den Arm geklemmt, nachdem er beim letzten Mal über eine Stunde hatte warten müssen und nur Klatschblätter ausgelegen hatten. Das sollte ihm nicht noch mal passieren.

Doch als er das Sprechzimmer betrat und seinen Namen am Tresen nannte, sah ihn die Arzthelferin mit großen Augen an, räusperte sich und bat ihn dann, ihr ins Behandlungszimmer zu folgen. Die Ärztin wartete dort bereits auf ihn.

Frau Doktor bat ihn mit einem warmen Lächeln, Platz zu nehmen, während die Arzthelferin die Gelegenheit nutzte und eilig den Raum verließ. Das kam Willem sonderbar vor. Etwas stimmte hier nicht, das roch er sofort.

»Wir haben die Ergebnisse der Untersuchung, Herr Grote«, sagte die Ärztin, ohne ihr warmherziges Lächeln zu verlieren.

Sie wirkte ganz ruhig, als hätte sie alle Zeit der Welt für Willem. Als gäbe es kein überfülltes Wartezimmer nebenan und auch keine Notfälle, die zwischengeschoben werden wollten. Sie wirkte beherrscht und doch verbindlich.

Spätestens nun war klar, dass dies alles nichts Gutes zu bedeuten haben konnte. Und wie zur Bestätigung sagte die Ärztin: »Ich habe leider keine guten Nachrichten für Sie.«

KAPITEL ZWÖLF

Ich habe Krebs«, beendete Willem seine Geschichte, wie es zu dem Versprechen gekommen war. »Darmkrebs. Er sitzt auch schon in Leber und Lunge. Sieht nicht gut aus.«

Das leise Knattern der Landmaschine, die sich am gegenüberliegenden Hang hinaufkämpfte, wehte zu ihnen herüber. Die beiden Männer schauten nachdenklich übers Tal. Willem blinzelte gegen das Licht der tiefstehenden Sonne.

»Kann man nichts machen? Die sind doch heute so weit in der Medizin. Man hört immer Neues. Ich dachte, Krebs muss kein Todesurteil mehr sein?«

»Es ist nicht das erste Mal, dass ich Krebs habe. Vor fünf Jahren ist er schon mal ausgebrochen. Enddarmkrebs. Ich wurde operiert, habe eine Chemotherapie bekommen, das ganze Programm.«

Er dachte ungern an die Zeit zurück. Alfred hatte ihm mit dem Vieh geholfen, auch die anderen Nachbarn waren zur Stelle gewesen. In der schlimmsten Zeit wurde für ihn sogar gekocht und gewaschen. Doch Willem hatte sich wieder ins Leben zurückgekämpft. Das morgendliche Aufstehen zum Melken und die eiserne Disziplin, die seine Kühe ihm wie immer Tag für Tag abverlangten, waren die beste Medizin gewesen. Ohne seine Tiere, glaubte er, hätte er es vielleicht nicht geschafft.

Er hatte damals nicht gewollt, dass Marion und Martin Wind davon bekamen. Sie sollten sich nicht verpflichtet fühlen, ihm in irgendeiner Weise beizustehen. Sie führten ihr eigenes Leben und hatten ihre eigenen Sorgen. Als der Tratsch bei Marion angekommen war, hatte Willem bereits so tun können, als wäre weiter gar nichts. Sie hatte nie erfahren, wie ernst es gewesen war. Das Gesundwerden hatte ja auch ohne seine Kinder funktioniert. Es war mühsam und schmerzhaft gewesen, doch hatte er sich Schritt für Schritt aus diesem dunklen Tal befreit.

»Seitdem gehe ich regelmäßig zu Kontrolluntersuchungen. Alle halbe Jahr. Bei der letzten hat sich herausgestellt, der Krebs ist zurückgekommen. Und nicht nur das. Er hat Absiedlungen gebildet. Metastasen in Lunge und Leber. In sehr hohem Tempo.«

»Und da kann man nichts mehr machen?«

»Man kann es verlangsamen, mehr nicht. Aber ohne mich, sage ich Ihnen. Ich werde nicht meine letzten Monate im Krankenhaus verbringen. Operationen über mich ergehen lassen, die mich auch nicht mehr retten. Keine Schläuche. Keine Krankenhausbetten. Keine Chemotherapie. Das habe ich mir geschworen. Ein zweites Mal mache ich das Theater nicht mit. Es ändert ja eh nichts. Meine letzten Tage sollen mir gehören.«

Der alte Mann nickte. Er verstand. Einen Menschen in seinem Alter erschrak der Tod nicht. Er wusste längst, dass es nicht nur darum ging, sich ans Leben zu klammern.

»Wie lange haben Sie noch?«

»Ein Jahr vielleicht.«

Die Abendsonne verschwand hinter einer Bergkuppe. Sofort machte sich die Kühle bemerkbar, die sich von den Fichtenwäldern ausbreitete. Die Landmaschine am gegenüberliegenden Hang surrte wie ein riesiges Insekt.

»Sind Sie deshalb hier?«, fragte der Mann. »Weil Sie das Versprechen einhalten wollen, das Sie Ihrem Enkel gegeben haben?«

Willem lächelte. »Ja. Genau deshalb bin ich hier.«

Er war froh, dass ihm das Leben diese letzte Chance gegeben hatte. Diese Möglichkeit, noch einmal etwas richtig zu machen, nachdem er so viel falsch gemacht hatte. Bei seinen Kindern hatte er versagt, das ließ sich nicht wiedergutmachen. Doch bei Finn war es anders.

»Ich kann dem Jungen seinen Traum erfüllen. Ist das nicht was Wundervolles, so eine Möglichkeit zu haben? Ich kann mein Versprechen halten.«

Er konnte Finn ein paar Tage lang das machen lassen, was er am meisten liebte: In einer Welt voller historischer Traktoren zu sein. Er würde mit ihm die Niederlassung von John Deere besuchen, den Ort, an dem Greetje vor sechzig Jahren zusammengeschraubt worden war. Sie würden an einer Führung in den Werkshallen teilnehmen und ein Museum auf dem Werksgelände besuchen. Und als Höhepunkt würden sie zwei Tage lang mit Hunderten von Lanz-Bulldog-Fans aus ganz Deutschland zusammentreffen und alle Bulldog-Modelle zu Gesicht bekommen, die man sich nur denken konnte.

Willem fühlte beinahe so etwas wie Demut, dass er dieses Geschenk vom Schicksal bekommen hatte: Finn eine Zeitlang alle Probleme vergessen zu lassen und seinen größten Kindertraum zu erfüllen. Das war alle Beschwerden wert, die er auf dieser Reise auf sich nehmen musste.

»Dieses Ferienlager, von dem Sie erzählt haben«, fuhr sein Gastgeber fort. »Ich nehme an, es ist hier in der Nähe?«

»Richtig. Es ist in dem Ort Grafschaft.«

»In Grafschaft? Das ist ja nur ein paar Kilometer von hier entfernt. Ich habe gehört, da ist eine Kindergruppe aus Norddeutschland. Sie sind in der Schützenhalle.«

»Genau. Da hole ich Finn morgen ab.«

»Ihre Tochter hatte nichts dagegen, dass ihr Sohn für ein paar Tage das Ferienlager verlässt?«

»Sie weiß nichts davon«, gestand Willem.

»Sie wollen Ihr Enkelkind entführen?«

»Nein, ich leihe ihn mir aus. Mehr nicht. Das Ganze dauert nur ein paar Tage.«

»Hatte Ihre Tochter denn kein Verständnis dafür? Sie weiß doch, dass es für Sie die letzte Gelegenheit ist?«

Nein, das wusste sie nicht. Willem hatte es nicht geschafft, es ihr zu sagen. Er hatte mehrere Anläufe genommen, doch irgendwie hatte es nie gepasst.

Das eine Mal, als Willem beim Abholen mit ihr reden wollte, hatte er ausgerechnet an dem Tag vergessen, mit Finn für eine Klassenarbeit in Deutsch zu lernen. Das hatte sie ihm übelgenommen. »Es gibt für den Jungen noch andere Dinge als den blöden Bulldog. Verstehst du das denn nicht, Willem?« Wie hätte er seiner Tochter in diesem Moment beichten können, todkrank zu sein?

Das letzte Mal hatte er es versucht, als sie den Jungen gemeinsam zur Kirche brachten. Der Bus für das Ferienlager wartete bereits vorm Gemeindehaus, und sie nahmen von Finn Abschied. Der Junge machte ein ziemlich langes Gesicht, weil er ja wusste, dass in Speyer das Traktorentreffen ohne ihn stattfände und er nun mindestens ein Jahr warten müsste.

Marion gab Willem die Schuld dafür, ihm falsche Hoffnungen gemacht zu haben. Und wieder war es nicht der richtige Moment. Trotzdem nahm Willem sich zusammen. Jetzt oder nie, sagte er sich. Als der Bus abgefahren war und sie schweigend zu ihrem Auto zurückkehrten, wollte Willem endlich mit seinen Neuigkeiten rausrücken.

Doch Marion kam ihm zuvor. »Finn hat endlich einen Hortplatz. Wenn die Sommerferien vorbei sind, kann er nachmittags in der Schule bleiben.«

Es war wie ein Urteilsspruch gewesen. Willem fiel es schwer, seine Bestürzung zu verbergen. Dann wäre die gemeinsame Zeit auf seinem Hof zu Ende.

Marion senkte verlegen den Blick. »Vielen Dank noch mal, dass du eingesprungen bist. Aber in Zukunft wird das nicht mehr nötig sein.«

Wie hätte er da die Wahrheit sagen sollen? Bis heute hatte er es nicht geschafft. Stattdessen hatte er sich heimlich auf den Weg gemacht. Er schämte sich dafür, aber so war es nun mal.

»Ich konnte es ihr nicht sagen«, gestand Willem seinem Gastgeber. »Es ist nicht einfach zwischen uns.«

Der schien sofort zu verstehen, dass dies vermintes Terrain war, denn er fragte nicht weiter nach.

»Der Junge kann froh sein, so einen Opa zu haben.«
»Ach was. Ich bin es, der froh sein kann.«
Daraufhin verfielen sie in Schweigen.

Die Grillen im Heu begannen zu zirpen. Schönwetterwolken leuchteten rosafarben am Abendhimmel. Die dunklen Umrisse der Fichtenwälder standen vor einem kobaltblauen Horizont. Ein wunderschöner Abend. Er wollte dies alles genießen.

»Haben Sie Schmerzen?«, fragte der alte Mann unvermittelt.

»Ein bisschen. Es wird schlimmer werden, haben die Ärzte gesagt. Ich habe die passenden Schmerzmittel dabei. Meine Ärztin war nicht begeistert von dieser Reise, aber sie hat mir was verschrieben. Falls die Schmerzen unterwegs stärker werden.«

»Ach, ich habe ständig Schmerzen«, kam es unbekümmert. »Meine Knochen, die Beine, vor allem meine Füße. Irgendwann bin ich so weit, dass ich das Ende als Erlösung sehe.«

»Wie alt sind Sie denn?«

»Neunzig.« Er kicherte. »Das hätten Sie nicht gedacht, oder? Ich habe die meisten überlebt, die ich kannte. Wer weiß schon, wie lange wir leben. Ich lasse mich überraschen. Aber eins ist sicher: Auch bei mir wird es nicht mehr lange dauern.«

»Haben Sie Angst?«

»Nein. Schon lange nicht mehr. Ich sehe den Tod als eine Tür, durch die wir hindurchschreiten. Es ist wie ein Abenteuer. Mal sehen, was auf der anderen Seite wartet. Es gehört zur Natur, diesen Weg zu gehen. Deshalb habe ich keine Angst mehr davor. Und Sie? Was ist mit Ihnen?«

»Ich weiß nicht, ob ich Angst habe«, sagte Willem wahrheitsgemäß. »Es gibt Momente, da packt mich das Grauen. Dann wieder bin ich einfach traurig, dass alles vorbei ist. Manchmal denke ich auch, es ist gut, dass es so weit ist. Ständig ist es anders. Ich hoffe, dass ich gelassen bin, wenn's dann wirklich so weit ist. Das ist es, was ich mir wünsche.«

Da war jedoch noch etwas anderes, das ihn bedrückte.

»Ich hoffe, Finn wird nicht allzu traurig sein. Ich wünschte, ich könnte noch eine Weile für ihn da sein. Bis seine Eltern alles geregelt haben. Bis es ihm wieder bessergeht. Wir haben uns ja gerade erst richtig kennengelernt.«

Das Gesicht des alten Mannes lag im Schatten der Dämmerung. Willem glaubte, dass er lächelte. Dass seine Augen voller Wärme funkelten.

»Ich glaube, das ist die größte Angst, die ich habe. Dass ich für Finn nicht da sein kann, wenn er mich braucht.«

KAPITEL DREIZEHN

In der Morgensonne machte sich Willem auf, um die letzten Kilometer bis nach Grafschaft zurückzulegen. Er orientierte sich am eingezeichneten Weg auf seiner Karte, und es dauerte nicht lange, da tauchte hinter einer Hügelkette ein kleines Fachwerkdörfchen auf. Willem freute sich. Hier passte er gut hin mit seinem Bulldog. Die alten Häuser hatten geschnitzte Türbalken und mit Sinnsprüchen bemalte Giebel. Vor den Sprossenfenstern blühten üppige Geranien, und in den von wackligen Holzzäunen umgebenen Gärten standen alte knorrige Birnbäume. Hätte jemand ein Schwarzweißfoto von dem Lanz geschossen, wie er durch das Dorf fuhr, dann hätte man denken können, es wäre eine historische Aufnahme.

Willem knatterte zur Dorfmitte und stellte den Traktor unter einer alten Linde ab. Der Motor erstarb, und es wurde still. Ein vertrauter Geruch lag in der Luft. Kuhdung und Silage. Irgendwo war eine Motorsäge zu hören, dann ein fernes Kinderlachen. Ein Auto fuhr gemächlich durchs Dorf, und als es fort war, kehrte wieder Ruhe ein. Nur das Zwitschern der Vögel und das Summen von Insekten waren zu hören. Eine Postkartenidylle.

Er fragte eine alte Frau nach dem Weg zur Schützenhalle. Sie war nicht weit entfernt, erfuhr er, also beschloss er, zu Fuß zu gehen. Dabei bewunderte er die hübschen Fachwerkhäuser, die umliegenden Wiesen und Hügel und die dunklen Wälder, die sich an den Hängen rund um den Ort hinaufzogen. Wie schön es hier war. Er lächelte. Wer hätte gedacht, dass er noch so viel von der Welt sehen würde, bevor seine Krankheit die Oberhand gewinnen würde. Das war etwas, was ihm gar nicht in den Sinn gekommen war, als er diese Reise geplant hatte. Er hatte nur sein Versprechen einhalten wollen. Doch nun bemerkte er, dass dieser Sommer nicht nur für Finn etwas Besonderes bereithielt. Auch er selbst bekam ein unvermutetes Geschenk. Zum Ende sah er noch einmal die ganze Schönheit dieser Welt.

Die Schützenhalle lag oberhalb des Dorfs an einer Wiese. Die Türen waren geschlossen, keine Menschenseele zu sehen. Offenbar waren die Kinder noch beim Frühstück, oder es gab eine Morgenbesprechung. Sicher würde es nicht allzu lange dauern, bis sich die Türen öffneten. Er setzte sich auf eine Steinmauer in den Schatten und wartete. Die Sonne stand am wolkenlosen Himmel, der Klee blühte, Schmetterlinge tanzten in der Luft. Alles war so still und friedlich. Willem schloss die Augen und lauschte seinem Atem. Er spürte den sanften Schmerzen nach, die ersten Vorboten seiner nahen Zukunft.

Er hatte Angst. Ja, heute war es tatsächlich Angst, die ihn bedrängte. Das Abschiednehmen fiel ihm schwerer als gedacht. Vielleicht lag es daran, dass er dieses Abenteuer noch hinter sich bringen wollte. Wenn er sein Versprechen eingelöst hätte, vielleicht würde ihm dann der Abschied leichter fallen.

Ein Knall riss ihn aus seinen Gedanken. Das Tor der Schützenhalle wurde aufgestoßen, und lärmende Kinder wurden auf den Hof gespült. Sofort war alles voller Leben und Freude. Ein Betreuer, ein junger Mann mit Pferdeschwanz, versuchte, den Strom in eine Richtung zu lenken, doch es fiel ihm nicht leicht, sich Gehör zu verschaffen. Eine weitere Betreuerin tauchte auf. Es war Miriam, ein Mädchen aus der Kirchengemeinde, das die Kinder von Ostfriesland herbegleitet hatte und die Willem kannte, seit sie als Elfjährige im Gottesdienst als Ministrantin aufgetaucht war. Sie schloss sich dem Mann an und versuchte, die Kinder zu dirigieren.

Willem stand auf und atmete durch. Er wollte sich an Miriam wenden, in der Hoffnung, bei ihr auf den geringsten Widerstand zu treffen. Hoffentlich ging nun alles gut. Zwar war er für die meisten Betreuer als Opa von Finn durchaus ein bekanntes Gesicht. Außerdem stand er an dritter Stelle auf dem Zettel der im Notfall zu benachrichtigenden Personen, der bei den Betreuern abgegeben worden war. Trotzdem war diese »Entführung« natürlich ein gewagtes Unterfangen, das leicht schiefgehen konnte.

»Hallo Miriam«, begrüßte er die Betreuerin, die sich ihm verwundert zuwandte. Er lachte freundlich. »Es geht ja ganz schön wild bei euch zu, was? Tanzen sie euch kräftig auf der Nase herum, die kleinen Biester?«

»Herr Grote. Das ist ja eine Überraschung. Was machen Sie denn hier? Finn hat gar nichts gesagt.«

»Finn weiß nicht, dass ich komme. Es soll eine Überraschung sein.«

»Eine Überraschung? Wollen Sie ihn besuchen?«

Er setzte ein breites Grinsen auf. »Ich will ihn mitnehmen. Ihn für ein paar Tage ausleihen. Er und ich, wir machen einen Ausflug zum Traktorentreffen in Speyer. Am Montag bringe ich ihn wohlbehalten zurück.«

Ihr Gesicht hellte sich auf. »Dann klappt es also doch? Ach, das freut mich für Finn. Er redet ja von nichts anderem mehr als von seinem Traktor.«

»Ja, ich weiß. Ich habe noch mal mit Marion gesprochen. Sie hat nichts dagegen, wenn ich ihn am Montag zurückbringe. Es ist ja nur ein verlängertes Wochenende, da wird er doch nicht viel verpassen, oder?«

»Nein, nein. Das geht schon. Wir machen einfach in der nächsten Woche bei den Lernstunden ein etwas intensiveres...«

»Miriam!«, kam es genervt vom Hof. Der Mann mit dem Pferdeschwanz. »Wo bleibst du? Soll ich das alles allein machen?«

»Ich komme schon«, rief sie und entschuldigte sich bei Willem. »Wir sind gerade unterbesetzt. Hier geht's drunter und drüber. Ein Betreuer ist ausgefallen, und eine Kollegin liegt gerade mit einem Magen-Darm-Virus auf der Krankenstation.«

»Miriam!«, rief der Mann. »Was ist denn jetzt?«

Trotz der Unruhe war er neugierig, mit wem sie da stand und redete. Er wies die Gruppe der Kinder an, sich nicht von der Stelle zu bewegen, und kam auf sie zugelaufen.

»Das ist Willem Grote«, stellte Miriam ihn vor. »Der Opa von Finn. Er holt den Jungen ab. Stell dir vor, für Finn geht es jetzt doch noch zu diesem Traktorentreffen. Na, der wird sich freuen.«

Er nickte fahrig. Dann blickte er sich zu der Gruppe

um, als wollte er sichergehen, dass sich keiner heimlich davonmachte.

»Meinetwegen kann er sich Finn ausleihen.« An Willem gewandt, fragte er: »Haben Sie dafür eine Vollmacht der Erziehungsberechtigten?«

»Hat Marion denn nicht angerufen? Das wollte sie eigentlich tun.«

»Nicht, dass ich wüsste. Jedenfalls nicht bei ...« Er wirbelte herum. »Jungs! Bleibt zusammen! Es geht keiner allein zum Bolzplatz. Auch du nicht, Luka. Ihr wartet!«

»Ich kann kurz drinnen nachfragen, ob Finns Mutter angerufen hat«, bot sich Miriam an.

»Wir müssen jetzt los«, drängte ihr Kollege. »Sollen sich doch die anderen darum kümmern.«

»Welche anderen? Marie liegt auf der Krankenstation.«

»Robert ist doch noch irgendwo ...«

Willem sah seine Felle davonschwimmen. Die einzige Person, die ihm Finn ohne Marions ausdrückliche Erlaubnis anvertrauen würde, wäre Miriam, die ihn schon seit Ewigkeiten kannte. Wenn sie jetzt zum Bolzplatz verschwand, wäre die Sache gelaufen.

»Ich ruf einfach schnell Marion an«, sagte er und zog sein Mobiltelefon hervor. »Dann kannst du mit ihr sprechen, Miriam. Das klären wir ganz schnell.«

»Super, machen Sie das.« Im Gegensatz zu ihrem Kollegen ließ sie sich nicht aus der Ruhe bringen. »Ich sag nur schnell Finn Bescheid, dass Sie hier sind.«

Willem tat, als würde er eine Nummer wählen, während Miriam in Richtung Schützenhalle davonlief.

»Ich geh schon mal zum Bolzplatz«, rief der Mann mit dem Pferdeschwanz Miriam hinterher, schenkte Willem ein gestresstes Lächeln und machte sich daran, mit dem Haufen lärmender Kinder hinter der Halle zu verschwinden.

Willem atmete tief durch. Nun könnte es klappen.

Ein Junge kam mit wehenden Haaren aus der Halle gerannt. Es war Finn. Seine Augen leuchteten, er war völlig außer sich. Mit »Opa! Opa!«-Rufen warf er sich ihm in die Arme. Willem wäre beinahe hintenübergefallen.

»Wir fahren nach Speyer? Zum Lanz-Bulldog-Treffen?«

»Genauso ist es. Was sagst du jetzt?«

Finn fand keine Worte. Er war überwältigt. Dann sprang er auf Miriam zu, die aus der Halle gefolgt kam, und hüpfte um sie herum.

»Wir fahren nach Speyer! Wir fahren nach Speyer! Oah, Miriam, das ist so krass.«

»Pack deinen Koffer, Finn. Es geht gleich los.«

Das brauchte er dem Jungen nicht zweimal zu sagen. Finn sprintete drauflos und verschwand in der Halle.

Willem hielt Miriam mit hochgezogenen Schultern sein Handy entgegen.

»Ich kann Marion gerade nicht erreichen. Sie ist schon in der Bank. Du weißt doch, sie arbeitet in dieser Ökobank. Vielleicht hat sie gerade ein Kundengespräch.«

Miriam sah sich unschlüssig um. Eine zweite Gruppe von Kindern marschierte gerade aus der Halle und sammelte sich auf dem Vorplatz. Bestimmt war auch für sie irgendein Ausflug geplant.

»Wir können es gleich noch einmal probieren«, schlug Willem vor. »Bestimmt geht sie irgendwann ans Handy.«

Ein schmächtiger Mann mit Dreitagebart und Halbglatze trat auf den Hof. Offenbar ein weiterer Betreuer.

»Miriam«, rief er. »Kümmerst du dich um die Kinder, die hierbleiben? Ich wandere jetzt mit dieser Gruppe den Wilzenberg hoch.«

»Ich wollte mit Peter auf den Bolzplatz. Ich dachte, du nimmst alle anderen Kinder mit hoch?«

»Nein, das geht nicht. Es sind noch ein paar von den Kleineren in der Halle. Einer muss hierbleiben. Sorry, aber wir sind nun mal unterbesetzt.«

Miriam stieß einen Fluch aus. Willem blickte sie fragend an. Er gab sich ratlos und bekümmert.

»Soll ich es noch mal versuchen, Miriam?«

»Ach, lassen Sie mal, Herr Grote. Das geht schon in Ordnung. Wir haben ein paar Formulare, die können auch Sie unterschreiben. Kommen Sie, wir erledigen das schnell. Danach können Sie los.«

Willem ballte innerlich die Faust zum Sieg. Dann folgte er ihr in die Halle, um die Formulare zu unterschreiben und Finn beim Packen zu helfen. Kurz darauf waren Opa und Enkel auf dem Weg zum Traktor. Willem stieß ein befreites Lachen aus. Er fühlte sich wie ein Dreikäsehoch, dem ein Klingelstreich gelungen war.

Finn plapperte in einem fort, wie immer, wenn er aufgeregt war. Er fragte Willem nach seiner bisherigen Strecke aus, ohne die Antworten wirklich abzuwarten. Dann wollte er unbedingt wissen, wie der Lanz das Ganze überstanden hatte. Als Willem ihm von dem verstopften Dieselfilter erzählte, konnte Finn nur den Kopf schütteln, weil Willem das nicht gleich begriffen hatte. Sein Besuch in den ehemaligen Werkshallen von Wesseler machte ihn dagegen sprachlos.

»Vielleicht fahren wir da eines Tages zusammen hin«,

sagte Willem, obwohl er wusste, wie unwahrscheinlich das war. »Eingeladen sind wir jedenfalls.«

»Wie weit fahren wir denn heute noch?«

»Mal sehen, wie weit wir kommen. Es ist noch früh, wir haben den ganzen Tag vor uns. Aber es ist anstrengend, stundenlang auf dem Lanz zu sitzen. Das wirst du noch merken. Wir fahren einfach, solange wir können. Ganz bis nach Frankfurt werden wir es wohl nicht schaffen. Aber warten wir's ab.«

»Frankfurt. Wenn wir nach Frankfurt kommen, werden wir dann Wolkenkratzer sehen?«

»Natürlich. Und zwar jede Menge. Frankfurt ist voll davon.«

»Opa, ich hab noch nie Wolkenkratzer gesehen! In echt, meine ich. Das ist total krass.«

Willem lächelte. Ihm ging es da gar nicht anders, auch er hatte noch nie einen echten Wolkenkratzer gesehen.

»Dann fahren wir mitten durch Frankfurt durch, würde ich sagen. Damit wir auch ganz sicher welche zu Gesicht kriegen. Und danach fahren wir zum Rhein. Der liegt auch auf unserem Weg. Oder hast du den schon mal gesehen? Stell dir vor, ich habe den Rhein nämlich noch nie gesehen.«

»Echt nicht, Opa?«

»Echt nicht.«

Den Rhein zu sehen war etwas, worauf Willem sich wirklich freute. Er würde auf seine alten Tage noch zum Strom der Deutschen kommen, wer hätte das gedacht. Er würde die Ruine der Gernsheimer Rheinbrücke sehen, ein Überbleibsel des Weltkriegs. So viel Geschichte, so viel Natur. Nicht nur für Finn, auch für ihn war diese Reise voller Wunder, das merkte er, je länger sie unterwegs waren. In seinem Übermut begann er zu singen: »*Wenn das Wasser im Rhein goldner Wein wär, ja dann möcht ich so gern ein Fischlein sein.*«

Wäre Finn nur wenig älter, wäre ihm Willem jetzt sicher furchtbar peinlich gewesen. Doch zum Glück war es noch nicht so weit. Der Junge hörte eifrig zu und versuchte, sich den Text zu merken, um mitsingen zu können.

Vor ihnen im Dorf tauchte der Traktor auf. Finn rannte sofort los, um ihn genauestens zu inspizieren. Dabei entdeckte er natürlich auch das Schild an der Ackerschiene.

»Greetje?«, fragte er verwundert.

»Ja, sie hat unterwegs einen Namen bekommen. Die Geschichte habe ich dir noch gar nicht erzählt. Aber egal. Das muss nichts heißen. Es ist dein Traktor, Finn. Du kannst dir einen anderen Namen ausdenken, wenn er dir nicht gefällt. Das ist kein Problem.«

Finn dachte gründlich darüber nach.

»Nein. Greetje gefällt mir gut.«

»Perfekt. Dann heißt sie Greetje.«

»Erzählst du mir die Geschichte?«

»Das mach ich. Lass uns aber erst deinen Koffer verstauen. Die Ferne ruft.«

Willem kletterte hinauf auf seinen Sitz. Finn nahm auf dem Kindersitz über dem Hinterrad Platz.

»Opa? Bringst du mir das Lied über den Rhein bei?«

Willem lachte. »Gerne doch. Bis wir am Rhein sind, haben wir noch Zeit. Das lernen wir bis dahin.«

Sie verließen Grafschaft in Richtung Süden und nahmen Kurs auf Frankfurt. Eine Weile sangen sie lauthals gegen das Knattern des Traktors an, dann stopften sich beide den Lärmschutz in die Ohren und betrachteten schweigend die Landschaft des Rothaargebirges, die gemächlich an ihnen vorbeizog. Die hohen Fichten mit kahlen Stämmen, die mannshohen Farne am Waldboden, moosbedeckte Zäune, plätschernde Bäche, an deren Ufern Wildkräuter wuchsen, und beeindruckende Ameisenhaufen unter uralten Bäumen. Würziger Duft und eine wohltuende Kühle drangen aus dem Wald heraus. Es war ein Sommer wie aus dem Bilderbuch. Finn rückte irgendwann näher an ihn heran und lehnte den Kopf an seine Schulter.

Sie kamen an eine Kreuzung, an der sie eine schmale Landstraße passierten, gezogen wie mit einem Lineal. Willem hielt, obwohl weit und breit kein Auto zu sehen war. Mit der Sonne im Rücken ließ sich weit blicken.

Seine gute Stimmung trübte sich ein. Anna kam ihm wieder in den Sinn. Es war ein Tag wie dieser gewesen, dachte er, als sich der Unfall ereignet hatte. Ein heller, schöner Sommertag. Es war an einer Kreuzung gewesen, die genau wie diese war, gut einsehbar und mit schnurgeraden Straßen. Wie konnte jemand da ein Auto übersehen? Bessere Sicht wäre nicht denkbar gewesen. Das andere Auto war feuerrot gewesen. Keiner konnte das damals verstehen. Ein großes Rätsel. Der andere Wagen war mit über hundert Sachen in Anna reingerast. Sie hatte keine Chance gehabt. Seine Frau war sofort tot gewesen.

Willem überquerte die Straße und tuckerte weiter. Er ließ sich von der Sonne den Rücken wärmen. Dann legte er vorsichtig seinen Arm um Finn, der immer noch an seiner Schulter lehnte. Es war schön, nicht allein zu sein an so einem wundervollen Sommertag. Finn hob den Kopf und lächelte, dann ließ er sich wieder gegen Willems Schulter sinken, und gemeinsam rollten sie ihrem nächsten Ziel entgegen.

KAPITEL VIERZEHN

Bis nach Frankfurt schafften sie es an diesem Tag nicht mehr. Finn erwies sich zwar als zäher Beifahrer, doch Willem war irgendwann mit seinen Kräften am Ende. Er hatte schon am Vortag knapp hundertfünfzig Kilometer zurückgelegt, unter anderem durchs bergige Sauerland. Von frühmorgens bis spätabends hatte er auf dem Lanz gesessen. Jeder Knochen tat ihm inzwischen weh. Greetje fuhr zwar unbeirrt immer weiter, das war nicht das Problem. Aber den ganzen Tag durchgerüttelt zu werden, das ging auf keine Kuhhaut. Es hatte keinen Sinn, bis an die Grenzen ihrer Kräfte zu gehen. Er musste auch an Finn denken. Sie würden noch früh genug in Speyer ankommen.

Willem beschloss, nach einer Unterkunft Ausschau zu halten. Als sie am frühen Abend das nördliche Rhein-Main-Gebiet erreichten, sah er sich nach Bauernhöfen um. Ein Heuboden, dachte er sich, auf dem sie in ihren Schlafsäcken übernachten konnten, das wäre ideal. Im letzten Sommer hatte er ein junges Pärchen auf Wanderschaft bei sich in der Scheune übernachten lassen. Vielleicht würde ja auch er einen Bauern finden, der sich darauf einließ.

Nach einer Weile fiel ihm ein kleiner Milchbetrieb

ins Auge, nicht viel größer als sein eigener Hof. Ein altes Bauernhaus, das offensichtlich in den Sechzigern zu einem Klinkerbau umgestaltet worden war, ein Kuhstall und eine Scheune mit einer Handvoll Rinder darin. Alles wirkte bescheiden und ein wenig aus der Zeit gefallen. Es gab also auch woanders noch Leute, die sich nicht von großen Betrieben schlucken ließen. Die der veränderten Welt trotzten. Willem hatte sofort ein gutes Gefühl.

Neben dem Straßengraben entdeckte er einen Mann, etwa in seinem Alter, der einen Zaun ausbesserte. Ihm musste dieser kleine Hof gehören. Willem brachte Greetje knatternd und pfeifend zum Stehen. Der Mann blickte kaum auf, als wäre es etwas ganz Normales, dass ein historischer Traktor auftauchte, und vertiefte sich wieder in seine Arbeit.

»Moin«, begrüßte Willem ihn.

Er nickte beifällig. »Schönen Traktor haben Sie.«

»Ein Lanz Bulldog, Baujahr siebenundfünfzig. Wir haben ihn gerade wieder zum Laufen gebracht.«

Nun unterbrach er seine Arbeit und wandte sich ihnen zu.

»Wir hatten früher immer Holder. Bis in die Siebziger. Mein alter Herr fand, dass die besser sind als Lanz. Wendiger. Für kleine Flächen wie bei uns ideal.«

Er nahm den Lanz näher in Augenschein. »Das ist noch ein Einzylinder, oder? Die alte Bauweise.«

»Lanz hat bis zum Schluss nur Einzylinder gebaut«, mischte Finn sich ein. »Erst als John Deere übernommen hat, war Schluss mit der Einzylinder-Technik. Aber dann hießen die auch nicht mehr Lanz Bulldog, sondern John Deere.«

Das war typisch Finn. Wenn der etwas wusste, konnte er es nicht zurückhalten. Es musste raus. Der Mann fixierte den Jungen. Ein schmales Lächeln tauchte in seinem Gesicht auf.

»Du bist ja ein ganz Schlauer.«

»Wir suchen eine Unterkunft für heute Nacht«, sagte Willem. »Bis Frankfurt schaffen wir es nicht mehr. Eine Scheune oder ein Heuboden würde uns reichen. Wir brauchen nicht viel.«

Der Mann kratzte sich am Kopf und stieß ein Brummen aus. Dann ließ er seinen Blick von Finn zum Traktor und weiter zu Willem schweifen. Er schien abzuwägen, wie vertrauenswürdig sie waren.

»Einen Heuboden hab ich«, grummelte er. »Für eine Nacht wird's schon gehen. Kommt mit, ich zeig's euch.«

Der Mann schlurfte voran, und Finn strahlte seinen Opa an, als hätten sie gerade einen Sechser im Lotto gehabt. Auch Willem war zufrieden. Sie hatten den Test bestanden. Was er auch daran bemerkt hatte, dass ihr Gastgeber zum Du übergegangen war.

Es dauerte nicht lange, da hatten sie Greetje untergestellt und sich ein Nachtlager im Heu errichtet. Für Finn war das ein großes Abenteuer. Es war das erste Mal, dass er auf dem Heuboden schlief. Willem dagegen, der schon befürchtet hatte, in Frankfurt ein Hostel oder so was beziehen zu müssen, war ziemlich erleichtert, sich wenigstens für heute Nacht noch einmal auf sein vertrautes Terrain zurückziehen zu können.

Er spazierte über den Hof und entdeckte seinen Gastgeber am Kuhstall.

»Ein schöner Hof ist das hier. Wie viele Kühe hast du?«

»Vierzig Milchkühe und ein paar Rinder. Macht eine Menge Arbeit, das Ganze, aber viel rum kommt trotzdem nicht dabei.«

»Mir musst du das nicht sagen. Ich hatte fünfunddreißig Milchkühe. Bis zur Rente. Jetzt ist Schluss.«

Der Mann nickte düster. Er wusste natürlich, welche Kämpfe Willem in den letzten Jahren mit dem Auf und Ab des Milchpreises durchgestanden hatte.

»Lange reichten fünfunddreißig Kühe, wenn man nicht auf großem Fuß lebte und ordentlich wirtschaftete«, sagte Willem. »Aber die Zeiten sind vorbei. Heute ist man damit zum Sterben verurteilt.«

»Ich weiß auch nicht, wie das noch werden soll. Die Molkerei bezahlt Betriebe inzwischen nach der Menge, die sie liefern: Ab zwei Millionen Liter Milch im Jahr bekommt man eins Komma fünf Cent pro Liter zusätzlich. Stell dir das vor: Dreißigtausend Euro bekommt der große Betrieb mehr, und zwar nur weil er groß ist. Wie soll man da mithalten? Dann steigt auch noch die Pacht ständig. Kein Wunder. Neuerdings wird ja mit Ackerland spekuliert. Das hat es früher auch nicht gegeben, dass Investmentbanker Land von bäuerlichen Betrieben aufkaufen und damit spekulieren.«

»Mir musst du das nicht sagen«, wandte Willem ein, doch sein Gastgeber ließ sich nicht bremsen.

»Wie soll ich da mithalten?«, regte er sich auf. »Wenn Bauernhöfe zu Großunternehmen werden, die für den globalen Markt produzieren? Wenn es nur noch um Masse geht und keinen interessiert, wo sie herkommt? Früher wurde unsere Milch an die kleine Molkerei im Dorf verkauft, und die hat dann die Läden in Frankfurt beliefert.

Heute produzieren wir im großen Stil für Mexiko und Argentinien. Das ist alles eine Nummer zu groß für mich.« Er überblickte nachdenklich seinen Hof. »Keine Ahnung, wie lange es bei mir noch geht.«

Warmes Abendlicht tauchte alles in zeitlosen Glanz. Eine Katze lief an der Stallwand entlang und verschwand in einer Tür. Dann drang ein Muhen aus dem Rinderstall.

»Wie lange bist du schon in Rente?«

»Seit vier Tagen.« Willem lachte. »Auf einmal ging es ganz schnell. Die Kühe sind weg, der Hof steht leer.« Er deutete zu Greetje. »Und jetzt geht es auf große Fahrt.«

»Die Kühe sind weg? Dann gibt's bei dir auch keinen Nachfolger?«

»Die Kinder haben ihr eigenes Leben. Sie wollen nicht weitermachen. Ist wahrscheinlich auch besser so. Man müsste expandieren. Das wünscht man heute doch keinem mehr, in der Landwirtschaft zu arbeiten.«

Sein Gastgeber merkte natürlich, dass Willem sich alles schönredete. Der Schmerz über das Ende seines Hofs war in seiner Stimme zu hören. Trotz allem.

»Früher war das anders«, sagte er. »Ein Hof, etwas Land, das bedeutete Sicherheit. Ein Auskommen. Die Frauen sind den Hoferben hinterhergelaufen. Vier Kinder habe ich, das muss man sich vorstellen. Vier. Und keiner will das hier haben. Heute will sich keiner für sein ganzes Leben an so ein Stück Land binden. Die viele Arbeit, der schmale Ertrag. Da lockst du keinen mehr hinterm Ofen hervor.«

Natürlich. Auch er kannte diese Trauer, die aus den Worten des Mannes sprach. Kannte den Tornado der Veränderung, der über einen hinwegfegte, ohne dass man sich dagegen wehren konnte, und der bewirkte, dass ein ganzes Lebenswerk in einer neuen Welt plötzlich wertlos erschien. Der alles wegspülte, was doch aber wichtig war und Bestand haben sollte.

»Das Land werden die Kinder verkaufen, das ja«, sagte er grimmig. »Ich muss nur bald den Löffel abgeben.«

Sein Gastgeber hatte also auch kein gutes Verhältnis zu seinen Kindern. Und die Bitterkeit, mit der er all das sagte, machte klar, dass diese Entfremdung schon sehr lange währen musste. Er fragte sich, wie lange dieser Mann schon allein hier auf dem Hof war.

Willem sah zur Scheune, wo Finn mit dem Ölkännchen um Greetje herumlief, Schmierstellen bearbeitete und den alten Schlager vom Rhein sang. Der Text saß immer noch nicht, was Finn jedoch mit viel guter Laune wettmachte. Willem spürte den Impuls, den Jungen in den Arm zu nehmen und mit ihm immer weiterzufahren. Irgendwohin, wo ein Grill im Garten stand, wo Alt und Jung zusammensaßen und das Leben genossen.

»Seit vier Tagen in Rente…«, wurde er aus seinen Gedanken geholt. »Ich kann mir das nicht vorstellen. Wie fühlt sich das an, wenn die Ställe leer sind? Man hört doch nicht einfach auf, ein Bauer zu sein.«

»Ich weiß noch gar nicht genau, wie es auf Dauer sein wird«, gab Willem zu. »Jetzt machen wir erst mal diese Fahrt. Wenn wir wieder zu Hause sind, sehen wir weiter. Irgendwas wird schon kommen.«

Der Mann blinzelte gegen das goldene Abendlicht. »Ich bleibe, bis ich tot umfalle. So viel ist sicher.«

Dann klopfte er sich die Hände sauber und steuerte das Wohnhaus an.

»Morgen früh um neun muss ich zum Landhandel.«
»Kein Problem. Bis dahin sind wir weg.«
Er nickte und stapfte davon. Willem kehrte zur Scheune zurück. Er hatte noch Wurst aus Meppen und Käse aus dem Münsterland. Dazu einen Laib Brot, den sie unterwegs in einem Hofladen gekauft hatten. Es waren gute Lebensmittel und alles, was sie für ein Picknick im Heu brauchten.

»Jetzt lass mal das Singen, Finn. Du hast doch sicher Hunger?«

»Bärenhunger. Wirklich, Opa. Ich könnte einen ganzen Bären essen.«

Sie ließen es sich schmecken und hockten anschließend auf einem Heuballen in der offenen Scheunentür, von wo aus sie den Nordstern am Abendhimmel sehen konnten. Die Nacht fiel langsam herab. Kühler Dunst zog herauf, und Fledermäuse nahmen die Jagd auf. Finn wurde müde. Er kroch bald in seinen Schlafsack, und es dauerte nicht lange, da war er eingeschlafen. Es war eben doch ein aufregender Tag gewesen.

Willem kehrte zu ihrem Heuballen zurück und betrachtete nachdenklich den Sternenhimmel. Die kleinen Höfe starben, das war überall so. Seinem Gastgeber erging es da nicht anders. Großbauern produzierten für den globalen Markt, inzwischen kauften sogar Investoren landwirtschaftliche Flächen. Da gab es keinen Platz mehr für einfache Landwirte wie sie. Nüchtern betrachtet war es das Beste, was Bauern wie ihnen passieren konnte, wenn die Kinder den Hof nicht übernehmen wollten. Wer wollte ihnen denn ein Leben in so einer Welt wünschen?

Doch das war eben nicht die ganze Wahrheit, weder

bei ihm noch bei seinem Gastgeber. Ihre Kinder waren fort, weil sie mit ihnen gebrochen hatten. Was Willem anging, wäre es gar nicht nötig, dass Martin seinen Hof übernahm. Es würde ja schon reichen, wenn sie einfach ein gutes Verhältnis miteinander hätten. Wenn er ihn ab und zu besuchen käme. Doch dafür hatte Willem gesorgt, dass sein Sohn ihm für immer den Rücken gekehrt hatte.

Der Sternenhimmel funkelte in der Dunkelheit der aufziehenden Nacht. Im Haus brannte noch Licht. Willem wünschte sich ein wenig Ablenkung. Jemanden, mit dem er reden konnte. Sicher hätte auch sein Gastgeber Lust, noch ein bisschen über die Landwirtschaft zu plaudern. Über Milchpreise und Subventionen und EU-Regelungen konnte man schließlich stundenlang debattieren.

Er stand auf, ging zu seinem Holzkasten und öffnete die Kühltasche, in der noch zwei Flaschen Bier lagen. Einer Laune folgend hatte er die am Nachmittag in dem Hofladen gekauft, wo er auch das Brot erstanden hatte. Selbstgebrautes Bier in schönen Flaschen. Er nahm die beiden Flaschen und ging hinüber zum Haus. Trat ans erleuchtete Fenster, um gegen die Scheibe zu klopfen.

Es war die Küche des Bauernhauses. Der Mann saß am Küchentisch, die Reste des Abendessens standen noch vor ihm. Abgepacktes Brot, billige Margarine, Aufschnitt aus dem Discounter. Man sah der Küche an, dass schon lange keine Frau mehr dort gewesen war. Nichts Einladendes oder Dekoratives war zu erkennen. Da waren alte Resopalmöbel, vergilbte Tapeten an den Wänden, eine helle Neonröhre an der Decke. Alles war einfach und zweckmäßig gehalten.

Auf der Anrichte stand ein dröhnender Fernseher. Willem konnte nicht erkennen, was da lief, doch sein Gastgeber sah ebenfalls nicht zum Bildschirm. Er nahm gar nicht an der Sendung teil, sondern starrte vor sich hin, ins Nichts. Der Fernseher lief nur, um die Einsamkeit zu durchschneiden. In seinen Gedanken war er weit entfernt.

Willem trat zurück. Was er da sah, war ihm schmerzlich vertraut. Wahrscheinlich verbrachte der Mann jeden Abend so. Allein vor einem plärrenden Fernseher, den Blick ins Nichts gerichtet. Eben so, wie auch Willem viele Abende in den letzten Jahren verbracht hatte.

Er spürte, dass er schon viel zu tief in die Privatsphäre dieses Mannes eingedrungen war. Er schlich zurück zur Scheune und hoffte, nicht entdeckt worden zu sein. Wenn sie morgen früh voneinander Abschied nahmen, konnten sie sich gegenseitig vorgaukeln, dass es nur die sich verändernde Landwirtschaft war, die Schuld an ihrer Misere trug. Und dann würde Willem seine Greetje anlassen, er würde losfahren und auch diese Episode seiner Reise hinter sich lassen.

KAPITEL FÜNFZEHN

Seltsam. Es ging überhaupt keiner ans Handy. Marion beendete die Verbindung. Typisch Finn. Sie hatten ausgemacht, jeden Abend kurz miteinander zu telefonieren, während er im Ferienlager war. Aber Marion kannte das schon. Sobald andere Eindrücke auf ihn einstürzten, vergaß er alles um sich herum. Vielleicht war auch sein Akku leer, ohne dass er es bemerkt hatte. Oder das Handy lag in seinem Koffer, und er hörte nichts. Was auch immer da los war, sie würde es einfach morgen wieder versuchen.

Eine leichte Unruhe befiel sie. Als wäre etwas nicht in Ordnung. Ob sie auf dem Betreuerhandy anrufen sollte? Aber dann würde sie wie eine hysterische Helikoptermutter wirken. Man hatte die Eltern ausdrücklich darum gebeten, nur in Notfällen anzurufen.

Mit einem Seufzer legte sie das Smartphone zur Seite. Es war sicher alles in Ordnung. Die Dämmerung tauchte den Raum in warmes Zwielicht. Sie trat hinaus auf die Terrasse. Am Himmel konnte sie bereits den Nordstern sehen. Plötzlich fühlte sie sich Finn seltsam nah. Ob er wohl auch gerade zum Himmel hinaufblickte?

Sie holte ein Glas Wein aus der Küche und setzte sich damit auf die Terrasse. Ganz langsam färbte sich der Himmel von Blau zu Schwarz. Immer mehr Sterne wurden sichtbar. Seit Finn abgereist war, hatte sich ihrer ein seltsames Gefühl bemächtigt. Zum ersten Mal war sie allein in dem großen Haus, in dem sie doch schon seit so vielen Jahren lebte. Sie und Joost hatten es gemeinsam gebaut, als sie mit Finn schwanger war. Wenn Marion hier wohnen bleiben wollte, würde sie Joost auszahlen müssen. Woher sie das Geld nehmen sollte, war ihr allerdings schleierhaft. Auch war sie nicht sicher, ob sie selbst hier eigentlich weiterleben wollte. Sie würde es wohl für Finn tun, damit der in seiner vertrauten Umgebung bleiben konnte.

Marion nahm einen Schluck Wein und sah zum Himmel. Wahrscheinlich war es Einsamkeit, dieses seltsame Gefühl, das sie seit Tagen begleitete. Eine leichte Traurigkeit, ein Gefühl der Verlorenheit. Wie war es wohl für Willem, allein auf dem Hof zu leben? Er hatte sich natürlich daran gewöhnt, nach so vielen Jahren. Trotzdem. Ob er sich manchmal Gesellschaft wünschte? Willem war schwer einzuschätzen. Bei ihm war sie sich nie sicher, was er dachte oder fühlte.

Er mochte Finn, das war unübersehbar. Sie hätte ihm sagen sollen, dass er Finn natürlich auch in Zukunft regelmäßig sehen dürfe, selbst wenn der einen Hortplatz hatte. Vielleicht war sie zu Willem in letzter Zeit ungerecht gewesen. Aber das lag daran, dass Finn ihr nur noch mit diesem blöden Lanz-Bulldog-Treffen in Speyer in den Ohren gelegen hatte. Willem hätte das wirklich vorher mit ihr absprechen sollen. Jetzt war sie wieder mal die blöde Mama, die alles verbot, was Spaß machte.

Ob sie es noch einmal bei Finn versuchte? Sie nahm

das Telefon und blickte auf die Uhr im Display. Es war schon nach zehn. Sicher war er jetzt schon im Bett. Sie würde es morgen erneut probieren. Das war früh genug. Außerdem: Was sollte schon sein? Finn lag wohlbehalten in seinem Bett im Ferienlager. Was denn auch sonst?

KAPITEL SECHZEHN

Kann's losgehen, Finn?«

Der Junge kletterte auf den Kindersitz.

»Kann losgehen, Opa.« Er wies mit der Hand nach vorn und rief: »Energie!«

Willem runzelte die Stirn. Wusste der Himmel, wo der Junge das nun wieder herhatte. Er startete den Bulldog, und das vertraute Knattern erfüllte die Luft. Dieselabgase wehten ihnen um die Nase, und mit einem kräftigen Ruck setzte Greetje sich in Bewegung.

Willem wünschte, er hätte heute schon einen Kaffee bekommen. Er fühlte sich schlapp und übernächtigt. Zu seinen Rückenbeschwerden gesellten sich wieder Kopfschmerzen, und leichter Schwindel erfasste ihn jedes Mal, wenn er vom Sitz aufstand. Er glaubte nicht, dass es etwas mit seiner Krankheit zu tun hatte. Er war einfach übernächtigt und erschöpft. Vielleicht war er doch ein bisschen zu alt für so eine Reise. Doch nun hatten sie das Gros der Strecke schon hinter sich gebracht. Den Rest würde er auch noch schaffen. Ein schöner, kräftiger tiefschwarzer Bohnenkaffee, das wäre genau das, was ihm den nötigen Schub geben würde.

»Wenn du eine Bäckerei siehst oder ein Café«, rief er

über das Knattern hinweg, »dann sag Bescheid. Wir müssen doch dafür sorgen, dass du einen warmen Kakao zum Frühstück bekommst, oder?«

Lange würden sie sicher nicht darauf warten müssen. Sie waren nur wenige Kilometer von Frankfurt entfernt, und Willem hatte die Absicht, einmal quer durch die Stadt zu fahren, damit sie auch wirklich Wolkenkratzer aus nächster Nähe zu sehen bekämen. Sicher gab es auf dem Weg genügend Bäckereien.

»Sehen wir heute den Rhein, Opa?«

»Das werden wir. Aber zuerst schauen wir uns Frankfurt an. Mit den Wolkenkratzern. Und danach den Rhein, und … mal sehen, wenn wir ein paar Pausen einlegen, wie unsere Kräfte so sind. Vielleicht streifen wir später sogar Mannheim. Wenn wir rechtzeitig am John-Deere-Werk ankommen, können wir noch eine Besichtigung mitmachen. Dann sehen wir, wo Greetje früher gefertigt wurde. Aber vielleicht machen wir das auch morgen früh. Das wird sich zeigen.«

Willem hatte sich sagen lassen, dass sie bei Mannheim von einer Bundesstraße aus eine tolle Aussicht über das Werksgelände von John Deere hätten. Er durfte zwar eigentlich nicht mit dem Lanz auf eine reine Autostraße, doch dieses Risiko würde er eingehen, denn eine bessere Ankunft in Mannheim konnte er sich nicht vorstellen.

»*Wenn das Wasser im Rhein goldner Wein wär*«, begann Finn zu schmettern, »*ja dann möcht ich so gern ein Fischlein sein.* Komm schon, Opa. Sing mit!«

Willem gab sich lächelnd geschlagen. Solange er Finn bei sich hatte, brauchte er keinen Kaffee, um auf Touren zu kommen. Er sorgte schon dafür, dass Willems Kreislauf mitmachte. Er stimmte in den Schlager ein, und gemeinsam sangen sie gegen das Knattern des Lanz an.

Die Morgensonne zog sich nach und nach hinter einer diesigen Wolkendecke zurück. Es war zwar kein Regen angesagt, dennoch herrschte drückende Schwüle, und das schon am frühen Morgen. Kein Wunder, dass Willem sich heute so schlapp fühlte.

Zwischen den Wiesen und Feldern tauchten die Silhouetten von Hochhäusern auf. Finn war sofort aus dem Häuschen.

»Opa, da sind die Wolkenkratzer! Schau doch!«

»Was du da siehst, Finn, das sind keine Wolkenkratzer, das ist sozialer Wohnungsbau. Wir kommen zum Frankfurter Berg, einem Vorort von Frankfurt. Die Bankentürme kommen erst später. Die sind noch viel höher.«

»Noch höher... krass.«

Sie tuckerten gemütlich in den Vorort hinein. Wie schon so oft, zogen sie auch hier viel Aufmerksamkeit auf sich. Leute blieben stehen, staunten, lachten und winkten ihnen zu. Finn, der stolz auf dem knatternden Oldtimer hockte, winkte würdevoll zurück wie ein Mitglied der royalen Familie. Er gefiel sich in der Rolle des auffallenden Exoten, das hatte Willem längst bemerkt.

Am Straßenrand tauchte ein Stehcafé auf. Endlich – seine Gelegenheit, an einen starken Kaffee zu gelangen. Vielleicht sollte er auch ein Aspirin aus der Reiseapotheke nehmen. Danach ginge es ihm bestimmt besser.

Er setzte den Blinker und fuhr rechts heran. Rumpelnd und knatternd kam Greetje zum Stehen.

»Komm, Finn, wir gucken, ob es da eine heiße Schokolade für dich gibt.«

Doch Finn schien ihn gar nicht gehört zu haben. Seine Aufmerksamkeit war von etwas anderem gefesselt. An einer Bushaltestelle saß ein riesiger schlafender Transvestit in einem monströsen kanarienvogelgelben Abendkleid. Seine Pumps waren groß wie Ruderboote, das Make-up blätterte ihm vom Gesicht ab, und die gewaltige Turmfrisur war in gefährliche Schieflage geraten. Er erinnerte Willem an Bibo aus der Sesamstraße. Allerdings hatte dieser Bibo offensichtlich eine durchzechte und durchfeierte Nacht hinter sich. Nicht einmal das Knattern des Lanz hatte ihn geweckt.

»Finn! Komm schon, es gibt warme Schokolade.«
»Ich möchte lieber eine Cola, Opa.«

Willem war überrascht, wie schnell der Junge umschalten konnte. Er blickte ihn mit großen und unschuldigen Augen an. Glaubte er denn tatsächlich, Willem wusste nicht, dass Marion ihm keine Cola erlaubte?

»Du kannst eine Fanta kriegen, wenn's sein muss. Sonst gar nichts.«
»Ach Mann«, maulte der Junge. »Warum denn nicht?«
»Jetzt komm schon. Wir wollen uns beeilen.«

Nach dem Kaffee ging es Willem tatsächlich wesentlich besser. Nun fühlte er sich schon eher in der Lage, die nächste Tagestour anzugehen. Gemeinsam mit Finn kletterte er hinauf auf den Traktor. Sie hatten gerade ihre Plätze eingenommen und waren startklar, als der Transvestit an der Haltestelle erwachte. Er schob sich seine Perücke zur Turmfrisur zurecht und blickte sich irritiert um. Das Abendkleid, die viele Schminke und die divenhaften Bewegungen machten es Willem jedoch fast unmöglich, diesen Paradiesvogel als einen Mann anzusehen. Doch ehe er sich dieser Frage weiter widmen konnte, entdeckte die Erscheinung in der Haltestelle den Lanz Bulldog, der wenige Meter entfernt auf der Busspur angehalten hatte.

»Ist das mein Bus?«, fragte sie.

Willem und Finn waren zu verdattert, um darauf zu antworten.

»Einen Moment!« Die Frau – oder der Mann – rappelte sich mühsam auf. »Nicht losfahren. Ich komme.«

Mit ihrer beeindruckenden Körpergröße und ihrem breiten Kreuz stolperte sie auf sie zu. Wie ein betrunkener Riesenclown. Es war ein bisschen beängstigend.

»Wir sind nicht der Bus«, protestierte Finn, der offenbar weit weniger Angst vor der Erscheinung hatte als Willem.

Sie runzelte die Stirn. »Aber ihr fahrt doch in die Stadt, oder?«

»Wir fahren zu den Wolkenkratzern«, bestätigte Finn.

»Na also. Das ist meine Richtung. Dann komme ich einfach mit.«

Ehe sie reagieren konnten, machte sie sich schon daran, auf den Lanz zu klettern. Da Finn über dem linken Hinterrad auf dem Kindersitz saß, wuchtete sie sich auf der rechten Seite hoch. Presste sich samt der zahllosen gelben Stoffschichten an Willem vorbei, blieb dabei erst mit dem Ärmel am Drehzahlhebel hängen, rutschte dann mit den Pumps an der Bremse ab, fluchte, krallte sich am Kotflügel fest und schob schließlich ihr Gesäß auf das Blech, bis sie einen sicheren Halt gefunden hatte. Mit einem Seufzer richtete sie zuerst sich und dann die Turmfrisur auf. Dann sah sie sich um, als würde sie erst jetzt erkennen, dass sie auf einem alten Traktor gelandet war.

»Mit diesem Ding seid ihr unterwegs?«, fragte sie erstaunt. »Wahnsinn, was für ein Gefährt. Kann der auch fliegen?«

»Der kann doch nicht fliegen«, empörte sich Finn. »Das ist ein Lanz Bulldog. Und er heißt Greetje.«

»Sieh an, Greetje. Und ich heiße Gloria. Wie die Fürstin von Thurn und Taxis.«

»Wo müssen Sie denn hin?«, fragte Willem, der sich von seinem ersten Schrecken erholt und beschlossen hatte, die Dame einfach ein Stück mitzunehmen, wo sie schon mal auf dem Traktor saß.

»Einfach in die Stadt. Ich wollte eigentlich mit dem Nachtbus fahren. Aber dann muss ich eingeschlafen sein. Seltsam eigentlich. Ich weiß nicht, wie mir das passieren konnte.«

Willem, dem die Alkoholfahne seiner Anhalterin in den Nacken wehte, hatte durchaus eine Vorstellung davon, wie das passieren konnte. Aber er hatte früher als junger Mann beim Gallimarkt in Leer auch gern mal über die Stränge geschlagen, daher entlockte ihm diese Aussage ein Lächeln.

»Musst du jetzt zur Arbeit?«, fragte Finn.

Gloria sagte: »Natürlich. Wie jeder ordentliche Mensch gehe ich um diese Uhrzeit arbeiten.«

Willem lachte darüber, doch Finn verstand das nicht.

»Wo arbeitest du denn?«

»Na, wir sind schließlich in Frankfurt, oder? Das heißt, ich arbeite in einer Bank. Ich bin Investmentbankerin.«

Auch das bezweifelte Willem stark. Doch Finn ließ sich bereitwillig auf den Arm nehmen.

»Heißt das, du arbeitest in einem Wolkenkratzer? Oh,

das muss so cool sein. Da hat man sicher einen tollen Ausblick, oder? Weißt du, wir wollen unbedingt die Wolkenkratzer sehen. Deswegen fahren wir mitten durch Frankfurt hindurch und nicht einfach draußen dran vorbei. Damit wir zu den Wolkenkratzern kommen. Ich hab nämlich noch nie einen gesehen, so in echt.«

»Dann haben wir doch ein klares Ziel vor Augen.« Sie streckte den Rücken durch und rief mit geübter Theaterstimme: »Es geht los! Auf zu den Banktürmen.«

Willem startete kopfschüttelnd den Bulldog. Mit dem riesigen bunten Vogel auf dem Traktor waren sie jetzt noch auffälliger als zuvor. Überall blieben die Menschen stehen, lachten und zogen Handys hervor, um Fotos zu schießen. Gloria brachte Finn bei, den Leuten auf jene Weise zuzuwinken, wie es die Queen tat. Damit das Ganze mehr Stil bekäme. Überhaupt schienen die beiden sich auf Anhieb gut zu verstehen. Über Willems Kopf hinweg schrien sie gegen den Lärm des Lanz an. Finn erzählte von ihrem Plan, zum John-Deere-Werk zu fahren und weiter nach Speyer zum Lanz-Bulldog-Treffen.

»Da müssen deine Eltern aber stolz auf dich sein, wenn du das alles nur mit Hilfe deines Opas schaffst«, rief Gloria.

Finn verstummte. Augenblicklich war die ausgelassene Stimmung wie fortgeblasen. Willem warf Gloria einen schnellen Blick zu, den sie sofort verstand. Er brauchte nichts von der Scheidung oder von Finns Problemen erzählen, sie begriff auch so, dass sie eilig das Thema wechseln mussten.

»Frag doch mal Gloria, ob sie den Schlager vom Rhein kennt?«, forderte Willem ihn auf.

»Schlager kenne ich eine Menge, das ist mal sicher. Ich bin ein Star in der Welt der Travestiesängerinnen. Aber ein Schlager vom Rhein? Wie geht der denn?«

Finn war sofort wieder gutgelaunt bei der Sache. Er sang lauthals drauflos, und es dauerte nicht lange, da stimmten Gloria und Willem ein.

Am Hauptfriedhof legte sie Willem die Hand auf die Schulter und bedeutete ihm anzuhalten. Sie wollte hier aussteigen. Finn war etwas enttäuscht, immer noch keine Wolkenkratzer zu sehen, doch Gloria versicherte ihm, dass es nun nicht mehr lange dauern würde.

Willem stieg vom Traktor und gab Gloria höflich die Hand, um ihr herunterzuhelfen. Obwohl sie zwei Köpfe größer war als er, schaffte sie es, einigermaßen anmutig die Hand zu ergreifen und aufs Pflaster zu treten.

»Das hat Spaß gemacht«, sagte sie. »Finn, zeig noch mal, wie die Queen winkt!« Finn folgte der Aufforderung, und Gloria nickte anerkennend. »Das machst du perfekt.«

Zu Willem flüsterte sie verschwörerisch: »Jetzt wird es Zeit, dass ich ins Bett komme. Mein Mann wartet sicher schon auf mich. Er ist Barkeeper. Bestimmt ist der schon von der Arbeit zurück.«

»Dann wünsche ich eine gute Nacht.« Willem zögerte. »Grüßen Sie Ihren Mann von mir.«

»Vielen Dank«, sagte sie, und ihr Lächeln war so herzlich, dass es das bröckelnde Make-up überstrahlte. »Das werde ich machen.«

Es war der Moment gekommen, sich zu verabschieden. Aber Willem räusperte sich. »Ich...«, begann er hastig, ohne genau zu wissen, was er sagen wollte. »Ich habe auch einen Sohn. Er ist... er ist... Ich...«

Er stockte. Was sollte er schon sagen? Wie sollte er diesem Fremden mitteilen, dass sein Sohn ebenfalls homosexuell war? Dass Willem das lange nicht akzeptieren konnte und ihn dadurch aus dem Haus und aus seinem Leben gejagt hatte? Dass er seit fast zehn Jahren nicht mehr mit ihm gesprochen hat? Natürlich wäre er all das gern losgeworden, doch es war unmöglich. Dieser Transvestit war kein Beichtvater. Das alles war Unsinn.

»Er ist ein guter Junge«, schloss Willem. »Wir haben lange nicht mehr miteinander gesprochen. Aber er ist ein guter Junge.«

Er spürte, wie seine Wangen heiß wurden. Er war nicht oft verlegen, was es schwer für ihn machte, es zu überspielen, wenn es ihn dann mal doch übermannte.

»Seiner Mutter ist es immer viel leichter gefallen ... Also, alles. Sie ... sie ist tot. Anna, so hat sie geheißen. Sie konnte das viel besser. Mit anderen Menschen, meine ich. Und reden. Über Probleme. Da war sie ... da war sie einfach ... Sie und mein Sohn hatten ein besonderes Verhältnis. Ich hätte auf sie hören sollen.«

Was redete er nur für zusammenhangloses Zeug? Er plapperte wild durcheinander, nichts machte Sinn. Seine Wangen glühten, es war höchste Zeit, von hier zu verschwinden, bevor er sich vollends lächerlich machte.

»Er ist ein guter Junge«, wiederholte er. »Mehr wollte ich nicht sagen. Gute Nacht, auf Wiedersehen.«

Gloria bedachte ihn mit einem merkwürdigen Blick. Es war, als würde sie genau wissen, was in ihm vorging. Sie nahm seine Hand. Eine Geste, die Willem für gewöhnlich nicht gefallen hätte. Doch jetzt und hier war es anders.

»Er ist bestimmt ein besonderer Mensch«, sagte sie mit

Bestimmtheit. »Wenn er Sie als Vater hat, dann muss er das einfach sein.«

Willem kämpfte plötzlich mit Tränen. Wo kamen die bloß her? So was passierte ihm doch sonst nicht.

»Nein. Ich war kein guter Vater. Ich... Das war ich nie.«

»Ganz sicher sind Sie ein guter Vater. Das sehe ich doch sofort. Ich wünschte, mein Vater könnte so über mich reden. Aber dazu fehlt ihm etwas Entscheidendes. Er liebt mich nicht. So was gibt es leider. Ihr Sohn hat großes Glück, Sie zu haben.«

Es war so schön, diese Worte zu hören, dass Willem für einen Moment vergessen wollte, dass sie nicht wahr waren. Er nahm Glorias Hand fest in seine und drückte sie.

»Machen Sie es gut. Grüßen Sie Ihren Mann.«

»Und Ihnen gute Reise. Vielen Dank fürs Mitnehmen.«

Damit verschwand sie. Drehte sich um und stöckelte humpelnd davon, um endlich ins Bett zu kommen und sich nach der durchzechten Nacht auszuschlafen.

»Worüber habt ihr geredet?«, fragte Finn von seinem Kindersitz.

»Ach, nur über das Wetter«, sagte Willem. »Sonst nichts.«

Finn schien gründlich über etwas nachzudenken.

»Opa, ich muss dir was sagen«, sagte er schließlich. »Ich glaub, das war gar keine Frau.«

»Nein? Meinst du wirklich?«

Finn nickte ernst. »Die war nur verkleidet.«

»Nun«, sagte Willem und sah Gloria lächelnd nach. »Wir werden es wohl nie erfahren.«

Sie fuhren unter hohen Platanen hindurch, die den Hauptfriedhof säumten. Es war dunkel und friedlich.

Willem hing seinen Gedanken nach. Wie es für Martin wohl sein mochte, in einer Großstadt zu wohnen. Ihm selbst wäre das viel zu laut und zu unruhig. Er fragte sich, in welchem Stadtteil von Hamburg sein Sohn wohl lebte. Wie es dort aussah. Ob er dort glücklich war.

Als sie den Friedhof hinter sich gelassen hatten, folgten dreigeschossige Stadthäuser mit Balkonen und schmalen Vorgärten. Geranien blühten vor Sprossenfenstern, geschmückte Rabatten waren zu sehen und kunstvolle Eisenzäune, die von Rosen und Knöterich umrankt waren. Auf einem Balkon stand ein junges Pärchen, die Frau war hochschwanger und winkte ihnen fröhlich zu. Sie passierten ein paar kleine Cafés mit Außenbestuhlung, Restaurants unter großen Markisen, Rhododendronbüsche vor alten Klinkerbauten, Blumenläden und Friseursalons. Und überall sahen sie Menschen auf den Straßen, die sich an diesem Sommertag treiben ließen.

So ist es also, in der Stadt zu leben, dachte Willem. Vielleicht konnte es doch ganz schön sein. Ob Martin das Leben ebenfalls auf diese Weise genoss?

»Wo bleiben denn die Wolkenkratzer?«, fragte Finn unruhig. »Die müssen doch langsam mal auftauchen.«

»Lange dauert es bestimmt nicht. Wir sind auf dem richtigen Weg.«

Die Straßen wurden breiter, und der Verkehr nahm zu. Links und rechts tauchten nun große Klötze auf, hauptsächlich Bürogebäude. Hier war die Stadt weniger gemütlich. Willem musste sich auf den Verkehr konzentrieren. Hier wurde nicht mehr fröhlich gewinkt, sondern genervt gehupt. Er fragte sich nun ebenfalls, wo diese verfluchten Hochhäuser blieben. Vor ihnen tauchte eine breite Mainbrücke auf. Willem warf einen Blick auf die Karte. Mit der Brücke hätten sie die Frankfurter Innenstadt hinter sich gelassen.

Er reckte den Kopf, doch es war nichts zu sehen außer hässlichen Nachkriegsbauten und einer Menge Verkehr. Dann rollten sie auch schon auf die Brücke.

»Da! Da sind sie, Opa!«

Tatsächlich. Beim Blick über den Main auf die Frankfurter Innenstadt waren sie zu sehen, in all ihrer Pracht. Gläserne Türme, die sich im Wasser spiegelten. Willem durfte auf der Brücke natürlich nicht anhalten, tat es aber trotzdem. Sie war breit genug, die Autos würden schon an ihm vorbeikommen. Finn sprang vom Trecker und lief zum Brückengeländer, und Willem folgte ihm.

»Schau doch nur, Opa.«

»Sie sind wunderschön, oder?«

»Ja, Opa. Das sind sie.«

In diesem Moment brach tatsächlich die Sonne durch den schwülen Dunst und ließ die Glastürme glitzern und leuchten. Willem legte den Arm um Finn, der sich an ihn schmiegte, und gemeinsam standen sie am Brückengeländer und lächelten in die Ferne.

·····

Hinter Frankfurt wurde die Reise für Willem immer mühsamer. Zu Kopfschmerzen und Schwindel gesellte sich noch Übelkeit. Er hoffte, sich keinen Virus eingefangen zu haben. Wäre er zu Hause auf dem Hof, hätte er, soweit möglich, die Arbeit ruhen lassen und sich aufs Sofa im Arbeitszimmer gelegt, wo er für gewöhnlich Mittagsschlaf hielt. Doch unterwegs war so was leider nicht möglich. Sie mussten weiter, egal, wie es ihm ging.

Es waren noch sechzig Kilometer bis Mannheim, und Willem war sich nicht sicher, ob sie das heute noch schaffen würden. Sie brauchten eine Pause, mussten sich erholen, danach würde man weitersehen. Zum Glück waren sie kurz vor Gernsheim, und das bedeutete, sie würden in Kürze den Rhein sehen. Wenn es so weit war, könnten sie dort eine Mittagspause einlegen. Vielleicht gab es ja irgendwo einen hübschen, ruhigen Platz am Wasser, mit einer sanften Brise und im Schatten der Bäume, an dem sie essen und trinken konnten. An dem sie sich vielleicht anschließend eine Weile ins Gras setzen und die Füße ins Wasser halten konnten. Danach würde es ihm sicher wieder bessergehen.

»Sind wir bald am Rhein?«, drängelte nun auch Finn, dem das schwüle Wetter ebenfalls aufs Gemüt schlug.

»Es ist nicht mehr weit«, übertönte Willem das Knattern des Lanz. »Gleich sind wir in Gernsheim, und da ist auch der Rhein.«

Um Finn das Ganze etwas schmackhafter zu machen, fragte er: »Hast du schon mal von der Rheinbrücke Gernsheim gehört?«

Natürlich hatte Finn noch nichts davon gehört, woher auch. Also erzählte ihm Willem vom Zweiten Weltkrieg, vom Vormarsch der Alliierten und der Sprengung der Rheinbrücke durch die Wehrmacht. Von der Dummheit des Krieges und dem Leid der Menschen. An Finns Reaktionen merkte er, wie weit weg diese Welt für ihn war und wie wenig ein Kind wie er heute noch mit dem Krieg verband.

»Die Überreste der Brücke können wir gleich besichtigen. Dann erzähle ich dir mehr davon. Das gehört ja auch zu unserer Geschichte.«

Der deutsche Strom. Die Ruine der Rheinbrücke. Willem freute sich darauf, trotz allem. Das würde ihm sicher die nötige Kraft für die letzten Stunden bis nach Mannheim geben. Finn begann erneut, den Schlager vom Rhein zu singen, doch klang es diesmal eher leiernd und schwerfällig. Für den Moment war der Schwung ihnen beiden abhandengekommen.

Sie fuhren durch ein Industriegebiet, und plötzlich begann Greetje seltsame Geräusche von sich zu geben. Womöglich überhitzte sie bei dieser monotonen Fahrt in der Mittagshitze. Dann ging es ihr nicht anders als Willem. So wie er war auch sie im Grunde viel zu alt für so eine Reise. Besonders an Tagen wie diesen. Sie mussten sich eben beide zusammenreißen, so gut es ging.

Er bog auf eine stark befahrene Hauptstraße. Hier müsste eigentlich der Rhein schon zu sehen sein, wenn er seiner Karte trauen konnte. Doch außer Industrieanlagen war nichts zu erkennen. Ein Lkw donnerte viel zu dicht an ihnen vorbei, im Fahrtwind begann Greetje zu vibrieren. Autofahrer hupten aggressiv, weil sie zu langsam über die Fahrbahn krochen. Unter Greetjes Motorhaube begann es mit einem Mal laut zu rumpeln. Etwas stimmte nicht, doch er konnte hier auf der Schnellstraße nicht halten. Erneut wurde er von einem Lkw überholt, erneut zitterte Greetje im Fahrtwind. Als wäre sie ein Gaul, der kurz davor war durchzugehen.

»Opa! Da ist der Rhein!«

»Wo denn? Ich sehe nichts.«

»Dort. Direkt vor uns.«

Tatsächlich. Hinter dem Asphalt, einer Betonmauer und ein paar schütteren Sträuchern lag der breite Strom. Unter dem diesigen Himmel sah das Wasser jedoch aus wie eine graue Stahlplatte und kaum wie der strahlende, prachtvolle Fluss, den Willem erwartet hatte. Er wollte näher ans Ufer, doch er konnte nicht von der Straße abbiegen. Wieder hupte es laut.

»Opa, wir fahren ja ganz falsch. Der Rhein ist da drüben.«

»Ich kann hier nicht umdrehen. Wir müssen erst mal weiter.«

Sie fuhren an Industriegebäuden vorbei, an Speichertürmen, die in den Himmel ragten. Rechts von der Straße trennten sie betonierte Kais vom Wasser, Verladekräne und gestapelte Container. Dahinter lag wie ein blinder Spiegel der schmutzige Rhein, der sich immer weiter von ihnen entfernte.

Das Klappern unter der Motorhaube wurde lauter. Ausgerechnet jetzt, dachte Willem.

»Da vorn ist Gernsheim!«, rief er. »Da geht eine Straße direkt zum Rhein. Wir haben es gleich geschafft.«

Sie würden sicher ein Lokal finden, wo sie sich alle ausruhen konnten. Er und Greetje mussten einfach noch ein bisschen durchhalten.

Die Straße, die zum Rhein führte, war jedoch gesperrt. Eine große Plakatwand kündigte das *Fischerfest Gernsheim* an. Alles war vollgestellt mit Wagen, Buden und Lkw. Schauleute hatten das Gelände mit Beschlag belegt und bauten Karusselle und Autoscooter auf, Mandelstände und Losbuden. Der Verkehr staute sich davor und schlängelte sich in einer Umleitung neben dem Fischerfest entlang. Ehe sich Willem versah, steckte er mit Greetje in einer Blechlawine und Abgaswolke fest. Er sah sich um. Offenbar war dies die Warteschlange für eine Autofähre, die hinter der Kirmes am Rhein ablegte.

Der Rhein. Da war er also wieder. Sie mussten näher heran. Sich irgendwie aus diesem ganzen Lärm und Gewusel befreien. Willem scherte kurzerhand aus der Schlange aus und holperte über die Graskante bis zum Ufer. Dann stellte er den Motor ab, was Greetje mit einem erleichterten Seufzer kommentierte.

»Da sind wir«, sagte er. »Dies ist der Rhein.«

Finn kletterte etwas unsicher vom Traktor herunter und trat ans Ufer. Darauf hatten sie also so lange gewartet. Doch der Moment hatte überhaupt keine Größe. Hinter ihnen in der Autoschlange harrten genervte Menschen aus, daneben wurden hämmernd und dröhnend Kirmesbuden aufgebaut, es folgte der Blick auf einen Yachthafen randvoll mit Booten und dahinter die grauen Speicherhäuser und Containerbauten. Dies war nicht der deutsche Strom, wie Willem ihn erwartet hatte. Es war einfach eine schmutzige Wasserautobahn, zugebaut und vollgemüllt.

Er stieg vom Traktor. Sofort erfasste ihn wieder der Schwindel. Er bekam kaum noch Luft. Mühsam stützte er sich an der Motorhaube ab. Doch sie war heiß, und es qualmte darunter hervor. Bevor er nicht einen Blick auf den Motor geworfen hätte, würden sie nicht weiterfahren können.

Er sah sich nach Finn um. Der sprach mit einem anderen Jungen am Wegesrand, der mit großen Augen Greetje bewunderte. Fachmännisch klärte Finn über den historischen Traktor auf. Willem ließ die beiden reden. Er musste erst mal Luft holen. Er trat an das Ufer. Atmete einige Male durch, doch die Schmerzen blieben, der Schwindel auch.

Er sah sich nach der Rheinbrücke um, doch sie war nirgends zu sehen. Dabei war sie in seiner Karte genau an dieser Stelle eingezeichnet. Ein gebeugter Mann im Blaumann, der sein Fahrrad an Willem vorbeischob, blieb stehen, um sich den Schweiß von der Stirn zu wischen. Willem nutzte die Gelegenheit und sprach ihn an.

»Wo ist denn die Brücke? Die Rheinbrücke Gernsheim. Die müsste doch hier stehen.«

Sie dürfte nicht zu übersehen sein, wenn er an die Fernsehbilder zurückdachte, auf denen er sie vor langer Zeit gesehen hatte.

»Die Brücke«, brummelte der Mann, der sein Fahrrad einfach weiterschob. »Die ist weg.«

»Das verstehe ich nicht.«

»Die haben alles abgerissen. Den Rest vor 'nem Jahr.«

»Aber das war doch ein Mahnmal gegen den Krieg.«

»Jetzt ist sie halt weg.«

Damit wandte er sich ab und ließ Willem stehen.

Der sah hinüber zu der Stelle, an der die Reste der Rheinbrücke hätten stehen sollen. Das Bild verschwamm vor seinen Augen. Er musste sich abstützen. Vielleicht kurz setzen. Einen Schluck Wasser trinken.

»Sie können hier nicht stehen bleiben. He, Sie!«

Ein Uniformierter war aufgetaucht. Der Verkehrspolizist, der den Ansturm auf die Autofähre regelte. Willem blinzelte gegen das Licht.

»Hören Sie nicht? Sie müssen den Traktor hier wegfahren.«

Greetje brauchte Ruhe. Sie musste sich zuerst abkühlen. Und er ebenfalls. Sie konnten nicht gleich weiter.

Finn tauchte neben ihm auf. Er zog ihn am Ärmel. Offenbar wunderte er sich, dass sein Großvater dem Uniformierten nicht antwortete.

Willem schaute über den Rhein. Er wollte sich ans Ufer setzen. Die Füße ins Wasser halten. Den Fischen zusehen. *Wenn das Wasser im Rhein goldner Wein wär.*

»Jetzt fahren Sie schon, verflucht!«

»Opa«, drängte Finn ihn ängstlich.

»Ja. Natürlich. Wir fahren.«

Umständlich kletterte er auf den Traktor.

»Opa, was ist denn los?«

»Nichts. Es geht sofort weiter.«

Willem hatte das Gefühl zu lallen. Dabei war er doch stocknüchtern. Nur unendlich müde. Greetje machte sofort wieder üble Geräusche, als er den Motor anließ. Er hatte keine Ahnung, wohin sie fahren sollten. Alles war mit Autos verstopft. Weit kämen sie ohnehin nicht. Sie brauchten ganz schnell einen ruhigen und kühlen Ort, wo sie alle drei eine Pause machen konnten.

Ein Knall ertönte, dann drang plötzlich Qualm aus der Motorhaube. Greetje machte einen Satz, blieb stehen, und der Motor war aus. Es zischte und brodelte unheilvoll. Willem kämpfte sich von seinem Sitz herunter. Es fühlte sich an, als steckte sein Kopf in einem Aquarium. Alles drang nur gedämpft und wie von ferne zu ihm durch.

»Opa! Was machen wir denn jetzt?«

Finn. Er musste sich zusammenreißen. Er musste das

durchstehen. Er trug die Verantwortung für den Jungen. Auf keinen Fall durfte er jetzt Schwäche zeigen.

»Opa, *bitte*«, flehte Finn.

Es war das Letzte, was Willem hörte. Ein Vorhang senkte sich, die Beine brachen ihm weg, und dann wurde alles schwarz um ihn herum.

KAPITEL SIEBZEHN

Finn kam ihr plötzlich in den Sinn. Marion blickte von der Spüle auf, wo sie gerade mit dem Abwasch beschäftigt war. Es war wie eine Ahnung. Als würde er gerade an sie denken. Oder traurig sein. Natürlich war das Unsinn. Trotzdem trocknete sie sich die Hände ab und nahm das Handy auf. Vielleicht hatte er ja in der Zwischenzeit sein Telefon wieder aufgeladen. Oder was immer sonst der Grund war, weshalb sie ihn gestern nicht erreicht hatte.

Doch es sprang wieder nur die Mailbox an. Seltsam. Jetzt hatte sie gestern nicht und heute wieder nicht mit ihm sprechen können. Sie fand, man musste keine Helikoptermutter sein, um sich da langsam Sorgen zu machen.

Mit dem Telefon in der Hand kramte sie im Zettelkasten neben dem Kühlschrank. Die Nummer des Betreuerhandys des Ferienlagers war schnell gefunden. Blöderweise sprang auch da nur die Mailbox an. Sie beendete die Verbindung, ohne eine Nachricht zu hinterlassen. Bestimmt war gerade irgendein Programm angesagt. Heute Abend wäre sicher ein besserer Zeitpunkt. Sie würde es später versuchen.

Unschlüssig betrachtete sie den Abwasch. Doch statt weiterzumachen, ging sie hinauf zu Finns Zimmer und öffnete die Tür. Sein vertrauter Geruch schlug ihr entgegen. Sofort vermisste sie ihn ganz furchtbar, es war, als fehlte ein Teil von ihr. Das Haus wirkte noch leerer und stiller als zuvor, seit er weg war.

Sie wanderte durchs Zimmer, blieb hier und da stehen und betrachtete seine Sachen. Auf dem Schreibtisch war alles mit Traktorzeitschriften bedeckt. Listen mit Ersatzteilen lagen ausgebreitet und Ausdrucke aus dem Internet, auf denen technische Details verzeichnet waren. In einem Regal neben dem Bett standen sauber aufgereiht die Modelle der historischen Traktoren. Wie in einem Museum. In der Kiste darunter lagen rostige Metallteile. Irgendein Schrott vom alten Lanz, der ausgetauscht worden war und von dem Finn sich dennoch nicht trennen konnte.

Dieser Bulldog hatte es ihm wirklich angetan. Unfassbar, wie sehr sich ein Kind in seinem Alter einer Sache hingeben konnte. Und alles nur, weil Marion in einem Moment der Nostalgie dieses Traktormodell gekauft und Finn zum Geschenk gemacht hatte. Weil sie sich an ihre eigene Kindheit erinnert fühlte.

Sie dachte wieder an Willem. Er gab sich so viel Mühe mit Finn. Und der Junge liebte seinen Opa, das stand außer Frage. Sie fragte sich, ob Finn ihrem Vater ebenfalls fehlte. Auch er hatte Finn schon seit mehr als einer Woche nicht gesehen.

Längst bereute sie ihr Verhalten ihm gegenüber. Sie hätte ihm das gleich sagen sollen: Nur weil Finn einen Hortplatz hatte, hieß das nicht, dass Willem überflüssig war.

Sie zögerte. Dann ging sie nach unten, schnappte sich den Autoschlüssel und machte sich auf den Weg zum Hof. Vielleicht könnten sie und Willem einen Kaffee zusammen trinken. Oder einfach ein bisschen plaudern. Vielleicht sogar über alte Zeiten. Wie sie und Martin früher in der Scheune mit dem Lanz Bulldog gespielt hatten.

Eine Viertelstunde später erreichte sie den Hof. Sie hupte zweimal kräftig und bremste vorm Wohnhaus. Seltsam. Das Tor zum Kuhstall war verschlossen. Dabei stand das eigentlich immer auf. Sie öffnete den Gurt und stieg aus.

Es war sonderbar still auf dem Hof. Totenstill.

»Willem? Bist du hier irgendwo?«

Nichts. Keiner antwortete.

Etwas war nicht in Ordnung, das spürte sie sofort. Sie ging zur Haustür und klingelte. Auch da rührte sich nichts. Sie versuchte, durch die Waschküche ins Haus zu kommen. Doch die Seitentür, die normalerweise nie verschlossen war, ließ sich nicht öffnen. Sie schlug mit der Hand kräftig dagegen.

»Willem! Ich bin's. Hallo!«

Sie lauschte. Doch im Haus rührte sich nichts.

Sein Auto stand im Carport. Er war also nicht unterwegs. Voller Unruhe schritt sie über den Hof. Vielleicht war er ja im Kuhstall. Doch das Tor war ebenfalls fest verschlossen und verriegelt. Seltsam. Das hatte sie noch nie erlebt. Aus dem Innern drang kein Laut. Das war höchst sonderbar. Sie lugte durch ein Loch zwischen zwei Holzlatten.

Der Stall war leer. Die Kühe fort. Was war hier nur passiert? Im Laufschritt eilte sie zur Melkkammer, wo ebenfalls alles wie ausgestorben war. Sie lief weiter zur Scheune. Dieses Tor war nicht verschlossen, aber im Innern war auch keiner zu sehen.

Ratlos sah sie sich um. Ihr Herz klopfte schnell. Vielleicht war Willem etwas zugestoßen? Doch hätte man sie dann nicht informiert?

Sie musste Tante Mechthild anrufen. Oder Alfred Janssen. Vielleicht wussten die mehr. Doch als sie das Auto erreicht hatte, hielt sie plötzlich inne.

Der Bulldog. Er fehlte ebenfalls. Die Scheune war leer. Das konnte kein Zufall sein. War Willem etwa mit dem Lanz unterwegs? Aber wo waren dann seine Kühe?

Verwirrt ließ sie sich hinters Steuer sinken. Als sie das Handy nahm, sah sie, dass eine SMS eingegangen war.

Joost. Sie stöhnte auf. Darauf hatte sie überhaupt keine Lust. Widerwillig tippte sie die Nachricht an, die gleich darauf auf dem Display erschien.

Ich soll mich nicht um Finn kümmern können? Was für ein Witz! Mein Anwalt ist informiert.

Was sollte das denn jetzt? Am liebsten hätte sie das Handy einfach auf den Beifahrersitz geworfen. Dieser Idiot. Doch stattdessen tippte sie drei Fragezeichen ein und ging auf *senden*. Es dauerte nur Sekunden, bis Joost zurückschrieb.

Dein Vater hat Finn aus dem Ferienlager entführt.

KAPITEL ACHTZEHN

Das Erste, was er hörte, war Vogelzwitschern. Das Rascheln von Wind in den Bäumen und etwas entfernt ein leises Kinderlachen. Er öffnete die Augen. Da waren weit geöffnete Terrassentüren und ein luftiger Vorhang, der sich im Wind bewegte. Dahinter ein Sommergarten, üppige Vegetation, eine überbordende Trauerweide, Lupinen und Eisenhut, ein Kirschbaum. Mücken tanzten im Licht, und eine kleine Katze jagte auf dem Rasen einer Stoffmaus hinterher. Alles wirkte so friedlich. Willem hätte am liebsten die Augen wieder geschlossen. Doch da kehrte die Erinnerung zurück: Finn. Er schrak hoch.

»Sind Sie wach?«

Eine Frau in Marions Alter mit zurückgebundenen Haaren und einem sportlichen Sweatshirt tauchte auf.

»Wo ist Finn?«, brach es aus Willem heraus.

»Oh. Er ist draußen. Sehen Sie doch...«

Sie deutete hinaus in den Garten. Willem reckte den Kopf, und tatsächlich: Hinter dem Kirschbaum entdeckte er Finn und ein anderes Kind, das ihm irgendwie bekannt vorkam. Es war der Junge, dem Finn seine Greetje gezeigt hatte, kurz bevor bei Willem die Lichter ausgegangen waren.

Die umgebenden Häuser waren aus dem frühen neunzehnten Jahrhundert, hatten hell getünchte Wände, Fensterläden und blühende Geranien vor den Fenstern. Es war eine richtige Idylle, in der sie gelandet waren.

»Bin ich noch in Gernsheim?«

»Ja, natürlich sind Sie das. Warum sollten Sie woanders sein?«

»Ich dachte nur...«

Sie lachte. »Es gibt auch schöne Ecken in dieser Gegend. Ich bin Sabine Brunner. Herzlich willkommen in meinem Heim.«

Willem raffte sich auf. Er wollte nicht wie ein Pflegefall auf dem Sofa liegen. Sein Kreislauf protestierte kurz, als er sich aufsetzte. Doch dann nahm seine Umgebung wieder klare Konturen an.

»Was ist passiert?«, fragte er.

»Sie hatten einen Schwächeanfall. Keine Sorge, es ist nichts Schlimmes.«

»Aber wie...?«

Die Erinnerung kehrte langsam zurück. Er war neben dem Lanz aufgewacht, ohne zu wissen, wo er war und wie er dorthin gekommen war. In seinem Kopf hatte es gerauscht, er war völlig verwirrt gewesen. Eine Menge Leute hatten um ihn herum gestanden. Dann eine Frau, die Finn an der einen und dessen neuen Freund an der anderen Hand hielt.

»Sie waren kurz ohnmächtig«, hatte sie laut und deutlich gesagt. »Keine Sorge, ich bin Krankenschwester. Ich kümmere mich um Sie.«

Willem war immer noch schwindelig gewesen. Er hatte sich mühsam auf den Lanz gestützt. Sich kraftlos und durcheinander gefühlt. Die Krankenschwester hatte ihm ein paar Fragen gestellt, ihn Finger zählen lassen und seinen Puls gemessen. Danach war er zu ihrem Haus gebracht worden, wo er sich aufs Sofa gelegt hatte. Er hatte sich nur kurz ausruhen wollen, einen ganz kleinen Moment, um wieder klar denken zu können. Doch offenbar war er eingeschlafen.

»Ich hab mich wohl ein bisschen übernommen«, räumte er ein. »Tut mir leid, dass ich Ihnen solche Umstände mache.«

»Ach was. Nicht der Rede wert. Ich habe schon von ihrer Reise mit dem Traktor gehört. Ihr Enkel ist ja ganz außer sich vor Begeisterung. Es geht also nach Speyer?«

Willem fühlte sich elend. Was hatte er Finn nur angetan? Das musste ein Schock für ihn gewesen sein. Was hätte dem Jungen alles passieren können, wenn diese Frau Brunner nicht zu Stelle gewesen wäre? Wenn Finn allein mit seinem bewusstlosen Opa hätte handeln müssen? Ein Alptraum wäre das gewesen. Wie hatte er den Jungen nur in eine solche Situation bringen können?

Sabine Brunner ahnte offenbar, was ihm durch den Kopf ging.

»Sie müssen unterwegs einfach darauf achten, ausreichend zu trinken, Herr Grote. Verstauen Sie eine Wasserflasche neben Ihrem Sitz. Essen Sie zwischendurch einen Schokoriegel, damit Sie nicht unterzuckern. Und versuchen Sie auch, genug Schlaf zu bekommen. Dann dürfte sich so was nicht wiederholen.«

Willem nickte schuldbewusst. Sie hatte natürlich recht. Er musste besser auf sich aufpassen. Er trug die Verantwortung für Finn, aber auch für sich selbst.

»Was haben Sie denn heute über den Tag verteilt getrunken?«

Er dachte nach. Es war wohl nur der Kaffee gewesen.

»Einen Kaffee heute Morgen, mehr nicht.«

Dazu brauchte sie gar nichts zu sagen. Ihr Blick reichte völlig aus.

»Ich muss wohl mehr trinken, darauf werde ich achten.«

»Dann ist ja gut. Für den Schwächeanfall können Sie nichts. Das lag am drückenden Wetter und daran, dass Sie sich ein bisschen überanstrengt haben.«

Es lag ein deutliches *Aber* in der Luft.

»Herr Grote ... Ich habe Ihren Enkel gefragt, ob Sie Medikamente nehmen. Um sicherzugehen, dass wir Sie nicht doch ins Krankenhaus bringen müssen. Er hat mir ihren Kulturbeutel gezeigt ...«

Sie hielt seine Schmerztabletten in der Hand.

»Abstral«, sagte sie. »Das ist alles andere als ein normales Schmerzmittel.«

»Nein«, räumte Willem ein.

»Es wird häufig bei tumorbedingten Schmerzen verschrieben. Das oder Sevredol.«

Natürlich wusste sie Bescheid. Sie war Krankenschwester. Willem konnte ihr nichts vormachen.

»Ich habe Darmkrebs.« Er räusperte sich. »Das mit der Reise habe ich mit meiner Ärztin besprochen. Sie war nicht begeistert, aber sie meinte, ich könne es versuchen. Ich bin keine zwei Wochen unterwegs, wenn nichts dazwischenkommt. Die Tabletten sind für den Fall, dass die Schmerzen zu groß werden. Im Moment ist es noch auszuhalten. Es wird aber schlimmer werden.«

Er sah hinaus zu Finn, der seinem neuen Freund gerade irgendwas ganz Wichtiges erzählte, eindringlich und mit Hilfe von Händen und Füßen, wie es seine Art war.

»Der Krebs ist zu weit fortgeschritten. Er hat gestreut. Man kann nichts mehr machen. Ich habe noch ein Jahr, wenn es gutgeht. Finn weiß nichts davon.«

Sie wirkte unerschütterlich. Mitfühlend und freundlich, das schon, doch nicht überfordert. Der Tod war offenbar nichts, das sie aus dem Gleichgewicht brachte.

»Warum ausgerechnet mit dem Traktor?«, fragte sie. »Ist das nicht zu anstrengend? Sie hätten ihn per Lkw nach Speyer bringen lassen können. Der Junge, die Maschine, alles zusammen. Um sich zu schonen. Dann wären Sie immer noch zusammen mit Ihrem Enkelkind auf diesem Volksfest.«

»Nein, das ist nicht möglich. Es ist...«

Von draußen drang Kinderlachen zu ihnen. Der Wind spielte mit den Vorhängen.

»Ich habe ein Versprechen gegeben. Deshalb.«

»Ein Versprechen?«

Er nahm seine Retterin genauer in Augenschein. Außer Alfred wusste nur seine Ärztin von der Krebserkrankung. Und dieser Gastwirt aus dem Sauerland.

»Es ist eine lange Geschichte.«

»Dann mach ich uns mal einen Kaffee.« Sie stand auf und steuerte die Küche an. »Ich habe auch selbstgemachten Kirschkuchen. Wie wäre es mit einem Stück?«

So kam es, dass Willem dieser Krankenschwester die ganze Geschichte erzählte. Von der Scheidung seiner Tochter, vom Auftauchen Finns auf seinem Bauernhof, von dessen Traktorleidenschaft und dem gemeinsamen

Restaurieren ihres Bulldog. Und schließlich von dem Versprechen, das er Finn gegeben hatte. Von seiner Diagnose und dem Ferienlager, in dem Finn für die Schule lernen sollte.

»Wieso konnten Sie Ihrer Tochter nicht sagen, weshalb Sie und Finn ausgerechnet diese Sommerferien miteinander losfahren müssen?«

»Es ist nicht leicht. Wir ... wir haben nicht diese Art von Beziehung. Wir reden nicht über solche Dinge.«

Sie warf ihm einen skeptischen Blick zu.

»Über was reden Sie denn dann? Übers Wetter?«

»Ich habe es versucht. Es war nie der richtige Zeitpunkt. Außerdem ...« Willem zögerte. Doch wo er nun schon mit seiner Beichte angefangen hatte, konnte er auch weitermachen. »Außerdem hatte ich Sorge, dass sie es trotzdem verbietet. Was wäre dann gewesen? Dann hätte ich Finn nicht mehr aus dem Ferienlager entführen können. Es hätten ja alle Bescheid gewusst.«

»Glauben Sie wirklich, dass Ihre Tochter Ihnen das angetan hätte? Ihnen und dem Jungen?«

»Ich weiß nicht ...«

»Wohl eher nicht.«

»Nein«, sagte er voller Scham. »Wohl eher nicht.«

Sie bedachte ihn mit einem langen Blick. Willem wusste natürlich, wie sich das Ganze anhörte. Er machte keine besonders gute Figur bei diesem Geständnis.

»Familie«, seufzte sie. »Ist doch überall das Gleiche.«

»Ich hatte keine böse Absicht dabei. Ich dachte nur ...«

»Das geht auch ohne böse Absicht, dass man Sachen kaputtmacht. Besonders in Familien.«

Willem schwieg. Er fühlte sich schuldig.

»Wie Sie wissen, arbeite ich im Krankenhaus. Ich habe jeden Tag mit kranken Menschen zu tun. Auch mit Sterbenden. Das gehört zu meinem Alltag. Deshalb kann ich es aus erster Hand sagen: Wenn es dem Ende zugeht, dann wollen sich alle versöhnen. Das ist immer so. Bei allen. Sie sehen dem Tod ins Gesicht und erkennen, wie wichtig es ihnen ist, mit ihrer Familie ins Reine zu kommen.«

»Ich verlange nicht, dass meine Kinder mir verzeihen.«

»Sie müssen verzeihen, Herr Grote, das zuallererst. Und bevor Sie den anderen verzeihen, müssen Sie sich selbst verzeihen. Erst danach können Sie anderen vergeben.«

Verzeihen. War es dafür nicht zu spät? War nicht viel zu viel passiert? Und dann sollte er noch sich selbst verzeihen. Wie sollte er das anstellen? Seinetwegen war doch alles auseinandergebrochen. Er hatte so viel Schuld auf sich geladen. Da gab es für ihn überhaupt nichts zu verzeihen. Seine Kinder waren es, deren Vergebung er erbitten musste.

Finn stand plötzlich in der offenen Terrassentür. Er sah, dass Willem einigermaßen munter auf dem Sofa saß und sich mit der Mutter seines neuen Freundes unterhielt. Sofort stürmte er los und fiel Willem in die Arme. Der kippte hintenüber und landete lachend in den Sofakissen.

Finn kletterte von ihm herunter.

»'tschuldigung, Opa. Ist alles okay?«

»Ja. Alles okay. Mir geht's wieder gut.«

»Das sah voll krass aus, wie du umgefallen bist.«

»Ich war nur ein bisschen überhitzt, das ist alles. Ich muss mehr trinken, weißt du. Kannst du mir dabei helfen, Finn? Du müsstest darauf achten, dass ich genug trinke. Würdest du das tun?«

Er nickte feierlich. »Klar, Opa.«

»Gut. Denn wenn ich genug trinke, dann kann so was nicht noch einmal passieren. Ganz fest versprochen.«

Er wechselte einen Blick mit der Krankenschwester. Über ihnen schwebte wie eine dunkle Wolke sein unheilbarer Krebs. Natürlich würde bald viel Schlimmeres passieren als ein Schwächeanfall. Doch für die Dauer dieser Reise würde Willem sein Versprechen halten können. Er musste nur besser auf sich achtgeben und sich ein bisschen schonen.

»Bei Greetje war eine Kraftstoffleitung gerissen, deswegen ging nichts mehr. Das war noch eine von den alten Kupferleitungen, weißt du, Opa. Die noch gut aussahen und die wir nicht ausgetauscht haben. Ich schätze, das lag an den Vibrationen. Die Leitung war bestimmt schon vorher porös, und irgendwann ist sie einfach gerissen.«

»Wo ist Greetje überhaupt? Steht sie noch an der Straße?«

»Nein. Die wird repariert. Da kommt gerade eine neue Kupferleitung rein. Das dauert nicht lange. Wir können heute noch weiterfahren. Wir fahren doch weiter, Opa? Bis Mannheim sind es nur fünfunddreißig Kilometer. Das könnten wir heute noch schaffen, oder?«

Willem sah verwirrt zu Frau Brunner, die zu lachen begann.

»Der Mann einer Arbeitskollegin arbeitet in einer Werkstatt. Ich hab ihn angerufen, und er hat sich Ihren Traktor angesehen. Er schraubt gern an Oldtimern rum. Deshalb hat ihm die Sache ziemlich Spaß gemacht.«

Willem war perplex. Wer konnte schon mit so viel Glück rechnen. Auf seiner ganzen Reise waren ihm so viele gute und hilfsbereite Menschen begegnet, das war wirklich ungewöhnlich. Als würde jemand über seine Reise wachen, ging es ihm durch den Kopf. Doch das war natürlich Unsinn. Er war wohl immer noch ein bisschen angeschlagen.

»Greetje steht schon draußen vorm Haus. Komm, Opa. Wir gucken uns die neue Leitung mal an«, plauderte Finn fröhlich weiter. »Ich hätte mir das gleich denken können, dass es eine von den alten Kupferleitungen war. Weißt du noch, dass Alfred gesagt hat, wir sollten die vielleicht besser ersetzen, die Kupferleitungen, obwohl die noch gut waren? Er hatte recht, oder, Opa?«

»Geh schon mal vor, Finn. Ich komm gleich nach.«

Der Junge rannte wieder nach draußen. Willem holte Luft und erhob sich vom Sofa. Es ging viel leichter als gedacht. Er fühlte sich frisch und erholt.

Er wusste nicht, wie er dieser Frau danken sollte. Etwas ungelenk strich er ihr über den Arm.

»Danke. Sie sind wirklich ein Engel.«

»Ach, Unsinn. Ich war nur zufälligerweise zur Stelle. Und ich bin Krankenschwester. Das ist alles.«

»Nein, Sie sind viel mehr.« Er lächelte. »Ihr Vater ist bestimmt sehr stolz auf Sie. Ich wünschte, ich hätte auch jemanden wie Sie in der Familie. Dann würden wir alle sicher mehr miteinander reden.«

Sie lächelte so sonderbar, dass Willem sich fragte, ob er etwas Falsches gesagt hatte.

»Ihr Vater lebt doch noch? Es tut mir leid, wenn ich...«

»Nein, nein. Er lebt noch. Mein Vater«, seufzte sie. »Wissen Sie was? Wir haben seit zehn Jahren kein Wort miteinander gewechselt.«

Willem war so perplex, dass ihm die Worte fehlten.

»Ich sage doch, es ist überall das Gleiche. Familie.«

Ehe er reagieren konnte, nahm sie seinen Arm, führte ihn nach draußen und wechselte das Thema.

»Wir könnten Sie mit dem Laster der Werkstatt samt Traktor nach Mannheim bringen. Das dauert nur eine halbe Stunde über die Autobahn. Damit könnten Sie sich ein Stück der Strecke sparen.«

»Nein. Das ist sehr nett, aber lieber nicht. Jetzt sind wir so weit gekommen mit unserer alten Dame, da fahren wir auch das letzte Stück.«

»Ich verstehe schon. Dann wünsche ich Ihnen eine gute Fahrt.«

Willem bedankte sich bei dem Mechaniker, einem jungen stämmigen Mann mit Zahnlücke und ölverschmiertem Overall, der die neue Kupferleitung eingebaut hatte. Er schien von dem alten Traktor genauso begeistert zu sein wie Finn, und während die beiden den Motor inspizierten und über technische Details fachsimpelten, trat Willem einen Schritt zurück und dachte über das nach, was die Krankenschwester ihm gesagt hatte.

Vielleicht wäre es besser, Marion anzurufen. Ihr alles zu erklären. Sicher war es noch nicht zu spät dafür. Er musste einfach darauf vertrauen, dass sie ihn verstehen würde. Er öffnete den Holzkasten auf der Ackerschiene und suchte in seiner Tasche nach dem Handy. Es fiel ihm nicht leicht, doch er wusste, es wäre das Beste. Marion würde sicher verstehen.

Er nahm das Handy und sah aufs Display. Der Akku war leer. Natürlich. Das hatte er ganz vergessen. Seit zwei Tagen schon. Er würde es heute Abend irgendwo aufladen.

So lange musste der Anruf warten. Beinahe erleichtert legte er das Handy wieder weg.

Willem und Finn verabschiedeten sich kurz darauf von ihren Gastgebern. Wieder einmal sagten sie Lebewohl zu den Menschen, denen sie begegnet waren, wie schon so oft auf dieser Reise. Finn kletterte auf seinen Platz auf dem Kindersitz, Willem ließ den Motor an, und hupend und winkend und mit lautem Knattern ging es weiter nach Süden.

Die Sonne lag noch immer hinter einer trüben Wolkenschicht verborgen, doch der leichte Wind hatte die Schwüle vertrieben.

Sie kamen gut voran. Die Strecke war tatsächlich in weniger als zwei Stunden bewältigt. Es fühlte sich an wie eine Ehrenrunde, die sie drehten, und dementsprechend war bei ihnen beiden die Stimmung. Als wären sie Teil eines Siegerkorsos. Finn wurde nicht müde, den vielen Autofahrern zuzuwinken, die hupten und lachend vorbeifuhren. Er sang und strahlte und hatte mächtig Spaß. Willem war ebenfalls glücklich. Seine alte Dame hatte sie tatsächlich den ganzen Weg getragen. Sah er mal von dem verstopften Dieselfilter und der Sache mit der Kupferleitung ab, war die lange Strecke beinahe problemlos für den historischen Traktor zu bewältigen gewesen.

Als sie Mannheim erreichten, nahm Willem die mehrspurige Bundesstraße, die am John-Deere-Werk vorbeiführte. Zwischen den Industriegebäuden tauchte der Platz auf, auf dem die zur Auslieferung bereitstehenden Traktoren geparkt waren, ein Meer aus grün-gelben Fahrzeugen. Finn staunte und redete wild durcheinander, doch das meiste ging in Greetjes Knattern unter.

Willem bog von der Bundesstraße ab und tuckerte auf das Werksgelände zu. Es gab ein Besucherzentrum mit Parkplatz. Wie Marathonläufer auf der Ziellinie jubelten die beiden, als der Lanz aufs Gelände fuhr.

Mit einer schwarzen Wolke und einem lauten Knall kam der Lanz zum Stehen. Glücklich ließen sie den Blick über Parkplatz und Werksgelände schweifen.

»Es ist so weit«, sagte Willem. »Wir haben es geschafft.«

»Greetje ist wieder da, wo sie hergekommen ist, Opa.«

»Vor fast sechzig Jahren ist sie hier vom Band gelaufen, und dann ist sie fabrikneu zu uns nach Leer gekommen. Und jetzt sind wir gemeinsam hier.«

»Greetje ist zu Hause, Opa.«

»Ja, das ist sie.« Er blickte auf die Uhr. »Und wir sind rechtzeitig da, um bei der Führung auf dem Werksgelände mitzumachen. Wir haben es geschafft. Komm schon, wir gucken uns an, wie die Traktoren heute gebaut werden. Sollen wir?«

»Ja, Opa! Hurra!«

Finn sprang vom Traktor und lief auf das Besucherzentrum zu. Hinter hohen Glasfenstern war ein Ausstellungsraum. Ein John Deere der ersten Baureihe war gut sichtbar ausgestellt.

»Komm her, Opa. Schnell! Das ist die letzte Bulldog-Reihe. Der hat das Lanz-Zeichen vorn dran. Nur die Farben sind Gelb und Grün. Und an der Seite steht *John Deere Lanz*. Das musst du dir angucken, Opa. Komm doch! Das ist total krass.«

»Ja doch. Ich komme gleich.«

Willem nahm sich Zeit. Er hielt inne. Wollte den Moment genießen. Er sah sich ganz in Ruhe um, ließ alles auf sich wirken. Sie hatten es wirklich geschafft. Er hatte sein Versprechen gehalten. Sie waren angekommen, und Greetje hatte durchgehalten. Was sollte jetzt noch passieren? Nichts konnte ihm diesen Moment nehmen.

KAPITEL NEUNZEHN

Marion war außer sich. Willem musste völlig den Verstand verloren haben. Was dachte er sich nur dabei? Hinter ihrem Rücken hatte er diese Fahrt geplant, sagte kein Sterbenswort, holte Finn gegen ihren erklärten und ausdrücklichen Willen aus dem Ferienlager ab und machte sich mit ihm davon. Sie war fassungslos.

Und als wäre das nicht schon schlimm genug, war jetzt auch noch Joost auf den Plan gerufen worden. Der hatte natürlich als Erster davon erfahren, da er Finn ebenfalls nicht auf dem Handy, im Gegensatz zu ihr jedoch die Betreuer erreicht hatte. Und natürlich bauschte er das Ganze auf. Als wäre Finn von entflohenen Straftätern entführt worden. Und schuld daran war allein Marion.

»Beruhigen Sie sich, Frau Grote«, hatte ihre Anwältin zu beschwichtigen versucht. »Bitte. Das wird unsere Position nicht entscheidend verändern.«

»Aber er will die Sache doch vor Gericht bringen. Verstehen Sie das denn nicht? Dass Finn von meinem Vater aus dem Ferienlager entführt wurde, während ich für den Jungen verantwortlich war. Das soll meine Schuld sein. Mein Versagen als Mutter.«

»Ich verstehe sehr wohl. Ich denke auch, dass der gegnerische Anwalt das sicherlich vorbringen wird. Aber das wird ihm nichts nutzen. Es war nicht Ihr Fehlverhalten, sondern das der Betreuungskräfte. Die hätten Finn Ihrem Vater niemals mitgeben dürfen.«

»Aber er ist *mein* Vater.«

»Trotzdem. Die Verantwortung liegt bei den Aufsichtspersonen im Ferienlager. Sollte es tatsächlich zur Verhandlung kommen, wird der Richter das nicht berücksichtigen. Glauben Sie mir.«

Marion hatte sich nach dem Gespräch zwar etwas besser gefühlt, trotzdem verstand sie die Welt nicht mehr. Was war nur los mit Willem? Was ging in ihm vor? Und wie würde sich Joost jetzt ins Spiel bringen? Der wartete doch nur darauf, dass irgendetwas aus dem Ruder lief.

Eine Zeitlang ging sie in der Küche auf und ab, dann nahm sie wieder das Telefon und rief ihren Bruder in Hamburg an. Sie musste mit irgendwem reden. Mit jemandem, der Willem kannte und nicht auf seiner Seite stand.

»Hallo Schwesterherz«, meldete Martin sich. »Wir haben ja lange nichts mehr voneinander gehört.«

»Ich weiß, ich hätte mich längst mal melden sollen.«

Dabei wäre es eigentlich Martin gewesen, der sich ruhig zwischendurch mal hätte melden können, um zu fragen, wie es ihr mit ihrer Trennung ergangen war.

»Was ist denn los? Ist alles in Ordnung bei dir?«

»Nein. Ich rufe an, weil ich ein Problem habe, Martin. Ich…«

Unerwartet musste sie gegen Tränen ankämpfen. Es war eine Mischung aus Wut und Ärger und Verzweiflung, die da in ihr aufbrach.

»Hey, ist ja gut. Sag schon, was ist passiert?«

»Es geht um Willem. Er hat Finn aus dem Ferienlager geholt, um mit ihm eine Art Kurzurlaub zu machen. Hinter meinem Rücken. Kannst du dir das vorstellen? Er hat ihn quasi entführt.«

»Finn?« Martin klang ziemlich baff. »Dann ... dann haben die beiden sich angefreundet? Ich dachte, du wolltest einen Hortplatz für Finn besorgen.«

»Ja, aber den bekomme ich erst nach den Sommerferien. In letzter Zeit hat Willem sich um Finn gekümmert. Erst sollte es nur eine Notlösung sein, aber dann ... Die beiden haben eine Menge Zeit miteinander verbracht.«

»Und jetzt hat Willem ihn aus der Ferienfreizeit abgeholt, damit sie zusammen Urlaub machen können?« Er schien immer noch perplex zu sein. »Willem und *Urlaub*?«

»Ich weiß auch nicht, was er sich dabei denkt. Ich bin stocksauer. Und Finn ist doch noch so klein. Ich mache mir solche Sorgen...«

Wieder musste sie gegen aufkommende Tränen ankämpfen. Sie war wirklich völlig durcheinander.

»Komm runter, Marion. Finn geht's gut. Willem ist ja kein Schwerverbrecher. Er ist halt nur... Willem.«

»Das ist doch schlimm genug, oder nicht?«

»Ach, hör auf. Er ist ein alter Sturkopf. Er redet nicht viel mit anderen Leuten. Aber wenn er Finn mag, dann wird er schon auf ihn aufpassen. Mach dir keine Sorgen.«

Sie stieß einen tiefen Seufzer aus. Martin hatte recht, zumindest was diese Sache betraf.

»Was hat es denn mit diesem Urlaub auf sich?«, fragte er. »Wie kommt Willem dazu, Finn einfach aus dem Ferienlager abzuholen? Ich verstehe das gar nicht.«

»Du kannst dich doch noch an den Lanz Bulldog in unserer Scheune erinnern.«

»Klar. Gibt's den noch?« Er lachte. »Der war cool. Weißt du noch, wie oft wir darauf gespielt haben?«

»Ja, schon. Finn fand ihn auch cool. Du weißt doch, er steht total auf alte Traktoren.«

»Das habe ich mitbekommen, als ich bei meinem letzten Besuch eine Führung durch sein Kinderzimmer bekommen habe.«

»Die beiden haben im Winter damit angefangen, den Lanz zu restaurieren. Das war für Finn natürlich das Größte. Willem hat ihm versprochen, dass sie zusammen nach Speyer fahren, zu so einem blöden Traktorentreffen. Und jetzt löst er offenbar dieses Versprechen ein. Ohne es mit mir abzusprechen.«

Martin schien darüber nachdenken zu müssen.

»Das passt gar nicht zu ihm«, sagte er. »Eine merkwürdige Geschichte ist das. So kenn ich Willem überhaupt nicht.«

»Ja, ich finde es auch seltsam. Aber was soll ich denn jetzt machen?«

»Joost weiß Bescheid, hast du gesagt?«

»Ja. Für ihn ist das natürlich alles meine Schuld. Und über diese angebliche Verfehlung meinerseits freut er sich wie die Made im Speck. Das will er sich für die Verhandlung vor Gericht aufheben. Er hat jetzt Oberwasser.«

Marion ärgerte sich am meisten über sich selbst. Sie hätte das alles nie zulassen dürfen. Sie hätte Finn gar nicht erst zu Willem auf den Hof bringen dürfen. Sie hätte sich etwas anderes einfallen lassen sollen.

»Mach dir keine Sorgen, Schwesterherz. Willem passt

schon auf Finn auf. Er bringt ihn wohlbehalten von dem Traktorentreffen zurück. Und dann kannst du ihn zur Rede stellen. Kümmre dich nicht um Joost. Der ist ein Idiot.«

Das versuchte Marion sich nach dem Telefonat immer wieder vor Augen zu halten. Es käme schon alles in Ordnung. Willem war kein Kinderschänder. Joost ein Idiot. Und Marion sollte auf ihre Anwältin hören.

Doch nach einer Weile kehrte die Unruhe zurück. In Finns Zimmer sah sie sich die Zeitschriften und Broschüren genauer an, die auf dem Schreibtisch lagen. Da gab es auch einiges zu diesem Lanz-Bulldog-Treffen, wohin sie unterwegs waren. Sie blätterte alles durch, dann nahm sie das Handy erneut und rief in der Bank an.

»Hallo Marion«, begrüßte sie ihre Kollegin. »Hast du Sehnsucht nach uns?«

Alles andere als das, dachte sie.

»Kannst du mich zum Chef durchstellen? Es ist dringend.«

Verwundert leitete ihre Kollegin das Gespräch weiter. Marions Chef ging sofort an den Apparat.

»Ich habe einen familiären Notfall«, sagte sie. »Es tut mir sehr leid, aber kann ich morgen frei haben? Es geht nicht anders.«

»Morgen? Nun ja, zur Not schon. Ist denn was passiert? Müssen wir uns Sorgen machen?«

»Nein. Ich muss nur nach Speyer fahren. Am besten mache ich mich gleich auf den Weg.«

KAPITEL ZWANZIG

Willem lenkte den Lanz vom schmalen Pfad hinunter auf die saftgrüne Wiese, um Radfahrern und Spaziergängern den Weg nicht zu verstellen. Der Motor verklang, und da waren nur noch die Vögel und der Wind zu hören, der in den Bäumen raschelte.

Willem schaute sich um. Vor ihm lag der Rhein. Groß und majestätisch, floss er kraftvoll zwischen Hügeln und Auenlandschaften hindurch. Vögel erhoben sich schreiend über dem Wasser, sanfte Wellen spülten heran. Es war einfach unglaublich, doch an dieser Stelle war es endlich genau so, wie er es erwartet hatte. Der deutsche Strom.

Seine Schmerzen würden sich nicht mehr lange unter der Oberfläche halten lassen, das spürte er. Jeden Tag rückten sie ein kleines Stück näher an ihn heran. Die Schönheit um sie herum machte ihn glücklich und gleichzeitig traurig. Er würde Abschied nehmen müssen. Hiervon und von allem anderen.

Ein Vogel zwitscherte hoch über ihnen. Willem sah ihm nach, blinzelte gegen die Sonne. Ein schwarzer Punkt am Himmel, der sich rasch entfernte und irgendwann verschwunden war. So wie er selbst verschwinden würde.

Er holte tief Luft. Er durfte sich jetzt nicht gehenlassen. Schließlich waren sie kurz vor dem Höhepunkt ihrer Reise.

»Finn!«, rief er. »Komm schon, wach auf!«

»Sind wir da?«, kam es verschlafen vom Kindersitz, wo Finn in Decken und Kissen gewickelt und wie ein Paket festgeklemmt war.

Als sie am Morgen in aller Frühe losgefahren waren, da hatte er kaum die Augen offen halten können. Für Willem war das frühe Aufstehen nichts Ungewöhnliches. Finn dagegen war kaum wach geworden. Am Vortag war eine Menge passiert, und sie waren spät ins Bett gekommen. Zuerst die Führung im John-Deere-Werk, wo sie die Fertigungsstraße der modernen Traktoren bestaunen konnten und eine Menge technische Einzelheiten erfuhren, was besonders Finn beeindruckte. Dann das Lanz-Museum auf dem Werksgelände, ebenfalls vollgestopft mit Dingen, für die er sich begeisterte. Danach folgte die Fahrt auf Greetje durch die Stadt und schließlich die Übernachtung in einem Hotel, in einem richtigen Hochhaus. Zusammen mit der Vorfreude auf das Traktorentreffen am nächsten Morgen war es kein Wunder, dass Finn zu wenig Schlaf bekommen hatte.

Willem hatte sich ohne Frühstück gleich auf den Weg gemacht. Sie wollten früh in Speyer sein. In seinem Kasten auf der Ackerschiene war alles, was sie für ein Frühstück brauchten. Sogar heißes Wasser für seine Thermoskanne hatte er im Hotel bekommen.

»Was denkst du, Finn? Guck dich um. Ist hier ein guter Platz für ein Picknick?«

Finn reckte sich und nahm seine Umgebung in Augenschein. Den Strom, die Wiesen, die Auenwälder. Hoch über ihnen schwebte eine moderne Autobrücke mit mehrspuriger Fahrbahn, gehalten von einer luftigen Seilkonstruktion, über die verschiedenste Fahrzeuge schossen. Hier unten war jedoch alles still und friedlich, und vom Ufer wehte eine sanfte Brise herüber.

»Ist das der Rhein, Opa?«

»Ganz genau. Das ist der Rhein.«

»Der ist ja riesig.«

»Ja, oder?«

»Und total schön. Voll krass. Oder, Opa?«

»Find ich auch. Was meinst du, Finn: Wir können die Decke da vorn unter den Bäumen ausbreiten. Zu essen haben wir genug. Machen wir ein Picknick?«

Finn war sofort einverstanden. Er warf die Decke fort und sprang vom Bulldog. Ein Ausflugsdampfer, ein zweistöckiges dieselbetriebenes Schiff mit großer Außenterrasse, schipperte vorbei. Finn winkte den Menschen zu und begann lauthals zu singen: »*Wenn das Wasser im Rhein goldner Wein wär, ja dann möcht ich so gern ein Fischlein sein.*«

Er sah Willem auffordernd an. Dem war das Ganze zwar eher unangenehm, trotzdem stimmte er in das Lied mit ein. Auf dem Dampfer wurde gelacht, doch ein paar Rentner kannten den reichlich verstaubten Schlager ebenfalls und sangen mit: »*Ei, wie könnte ich dann saufen, bräuchte keinen Wein zu kaufen, denn das Fass vom Vater Rhein wird niemals leer.*«

Es wurde gelacht und gewinkt, dann verschwand der Dampfer außer Hörweite, und Willem bereitete das Frühstück vor. Er schnitt Brot und Käse, machte Kakao für Finn und goss sich einen Ostfriesentee ein.

Während sie aßen, wurde Finn immer nachdenklicher. Willem beobachtete ihn. Irgendwas ging ihm durch den Kopf. Doch er wusste, er wartete am besten, bis Finn es von allein ansprach. Was kurz darauf passierte.

»Opa, sag mal, wenn wir wieder zu Hause sind ... Musst du dann auch vor Gericht aussagen?«

»Vor Gericht? Wer sagt denn so was?«

»Ich hab gehört, dass Mama und Papa vielleicht vor Gericht gehen. Das wird dann entscheiden, bei wem ich leben werde.«

»Das ist noch gar nicht sicher. Mach dir keine Gedanken darüber. Es wird in solchen Situationen immer viel geredet, was später nicht so gemeint ist.«

»Aber wirst du dann auch da aussagen?«

»Ich glaube nicht. Mich wird sicher keiner fragen.«

Die Antwort schien ihn nicht zu befriedigen.

»Möchtest du das denn, Finn? Dass ich dann auch vor Gericht was sage? Und was soll ich denn dann sagen?«

Er zuckte mit den Schultern. »Ist mir egal.«

Nach einer Weile sagte er: »Papa will, dass ich mehr Zeit bei ihm verbringe. Mama glaubt, er will sie nur ärgern. Er will mich nur haben, damit sie sauer auf ihn ist.«

»Und glaubst du das auch?«

»Nein. Papa ist halt anders. Mehr nicht.«

Willem hätte gern nachgefragt, wie Finn sich entscheiden würde. Was er von der ganzen Sache hielt. Fand er das Wechselmodell gut oder nicht? Was wollte er selbst? Schließlich hatte er bislang beharrlich geschwiegen, wenn er sagen sollte, bei wem er lieber wohnen würde. Doch Willem wusste, wenn er Finn drängte, würde der wieder dichtmachen. Er musste warten, bis er von allein redete.

»Bei einem Schulfreund von mir hat auch ein Gericht gesagt, wer ihn haben darf«, sagte Finn. »Er wurde gar nicht gefragt. Er weiß nicht mal, wie der Richter aussieht. Aber ... weißt du, Opa, der sagt dann, wie oft ich bei Mama und bei Papa sein soll. Ist doch komisch, oder? Der kennt mich doch gar nicht.«

Willem zögerte. Nun versuchte er es doch. »Wo wärst du denn am liebsten? Bei Mama oder bei Papa?«

Erwartungsgemäß fiel Finn in Schweigen. Willem glaubte schon, es verbockt zu haben. Doch zu seiner Überraschung sprach der Junge weiter.

»Am liebsten wäre ich doppelt.«

»Doppelt? Wie meinst du das?«

»Wenn es mich zweimal geben würde, dann könnte jeder mich einmal haben. Dann könnte ich gleichzeitig bei Mama und bei Papa leben, und sie müssten sich nicht mehr darüber streiten.« Mutlos fügte er hinzu: »Aber das geht ja nicht.«

»Nein«, sagte Willem betroffen. »Das geht nicht.«

Plötzlich und unvermutet begann Finn zu grinsen.

»Oder ich wohne bei dir. Dann können wir jeden Tag mit dem Bulldog fahren. Wir können zusammen melken und die Rinder füttern. Ich könnte auch Kühe treiben, so schwer ist das nicht.« Etwas wehmütig fügte er hinzu: »Aber ich weiß ja, das geht nicht.«

»Nein, Finn. Das geht nicht.«

»Wenn ich groß bin, Opa, dann möchte ich auch Bauer werden. So wie du.«

Willem wurde schmerzlich bewusst, dass er Finn nicht so lange würde begleiten können. Er würde schon bald von ihm Abschied nehmen müssen. Dann bliebe der Junge allein mit seinen Problemen, und er könnte nichts dagegen tun.

»Das ist keine gute Idee, Bauer zu werden, Finn. Nicht so, wie heute die Landwirtschaft ist. Glaub mir, da kann man jedem nur raten, kein Bauer zu werden.«

»Aber du bist doch auch Bauer, und so wie du möchte ich das auch mal machen.«

»Nein. Mein Hof hat in den letzten Jahren kaum noch etwas abgeworfen. Die Zeit ändert sich. Es wird immer schwieriger. Eins ist ganz sicher: Höfe, wo Kühe noch Namen haben, die haben keine Zukunft. Wenn du Bauer werden willst, müsstest du es ganz anders machen als ich.«

Finn fiel erneut in Schweigen. Ein fernes, aber unverwechselbares Knattern drang von der Autobrücke zu ihnen herab. Ein Lanz Bulldog jagte hoch über ihren Köpfen in luftiger Höhe vorbei.

»Da, Finn. Wir sind also nicht die Ersten.«

»Das ist auch ein Volldieselbulldog, oder?«

»Gut möglich. Kann ich von hier aus nicht sagen.«

»Fahren wir jetzt weiter?«

»Das machen wir. Auf zum Bulldog-Treffen.«

Sie räumten die Sachen zusammen und verstauten sie in dem Holzkasten auf der Ackerschiene. Per Luftlinie waren es nur ein paar hundert Meter bis zum Veranstaltungsort. Willem ließ den Traktor an und lenkte ihn zurück auf die Straße.

Vor der Stadt begegneten ihnen auf der Umgehungsstraße schon die ersten Traktoren. Es waren eine Menge Deutz unterwegs, die Gastmarke, die beim diesjährigen Bulldog-Treffen eingeladen war. Auch viele Lanz-Traktoren waren zu sehen. Ebenfalls eine Menge Touristen, Besucher des Technikmuseums und Wochenendausflügler. Überall waren Menschen.

In einem Kreisverkehr sah Willem einen Mann mit seinem Wagen in eine Seitenstraße abbiegen. Was er durch die Scheiben von ihm sehen konnte ließ ihn an Joost denken. Seltsam. Willem reckte den Kopf, doch da war der Mann bereits verschwunden. Es musste ein Zufall gewesen sein.

Eine Ampel sprang auf Rot, und eine Reihe von Bulldogs knatterte und dröhnte an ihnen vorbei. Es wurde gehupt und gewinkt, und Finn übte sich darin, Modelle und Baujahre zu erraten.

»Opa, guck mal den. Das ist ein Halbdiesel, oder? Und der da, der muss uralt sein. Ein Ackerluft Bulldog, was meinst du?«

Auf dem Festgelände, einem eingezäunten Gebiet neben dem Technikmuseum, empfingen sie Qualm und Dieselgeruch, Geknatter und Gewummer und ein buntes Durcheinander alter Traktoren und Landmaschinen, die wie riesige fremdartige Insekten auf Willem wirkten.

Finn war kaum noch zu halten. Am liebsten wäre er sofort drauflosgelaufen. Ein schneeweißer Eilbulldog, ein Prachtstück aus der Cabrio-Bauweise, machte mit Gästen Rundfahrten übers Gelände. Ein Bauernbulldog aus der Vorkriegszeit knatterte vor sich hin, und am Rand bereiteten sich Teilnehmer auf einen Vorglüh-Wettbewerb vor. Natürlich gefiel dies auch Willem alles sehr, trotzdem musste er über die Reaktionen von Finn lachen. Bestimmt stellte der Junge sich genau so das Paradies vor.

»Alles der Reihe nach, Finn. Wir tragen uns zuerst da

vorn an der Anmeldung ein. Dann bekommen wir einen Stellplatz. Und danach sehen wir uns in Ruhe alles an. Hier läuft uns nichts weg. In Ordnung?«

Natürlich war das für Finn nicht in Ordnung, doch er fügte sich. Vor ihnen an der Anmeldung standen zwei gutgelaunte burschikose Frauen, wie Willem in den Sechzigern, die mit einem Vorkriegsmodell, einem Benziner mit Vorglühtechnik, angekommen waren.

»Das nenne ich mal ein Prachtstück«, rief Willem ihnen zu. »Von wo kommen Sie?«

»Aus Hockenheim. Ihrer ist aber auch toll. Ganz frisch restauriert, oder?«

»Ja, das haben wir zusammen gemacht. Mein Enkel und ich. Wir kommen aus Leer.«

Natürlich waren die Frauen sehr beeindruckt, dass die Jungs die ganze Strecke mit dem Lanz gefahren waren. Willem spürte Stolz. Ja, er hatte es tatsächlich geschafft. Er hatte sein Versprechen gehalten.

»Guck mal, Finn. Die haben noch einen Vorglüher, siehst du das?«

»Opa, das heißt nicht *Vorglüher*, das heißt *Vorheizer*.«

Dann warf er den beiden Frauen einen vielsagenden Blick zu und rollte mit den Augen. Sie lachten und fuhren aufs Gelände, dann war Willem an der Reihe. Er trug alle Angaben zum Lanz in ein Formular ein und bekam einen Platz zugewiesen. Sie fuhren Greetje zu dem Stellplatz und stiegen ab. Finn wurde immer unruhiger.

»Können wir jetzt los? Ich will unbedingt alles sehen.«

Willem lächelte. »Ja, natürlich. Wir können los.«

Finns Aufregung war ansteckend. Willem fühlte sich ein bisschen wie ein kleiner Junge, denn auch in ihm blitzte der Impuls auf, einfach draufloszurennen. Er legte Finn die Hand auf die Schulter, blickte auf – und sah direkt in die Augen seiner Tochter. Marion stand mit verschränkten Armen zwischen zwei Traktoren und fixierte Willem bitter.

»Da seid ihr ja«, sagte sie.

KAPITEL EINUNDZWANZIG

Finn, dir mache ich keinen Vorwurf. Aber dir, Willem...«

Sie versuchte, ihre Stimme zu dämpfen, dennoch war ihr Zorn beinahe greifbar. Sie funkelte Willem böse an, wollte ihm in der Öffentlichkeit aber keine Szene machen.

»Hast du den Verstand verloren, Willem? Bist du *wahnsinnig* geworden? Ich kann es einfach nicht glauben. Ihr könnt doch nicht einfach von der Bildfläche verschwinden. Was hast du dir nur dabei gedacht? Verdammt, ich habe mir Sorgen gemacht!«

Willem traf alle Schuld, das war ihm augenblicklich klar. Er war aufgeflogen. Sein Plan war nicht aufgegangen. Marion war sechshundert Kilometer mit dem Auto gefahren, um dem Schauspiel ein Ende zu bereiten. Was hätte sie sonst tun sollen, nachdem sie hiervon erfahren hatte? Es gab nichts, was er zu seiner Verteidigung vorbringen konnte.

»Ich wollte ja mit dir darüber sprechen. Aber dann... es tut mir leid.«

»Du *wolltest*? Und dann hast du dir gedacht, du entscheidest das einfach allein, dass du mit Finn durchs ganze Land fährst? Was ist denn los mit dir, verdammt?«

»Es wären doch nur drei oder vier Tage gewesen.«

»Du hast den Jungen aus dem Ferienlager entführt! Joost und sein Anwalt feiern gerade, wie du mir in den Rücken fällst. Joost will doch das geteilte Sorgerecht einklagen. Meine ganze Glaubwürdigkeit ist dahin. Aber selbst wenn das keine Rolle spielte – ich meine, Finn ist nicht ohne Grund in dem Ferienlager. Er muss so viel für die Schule nachholen. Das ist wichtig, Willem. Wie soll er jemals aufs Gymnasium kommen, wenn das so weitergeht mit seinen Leistungen? Er braucht diese Nachhilfe.«

Eine Reihe von Traktoren knatterten mit ohrenbetäubender Lautstärke vorbei. Finn hatte jedoch keine Augen dafür. Er wirkte völlig durcheinander. Als würde er gar nicht begreifen, was passierte.

Willem wusste, dass auch dies seine Schuld war. Er hatte den Jungen glauben lassen, seine Mutter wäre einverstanden. Auch Finn musste sich von ihm betrogen fühlen. Willem hatte ihn getäuscht, und seine Mutter war außer sich.

Er musste irgendwie die Situation retten. Alles fiel auseinander. Doch Marion war auf hundertachtzig. Es gab nichts, das er sagen oder tun konnte.

»Du musst doch mit mir *reden*, bevor du mit meinem Kind losziehst! Was hast du dir nur dabei gedacht?«

»Marion, ich habe... ich...«

»Nein, Willem. Dafür gibt es keine Entschuldigung. Hätte ich dir Finn nie anvertrauen dürfen? Bin ich selber schuld? Ich meine, ich kenne dich doch. Was habe ich denn gedacht?« Ihre Stimme wurde bitter und kalt. »Zum Glück haben wir jetzt den Hortplatz. In Zukunft wird so was nicht mehr vorkommen.«

Die Worte trafen Willem schwer, auch wenn sie im Zorn gesprochen waren. Finn verstörten sie noch mehr. Und alles war Willems Schuld.

Marion schien sich zu besinnen, dass Finn neben ihr stand. Sie räusperte sich, versuchte, sich zusammenzureißen. Der Junge konnte schließlich nichts dafür.

»Finn, es tut mir leid«, sagte sie. »Wir haben uns Sorgen gemacht, dein Vater und ich. Es war schrecklich, nicht zu wissen, wo du bist. Aber ... was machen wir denn jetzt?«

Sie fuhr sich nervös durchs Gesicht und blickte sich auf dem Volksfest um. »Wenn ich zurückfahre, nehme ich dich mit und setze dich im Ferienlager ab. Es geht leider nicht anders. Die Sache war nicht mit deinem Vater abgesprochen. Aber wir müssen ja nicht sofort fahren. Möchtest du noch ein bisschen bleiben? Vielleicht ein paar Pommes oder eine Bratwurst essen? Auf ein oder zwei Stunden kommt es nicht an.«

»Nein, schon okay. Ich habe keine Lust mehr.«

»Finn ...«, versuchte es Willem, doch der Junge sah ihn nicht einmal an.

Neben ihnen wurde ein alter Bulldog nach allen Regeln der Kunst angeworfen. Der Fahrer, ein älterer Mann im Overall, stellte sich mit einer flammenschlagenden Lötlampe vor den Lanz und heizte den Glühkopf an. Gleich würde er das Lenkrad aus seiner Verankerung herausnehmen, es seitlich in den Motor stecken, kräftig daran drehen und den Motor damit anschmeißen. Das war jedes Mal wieder ein faszinierendes Schauspiel, doch auch dafür hatte Finn keine Augen.

Willem blickte sich hilflos um. Und bekam einen weiteren Schreck. Zwischen den Besuchern tauchte in der

Menge ein bekanntes Gesicht auf. Es war Joost. Schon hatte er sie entdeckt und kam mit großen Schritten auf sie zu. Dann war es kein Zufall gewesen. Der Mann vom Kreisverkehr war tatsächlich Finns Vater.

Marion entdeckte ihn ebenfalls. Ihre Mundwinkel sackten noch weiter herab. Sie verschränkte die Arme vor der Brust, wie um sich vor einem Angriff zu schützen, wandte Finn den Rücken zu und ging Joost einen Schritt entgegen.

»Das ist nicht dein Ernst. Was machst du denn hier?«, fuhr sie ihn an.

»Nach allem, was passiert ist, konnte ich schlecht zu Hause bleiben. Ich meine, Finn ist aus dem Ferienlager verschwunden, und offenbar hat dein Vater damit zu tun. Finn hätte in großer Gefahr sein können.«

»Ach, natürlich. Weil Willem ja gemeingefährlich ist.«

»Tu jetzt nicht so, als wäre nichts passiert. Außerdem: Wer sagt mir denn, dass man sich auf Willem verlassen kann? Du hast ja nie ein gutes Wort über ihn verloren.«

Willem sah erschrocken zu Finn, doch der stand einfach da und starrte auf den Boden. Leid und Schmerz, aber auch Schicksalsergebenheit spiegelten sich in seinem Gesicht. Seine Eltern achteten nicht darauf. Marion holte stattdessen aus, um zurückzuschlagen.

»Du denkst, du kannst das hier alles zu deinem Vorteil drehen, oder? Vergiss es. Du hast keine Macht mehr über uns.«

»Ich bin einfach nur hier, weil einer für Ordnung sorgen muss in dem ganzen Chaos.«

»Ach, und das bist ausgerechnet du? Dass ich nicht lache. Dein ganzes Leben ist doch ein einziges Chaos.«

Das anfängliche Bemühen, leise zu reden, um Finn nicht weiter zu verwirren und in der Öffentlichkeit keine Szene zu machen, ließ zusehends nach. Ohne es selbst zu merken, waren die beiden laut geworden. Drum herum wandten sich die Leute unangenehm berührt ab. Einige versuchten, mit ihren Traktoren das Geschrei zu übertönen.

Willem war wie gelähmt durch diese Eskalation. Er konnte Finns Blick nicht vergessen, der voller Verwirrung und Enttäuschung gewesen war. Er hatte dem Jungen Sicherheit geben wollen und Halt. Doch stattdessen hatte er ihm nach der Scheidung seiner Eltern nur einen weiteren Schlag versetzt. Ihm gezeigt, dass es in der Welt der Erwachsenen keinen Verlass gab. Marion und Joost, die direkt vor ihm standen und miteinander stritten, machten es nur schlimmer.

Alles glitt Willem aus den Händen. Er dachte an das Versprechen, das er Finn gegeben hatte. Nun hatte er es am Ende doch nicht halten können. Er stützte sich auf Greetjes Vorderreifen. Was hatte er nur für ein Chaos angerichtet? Was hatte er Finn nur angetan?

Da bemerkte er, dass Finn nicht mehr bei Marion stand. Er sah sich um, doch der Junge war nirgends zu sehen. Überall tuckerte und knatterte es, rundherum kamen Traktoren in Bewegung. Die Ausfahrt durch Speyer stand auf dem Programm. Einer der Höhepunkte des Treffens. In einer langen Karawane würde es durch die Stadt gehen. Eine endlose Kette bunter, verschiedenartiger historischer Traktoren. Finn und er hatten ebenfalls mitmachen wollen. Willem sah auf Greetjes Rückseite nach, doch auch da war er nicht zu sehen. Immer mehr

Fahrzeuge ratterten an ihnen vorbei in Richtung Ausgang. Doch Finn war nirgendwo.

Marion wurde durch den Lärm und die Unruhe von Joost abgelenkt. Sie bemerkte Willem, der sich hektisch umsah. Dann begriff sie ebenfalls, dass Finn fort war.

»Finn!«, rief sie gegen das Knattern. »Finn, wo bist du?«

Auch Joost hatte seinen Ärger sofort vergessen und fing an, nach dem Jungen zu rufen. Lief umher, sah überall nach. Alle drei suchten zwischen den aufbrechenden Fahrzeugen nach ihm. Doch es half nichts. Er war nirgendwo zu sehen.

• • • • •

Finn blieb verschwunden. Willem bewegte sich wie in einer Blase. Alles fühlte sich seltsam unwirklich an. Der Lärm der Traktoren, das Kinderlachen, die Gespräche der Erwachsenen. Seine Umwelt drang nur gedämpft zu ihm durch. Er bewegte sich wie im Nebel. Lieber Gott, wo konnte Finn nur sein?

Marion und Joost standen bei einem bärtigen Mann mit Schirmmütze, der zum Team der Veranstalter gehörte. Die beiden redeten wild auf ihn ein und versuchten dabei gleichzeitig, so viel Abstand wie möglich voneinander zu halten. Marion zeigte ein Foto von Finn auf ihrem Handy, Joost erklärte, wo sie ihn zum letzten Mal gesehen haben. Der Mann bemühte sich, sie zu beruhigen, und sprach anschließend in sein Handy.

»Ja, ein neunjähriger Junge«, hörte Willem ihn sagen. »Er muss irgendwo auf dem Gelände sein. Ich schick euch ein Foto übers Handy.« Und an Marion und Joost gewandt: »Er taucht wieder auf, ganz sicher. Er kann ja nirgendwo hin. Wir werden ihn schon finden.«

Finn war schon seit einer halben Stunde verschwunden. Sie waren das Festgelände mehrmals abgegangen, hatten unentwegt seinen Namen gerufen und überall nachgeschaut. Der Junge war wie vom Erdboden verschluckt. Willem wollte sich gar nicht ausmalen, was passiert sein konnte.

Seine Beine schmerzten, sein Rücken ebenfalls. Was hatte er nur angerichtet? Seine Kräfte schwanden zusehends, und mit einem Mal fühlte er sich so widerstandsfähig wie ein Blatt Papier. Mindestens einhundert Jahre alt. Finn, dachte er, wo bist du nur?

»Wäre es nicht besser, die Polizei zu rufen?«, hörte er Marion fragen.

Joost, der es nicht mehr aushielt stillzustehen, stürmte rastlos auf und ab. Der Veranstalter mit der Schirmmütze kratzte sich sorgenvoll am Bart.

»Vielleicht warten wir damit noch kurz. Ich habe allen das Foto geschickt. Die Suche geht gerade erst richtig los. Bestimmt wird Ihr Junge in wenigen Minuten gefunden.«

Sein Handy klingelte, und er hielt es sich ans Ohr. Marion sah ihn erwartungsvoll an, doch ganz offenbar wurde mit diesem Anruf nicht Finns Auftauchen übermittelt. Der Mann wandte sich ab, sprach leise ins Gerät.

Marion seufzte. Sie informierte Joost betont sachlich darüber, dass sie auf eigene Faust weitersuchen wolle, und eilte fort, direkt auf Willem zu. Der stand auf, nervös, schuldbewusst, niedergeschlagen. Er wusste immer noch nicht, wie er Marion sagen konnte, wie furchtbar leid ihm alles tat. Sicher gab es dafür überhaupt keine Worte.

»Marion...«, begann er unsicher.

Sie schenkte ihm einen kurzen leeren Blick. Dann wandte sie sich ab und ging an ihm vorbei, als wäre er ein Fremder.

Willem sackte in sich zusammen. Er lehnte sich gegen Greetjes Motorhaube. Was sollte er nur tun?

Joost, der immer noch ruhelos auf und ab ging, entdeckte ihn an seinem Traktor und fixierte ihn böse.

»Du«, rief er und zeigte mit dem Finger auf ihn. »Das ist alles deine Schuld.«

Dann stapfte er wütend davon und tauchte ebenfalls zwischen den Menschen ab. Natürlich war es seine Schuld. Als wenn Willem das nicht gewusst hätte. Er stieß sich mühsam von der Motorhaube ab. Es war nicht die Zeit, um sich auszuruhen. Er musste weitersuchen.

Ratlos blickte er sich auf dem Festplatz um. Was für ein Durcheinander. Nun endete alles in einer Katastrophe. Willem hatte diese Reise unternommen, weil er einmal in seinem Leben etwas richtig machen wollte. Nachdem er so viel falsch gemacht hatte. Es war die letzte Möglichkeit gewesen, die ihm blieb. Seine letzte Chance, bevor es für ihn zu Ende ging. Nun stand er vor einem Scherbenhaufen. Es war vorbei, und er musste feststellen: Auch dieses Mal hatte er versagt.

KAPITEL ZWEIUNDZWANZIG

Siebzehn Jahre zuvor

Es war ein warmer und schöner Sommertag, die Schulferien hatten gerade angefangen, und Marion genoss die freie Zeit ohne Verpflichtungen. Blütenblätter trudelten wie sommerbunte Schneeflocken durch die Luft, Insekten schwirrten zwischen den Wildblumen im Straßengraben, und die Kühe lagen friedlich und gemächlich schmatzend im Schatten auf der Wiese.

Als sie auf den Hof trat, trudelte eine fette Hummel wie betrunken über die warmen Pflastersteine. Tauchte ab in den Geranienkübeln ihrer Mutter und genoss den Tag offenbar genauso wie Marion selbst. Sie lächelte und hielt ihr Gesicht in die Sonnenstrahlen.

Den Hof hatte sie ganz für sich, ihre Eltern waren nicht zu Hause. Was ihr ganz recht war. In den letzten Tagen war bei ihnen ziemlich schlechte Stimmung gewesen. Ausgerechnet jetzt, in den Sommerferien, wo es wenig Fluchtmöglichkeiten gab. Das lag an Martin und der Tatsache, dass der plötzlich einen Freund hatte. Einen *Freund*. Marion fand das ja unheimlich aufregend. Sie hätte das bei ihm nie gedacht, doch ihr Bruder war schwul.

Bestimmt würde er irgendwann in Berlin oder Hamburg leben, und dann würde sie bei Besuchen in die Szene eingeführt werden, exotische Leute kennenlernen und tolle Partys feiern. Sie freute sich schon darauf, wenn es so weit wäre. Denn dass Martin den Hof nicht übernehmen würde, war eigentlich schon lange klar gewesen. Nicht, dass je darüber gesprochen worden wäre. Doch dass ihr Bruder kein Bauer war, war für jeden offensichtlich, der ihn auch nur flüchtig kannte. Sie glaubte, die Hoffnungen ihrer Eltern richteten sich eher auf sie, was das anging. Wenn überhaupt. Und ganz abgeneigt war sie tatsächlich nicht. Sie mochte die Arbeit mit den Tieren, sie liebte das Land und den weiten Horizont, und das frühe Aufstehen störte sie auch nicht sonderlich.

Seit Martin die Katze aus dem Sack gelassen hatte, hing der Haussegen schief. Das war wohl nicht weiter verwunderlich. Ihre Eltern stammten halt aus einer anderen Generation. Auch ihre Mutter hatte in den ersten Wochen Schwierigkeiten damit gehabt. Doch im Gegensatz zu Willem konnte sie ihre Meinung ändern. Sie hatte eine Zeitlang gründlich über alles nachgedacht, und dann war sie zu dem Schluss gekommen, dass ihr Sohn nun einmal so war und dass es nichts an ihrer Liebe zu ihm änderte.

Bei Willem ging das nicht so einfach. Er war und blieb ein sturer Bock, der sich nicht auf Veränderungen einlassen konnte. Er hielt stets am Alten fest, seine Welt würde sich nie wandeln. Meistens gefiel Marion das auch an ihm. Nur in diesem Fall eben nicht.

Jemand hatte das Scheunentor offen stehen lassen. Marion schlenderte gemütlich hinüber, um es zu schließen. Gerümpel stand herum, Staub wirbelte im hineinfallenden Sonnenlicht. Mit dem Tor in der Hand entdeckte sie Martin auf dem alten Lanz. Er hockte lässig da, die Beine auf der Motorhaube, einen Strohhalm im Mundwinkel. Sie war doch nicht allein auf dem Hof.

»Martin? Was machst du hier?«

Sie trat näher. Als Kinder hatten sie häufig mit dem alten Lanz gespielt, aber das war lange her.

»Ach, nichts. Nachdenken. Warten. So was halt.«

»Ich dachte, Malte hätte dich schon abgeholt.«

Malte, sein Freund. Ein großer blonder Junge, den Marion total süß fand. Sie konnte immer noch kaum glauben, dass ihr Bruder jetzt einen Freund hatte. Was für eine Neuigkeit!

»Der kommt gleich.« Martin winkte sie heran. »Komm schon. Setz dich zu mir. So wie früher.«

Marion grinste. Sie kletterte auf den rostigen Lanz und machte es sich auf dem Kindersitz bequem. Eine Weile hockten sie schweigend nebeneinander. Sie waren zu alt, um so zu tun, als würden sie mit dem Lanz über den Wolken fliegen oder durch das Meer gleiten. Doch es war schön, sich daran zu erinnern.

»Ich habe einen Studienplatz«, sagte Martin. Er hatte gerade sein Abi gemacht und wollte irgendwas mit Kunst studieren. »Heute kam die Zusage.«

»Echt? Das ist doch toll. Wo denn?«

»In Hamburg. Ich fange zum Wintersemester an.«

Natürlich freute sie sich für ihn. Doch sie spürte auch einen Stich. Alles würde sich ändern. Ein neues Leben würde beginnen. Dieser wunderschöne Sommertag, an dem sie alle zusammen auf dem Hof lebten, wäre einer der letzten. Sie könnte dieses Leben nicht festhalten.

»Total cool«, sagte sie mit leicht aufgesetzter Fröhlichkeit. »Ich würde auch gern nach Hamburg. Also, nicht für immer. Vielleicht für ein halbes Jahr oder so. Das wär bestimmt toll.«

»Du kannst mich jederzeit besuchen.«

Den großen Bruder in Hamburg besuchen. Ein seltsamer, fremder Gedanke. Irgendwie toll, aber auch beängstigend. Wie würde ihr Leben aussehen, wenn sie nur noch zu dritt auf dem Hof waren? Wohin würde es *sie* eines Tages verschlagen?

»Ich suche schon nach einer Wohnung. Leicht wird das nicht, aber irgendwas wird sich schon finden.«

»Dann heißt es bald, Abschied zu nehmen?«

»Ja, das heißt es wohl. Ich weiß nicht, ich ...« Er ließ seinen Blick über alles schweifen, die Scheune, die alten Geräte, den Hof draußen im hellen Sonnenlicht. »Es ist schon seltsam. Ich bin der älteste Sohn, der Hoferbe. Dass ich einfach so weggehe ...«

»Spinnst du? Es sind die Neunziger. Wo lebst du denn? *Der älteste Sohn.*«

»Keine Ahnung. Ich fühl mich irgendwie verantwortlich.«

»Ach, Unsinn. Keiner erwartet das von dir. Ich glaub, nicht mal Willem. Auch nicht insgeheim.«

Er dachte darüber nach. »Kannst *du* dir denn vorstellen, den Hof mal zu übernehmen? Sonst bleibt ja keiner mehr.«

Sie lächelte zweideutig. »Wer weiß. Vielleicht eines Tages.«

»Echt? Und hier auf dem Land bleiben? Ich könnte das nicht.«

Sie dachte an ihre Clique im Dorf, an ihre Freundinnen und den Schützenverein. Vor allem dachte sie an Joost. Der interessierte sich zwar nicht für sie, schon klar. Trotzdem. Solange der hier auf dem Land bleiben würde, so lange würde auch sie nicht wegziehen. Das war mal sicher. Und was den Hof anging, da würde sie sich von der Zukunft überraschen lassen.

»Was grinst du denn so?«, fragte Martin.

»Ach nichts. Ich musste nur an was denken.«

»An einen Typen, oder was?«

»Nein!« Sie stieß ihn lachend vom Sitz. Er verlor sein Gleichgewicht und landete auf dem Kotflügel. Hustend raffte er sich wieder auf, bereit, auf sie loszugehen und es ihr heimzuzahlen.

Da ertönte ein Hupen auf dem Hof. Ein roter VW Käfer stand vor dem Haus. Das musste Malte sein. Auf einmal lag etwas Zärtliches in Martins Blick.

»Ich werde abgeholt«, sagte er.

»Schade. Wann kommst du denn wieder?«

»Keine Ahnung. In zwei oder drei Tagen. Wir fahren nach Hamburg. Schauen uns nach einer Wohnung um.«

Auch wenn sie unbedingt bei ihren Freunden und bei Joost bleiben wollte, einen Moment lang beneidete sie ihren Bruder für dessen Aufbruch in neue Welten.

»Dann geh schon. Worauf wartest du noch?«

»Wegen Mama tut es mir leid.«

»Sie wusste doch schon lange, dass du irgendwann ausziehst.«

»Schon. Aber ... ach, ich weiß auch nicht.«

»Du bist nicht aus der Welt. Hamburg ist nicht weit weg. Du kannst uns jederzeit besuchen.«

»Ja, du hast recht. Es ist nicht aus der Welt.« Ein Grinsen machte sich auf seinem Gesicht breit. »Dann werde ich mal. Mach's gut, kleine Schwester.«

Er sprang vom Traktor und lief nach draußen auf den Hof. Malte, dieser süße blonde Typ, stieg aus seinem Käfer und nahm ihn in den Arm. Sie *küssten* sich. Marion starrte die beiden an, sie konnte nicht anders. Dann folgte sie ihrem Bruder verlegen nach draußen.

Sie verabschiedete sich und sah ihnen lange nach. Schließlich blieb sie allein auf dem Hof zurück, mit schmatzenden Kühen und tanzenden Mücken und der warmen Sonne im Nacken.

In zwei Jahren würde auch sie das Abi machen. Mal sehen, was dann bei ihr passieren würde. Vielleicht hatte sie Joost bis dahin so weit, ihre Existenz wahrzunehmen. Vielleicht auch nicht. Was immer kommen würde, sicher wäre es ebenfalls spannend und aufregend.

Die Katzen strichen ihr um die Füße. Eine schwarze und eine rotgescheckte. Marion streichelte sie einen Moment, dann ging sie in die Melkkammer, um ein bisschen Milch in ein Schälchen zu geben und es ihnen hinzustellen. Als sie wieder auf den Hof trat und die Katzen maunzend an ihr hochsprangen, um an die Milch zu kommen, sah sie ein Auto auf dem schmalen Weg zum Hof fahren.

Offenbar kehrten ihre Eltern zurück. Sie nahm sich vor, mit ihrem Vater zu reden. Über Martin und ihre Zukunft. Vielleicht war es jetzt leichter, wenn ihr Bruder für ein paar Tage fort war. Ihre Mutter würde ihr sicher dabei helfen, ihn umzustimmen.

Das Auto kam näher. Die Sonne wurde von der Motorhaube reflektiert, sie blinzelte gegen das Licht. Seltsam. Es war gar nicht der Kombi ihrer Eltern, sondern eine einfache Limousine. Nach einer Weile erkannte sie, dass es die Polizei war. Ein Streifenwagen fuhr vor, hielt vor der Melkkammer, und zwei Uniformierte stiegen aus. Eine kleine sportliche Frau und ein schlaksiger Mann mit Bart. Sie entdeckten Marion und traten mit gesenkten Köpfen auf sie zu.

Sie wusste sofort, dass etwas nicht stimmte. Ihr Herz klopfte heftig, sie war unfähig, sich zu bewegen. Die Katzen sprangen beharrlich maunzend an ihr hoch, den Blick auf das Milchschälchen in ihrer Hand geheftet.

Die Uniformierten nahmen verlegen die Mützen in die Hände. Die Frau blickte mitfühlend und räusperte sich.

»Sind Sie die Tochter von Willem und Anna Grote?«

»Ja, die bin ich. Ist was passiert?«

»Könnten wir vielleicht ins Haus gehen und uns hinsetzen?«

Das Schälchen in ihrer Hand begann zu zittern.

»Nein. Sagen Sie, was los ist. Es ist doch was passiert.«

»Ihre Eltern hatten vor einer halben Stunde einen Verkehrsunfall«, sagte die Frau.

Die Worte hallten in ihrem Kopf wider. Beinahe ohne Bedeutung. Die Sonne stand warm über ihren Köpfen.

»Es war sehr schlimm. Ihre Mutter ist dabei ums Leben gekommen, sie ist noch am Unfallort gestorben.«

Was? Das ergab keinen Sinn. Was wollte diese Frau ihr damit sagen? Sie und Martin planten ihre Zukunft. Sie standen beide kurz vor dem Absprung. Die Welt wartete mit offenen Armen auf sie. Sie würden jederzeit sonntags nach Hause kommen können, und ihre Mutter hätte einen Kuchen gebacken. Dann würden sie ihr von ihrem aufregenden Leben erzählen, von allem, was sich draußen zutrug in der Fremde.

»Ihrem Vater geht es gut. Er hat nur leichte Verletzungen davongetragen. Er ist im Krankenhaus in Leer. Ihre Mutter ist ebenfalls dort.«

Sie ist noch am Unfallort gestorben. Das war nicht möglich. Es musste sich um ein Missverständnis handeln. Sie verstand das alles gar nicht. Willem saß doch immer am Steuer, wenn die beiden nach Leer fuhren. War heute etwa ihre Mutter gefahren?

»Aber ... aber wo war der Unfall?«

Die beiden wechselten einen Blick. Marion wurde laut.

»Wo war der Unfall? Was ist passiert? War meine Mutter etwa am Steuer?«

»Nein, nicht Ihre Mutter. Es war Ihr Vater, der den Wagen gefahren hat. Es tut mir leid. Wir glauben, er hat an einer Stoppstraße ein Auto übersehen. Das andere Auto ist mit hoher Geschwindigkeit in die Beifahrerseite gerast. Wie gesagt, sie war sofort tot.«

Marion blinzelte. Nein. Das durfte nicht sein.

Sie kannte diese Stoppstraße. Sie fuhren da jeden Tag lag. Wie konnte man da ein Auto übersehen?

»Vielleicht gehen wir doch kurz ins Haus? Dann könnten wir in Ruhe alles erklären. Wenn Sie möchten, fahren wir Sie danach ins Krankenhaus.«

Marion machte wie in Trance einen Schritt nach vorn, stolperte über eine der Katzen und ließ das Schälchen fallen. Die beiden Tiere stürzten sich gierig auf die Milch. Sie hatten keine Augen für irgendetwas anderes und leckten einander bekämpfend die Milch vom Boden.

»Wieso ist Willem nichts passiert?«, fragte sie.

»Bitte. Lassen Sie uns doch ins Haus gehen.«

»Wieso lebt mein Vater noch?«

Die Uniformierte legte ihr behutsam die Hand auf den Arm. Doch Marion schüttelte ihn wütend ab.

»Er hat doch den Wagen gefahren«, schrie sie die Polizisten an. »Wieso ist dann ihm nichts passiert?«

KAPITEL DREIUNDZWANZIG

Die Polizeiwache befand sich im Schatten des Doms, nur ein paar hundert Meter vom Veranstaltungsort entfernt. Willem hatte sich auf eine Bank im Vorraum sinken lassen, etwas abseits des Tresens, an dem Marion und Joost darauf warteten, ihre Vermisstenanzeige aufgeben zu können. Einerseits aus Erschöpfung, andererseits, um möglichst unsichtbar zu sein. Er hatte das Gefühl, Marion und Joost wäre es am liebsten, er würde sich ganz in Luft auflösen. Er konnte sie verstehen. Trotzdem hatte nun einmal auch er furchtbare Angst um Finn. Er musste ebenfalls wissen, was passiert war.

»Dieses blöde Ferienlager«, schimpfte Joost halblaut vor sich hin. »Ich fand es von Anfang an überflüssig. Aber ich hab ja kein Mitspracherecht, was die Erziehung meines Sohns angeht.«

Marion, die am anderen Ende des Tresens stand und eigentlich bemüht war, Joost zu ignorieren, sprang dann doch darauf an. »Ach ja, du weißt alles besser. Bestimmt hast du deswegen deinen Anteil der Kosten für das Ferienlager nicht bezahlt. Oder wolltest du nur mal wieder zeigen, dass du am längeren Hebel sitzt, wenn es um das Finanzielle geht?«

»Herrgott, du bekommst ja dein Geld. Fang bloß nicht an zu heulen deswegen.« Marion hatte eine passende Antwort parat, doch er ließ sie gar nicht zu Wort kommen. »Ich hätte ihm ordentliche Nachhilfe geben lassen. Professionelle. Nicht so ein blödes Ferienlager. Das ist doch total bescheuert. Der einzige Grund, weshalb er unbedingt in dieses Lager fahren sollte, ist doch, dass er nicht bei mir sein muss, wenn du in den Ferien arbeitest.«

»Weil das ja so super klappt, wenn du dich um ihn kümmerst, oder? Wie bei der Deutscharbeit, die er versaut hat, weil du nicht mit ihm gelernt hast. Und dann soll er die ganzen Ferien bei dir sein? Wer macht denn die *professionelle* Nachhilfe, deine neue Freundin?«

»Du denkst, ich krieg es nicht hin. Aber wer war denn jetzt verantwortlich für ihn? Nicht ich, oder? Du wolltest den Hut aufhaben. Das haben wir davon, dass du Finns Ferien organisiert hast.«

Hinterm Pult tauchte eine Polizistin in den Vierzigern auf. Sie trug eine Kurzhaarfrisur, hatte breite Hüften und einen großen Busen. Ihr Gesicht wirkte steinern. Sie sah aus wie jemand, der sich nicht so schnell aus der Ruhe bringen ließ.

»So, jetzt mal Ruhe!«, wies sie die beiden an. »Wir möchten schließlich Ihren Sohn wiederfinden. Streiten können Sie sich später noch.«

Bei der Erwähnung von Finn verschwand sofort der Ärger aus Marions Gesicht und machte tiefer Sorge Platz.

»Sie sollten wissen, dass die meisten Kinder, die vermisst werden, schnell wieder auftauchen«, sagte die Polizistin. »Neunundneunzig Prozent aller Fälle erledigen sich nach wenigen Stunden. Insofern haben wir gute Karten. Gehen wir erst einmal vom Besten aus.«

Sie räusperte sich und nahm einen Kugelschreiber zur Hand. »Gehen wir in Ruhe alle Möglichkeiten durch, wo sich Finn aufhalten könnte. Kennt er in Speyer irgendjemanden, zu dem er gegangen sein könnte?«

»Nein, niemanden«, sagte Marion. »Finn ist zum ersten Mal hier. Er ist wegen des Lanz-Bulldog-Treffens am Technikmuseum hier. Mit seinem Großvater.«

»Hat er dort vielleicht schon Bekanntschaften geschlossen? Sich mit anderen Kindern angefreundet? Oder mit anderen Traktorbesitzern?«

Die Frage war an Willem gerichtet, doch Marion kam ihm zuvor. »Sie sind gerade erst angekommen. Finn hatte noch keine Zeit, jemanden kennenzulernen. Das können wir ausschließen.«

Die Polizistin sah verwirrt zu Willem, der zur Bestätigung einfach nickte. Marion und Joost taten derweil, als wäre er nicht anwesend.

»Die beiden sind heute Vormittag in Speyer angekommen, dann haben sie sich am Technikmuseum angemeldet und sich auf ihrem Stellplatz mit dem Traktor eingerichtet. Mehr ist noch nicht passiert.«

»Also gut. Können Sie beschreiben, was Finn anhatte?«

Marion fing an, seine Kleidung zu beschreiben, und die Polizistin machte sich Notizen. Es folgten weitere Standardfragen. Willem sackte auf der Bank zusammen. Er rief sich in Erinnerung, was die Polizistin zuvor gesagt hatte: Neunundneunzig Prozent der Kinder kommen zurück. Er wollte glauben, dass auch Finn zu diesen neunundneunzig Prozent gehörte. Das Wichtigste war jetzt, dass er zurückkam. So lange musste Willem bleiben. Auch wenn es Marion und Joost lieber wäre, dass er sich in Luft auflöste, daraus machten sie ja kein Geheimnis. Er musste bleiben, bis klar war, ob es Finn gutging. Danach konnte er sich verziehen und sich mit Greetje auf den langen Heimweg machen. Dabei hätte er genug Zeit zu bedauern, was er hier angerichtet hatte.

»Herr Grote?«, hörte Willem die Stimme der Polizistin. »Ich spreche mit Ihnen.«

»Entschuldigung. Was haben Sie gesagt?«

»Ich habe gefragt, ob Sie mit Ihrem Enkel allein auf dem Traktor hergefahren sind? Den ganzen Weg vom Sauerland hier runter?«

»Ja, ich... Wir waren zwei Tage unterwegs.«

»Wegen dieses Bulldog-Treffens unten am Technikmuseum.«

»Richtig. Zuerst waren wir in Mannheim, im John-Deere-Werk. Weil Greetje... also, weil unser Traktor da gefertigt wurde. Wir wollten an den Ort zurück, von wo aus sie ihre Jungfernfahrt zu uns gemacht hat, vor sechzig Jahren. Das Bulldog-Treffen war nur das Sahnehäubchen.«

Die Polizistin wandte sich an Marion und Joost. »Und was machen Sie überhaupt hier? Wollten Sie gemeinsam mit den beiden das Fest besuchen?«

Marion warf Willem einen übellaunigen Blick zu. Erklär das selber, wollte sie ihm damit sagen.

»Ich ... Finn wollte so gern dahin. Es war falsch von mir. Ich hätte nicht... Es war falsch.« Willem verstummte. Was konnte er noch sagen?

Die Polizistin schien kein Wort zu verstehen.

»Er hat Finn aus dem Ferienlager entführt«, erklärte

Joost. »Der Junge war in einem Lerncamp im Sauerland. Sein Opa hatte ausdrücklich nicht unsere Erlaubnis, mit Finn herzukommen. Weder meine noch die seiner Mutter. Ich habe zufällig erfahren, dass er nicht mehr im Ferienlager ist. Sein Großvater habe ihn abgeholt, hieß es. Er hat die Betreuer getäuscht, die ihn gar nicht hätten fahren lassen dürfen. Mir war sofort klar, dass sie in Speyer sind. Ich habe mich also gleich auf den Weg gemacht. Ich war mir nicht sicher, ob der Junge wirklich bei seinem Opa sicher ist. Ob Herr Grote überhaupt noch zurechnungsfähig ist. Finns Mutter hatte die gleichen Sorgen.«

»Ach, spar dir das Gequatsche fürs Gericht«, ging Marion dazwischen. »Du hast noch genug Zeit, so zu tun, als ob du deswegen hier wärst. So ein Schwachsinn. Als ob du Finn vor Willem retten wolltest. Du bist hier, weil dein Anwalt dich geschickt hat. Damit ihr euch Willems Verhalten für eure Zwecke zunutze machen könnt. Ist doch ein Fest für euch, das alles hier. Man müsste euch ein Schleifchen drumbinden.«

»Weil mir Finn völlig egal ist, meinst du?«, fuhr Joost sie an. »Was glaubst du eigentlich? Du denkst, du kannst mich abkassieren und mich dann aus Finns Leben raushalten, ja? Tja, so einfach läuft das nicht, tut mir leid.«

Die Polizistin schlug mit der flachen Hand auf den Tresen. Marion und Joost verstummten augenblicklich.

»Wir versuchen hier, Ihren Sohn zu finden! Haben Sie sich vor Finn auch so aufgeführt? So selbstsüchtig und unversöhnlich?«

»Ich muss ja wohl bitten!«, brauste Joost auf. »Was bilden Sie sich ein?«

»Ich stelle hier die Fragen. Sagen Sie schon: Haben Sie

sich auch so gestritten, als Sie Ihren Jungen auf dem Festplatz wiedergefunden haben?«

Sie schwiegen, was die Polizistin mit einem Nicken kommentierte. »Also war es so, dass Finn gar nicht mit Ihnen beiden gerechnet hat, und dann tauchen Sie auf und alle schreien sich an?«

Wieder Schweigen.

»Habe ich's mir gedacht. Sicher versteckt Finn sich einfach irgendwo. Das würde ich nämlich an seiner Stelle machen. Wie ich das sehe, wollte sein Opa ihm eine Freude machen, und dann sind Sie aufgetaucht und haben alles kaputtgemacht. Weil – wenn ich Sie richtig verstanden habe – Sie um das Sorgerecht streiten? Und der Junge war eigentlich in einem Lerncamp, weil – lassen Sie mich raten – seine schulischen Leistungen in letzter Zeit abgenommen haben, infolge Ihrer Trennung?«

»Das hat doch hiermit nichts zu tun«, verteidigte Joost sich schwach.

»Wenn Sie mich fragen, sind Sie alle drei in gleichem Maße für das verantwortlich, was passiert ist. Laden Sie die Schuld nicht einfach bei dem alten Mann ab. Der hat es wenigstens gut gemeint.«

Ihre Stimme hatte ausreichend Autorität, um Marion und Joost für den Moment zum Schweigen zu bringen. Doch an Joosts malmenden Kiefern konnte Willem erkennen, dass er die Sache nicht einfach schlucken würde.

»Und jetzt konzentrieren wir uns darauf, den Jungen wohlbehalten wiederzukriegen. Die Veranstalter und Besucher sind informiert. Gut möglich, dass er während der Stadtrundfahrt mit den Traktoren das Gelände verlassen hat. Dann könnte er irgendwo in Speyer sein. Zum Glück ist unsere Stadt nicht sehr groß. Die Suchmeldung ist rausgegangen, alle Streifen wissen Bescheid. Wir sind sicher, ihn bald zu finden.«

Nachdem auf der Polizeiwache alles in die Wege geleitet worden war, blieb ihnen nichts, als zu warten. Joost ging zurück zum Technikmuseum, um dort nochmals alles nach Finn abzusuchen. Marion irrte zuerst ein wenig in der Stadt umher und folgte ihm schließlich. Willem hätte sich ihr gern angeschlossen, wusste aber, dass er besser Abstand hielt.

Er trat aus der Wache hinaus, die mitten in der Speyerer Altstadt lag. Zwischen dem romanischen Dom und dem mittelalterlichen Stadttor samt Glockenturm reihten sich Barockbauten und hell getünchte Giebelhäuser aneinander. Touristen und Wochenendbesucher schlenderten umher, in den Straßencafés herrschte eine entspannte Atmosphäre. Das reinste Idyll, wäre nicht ein neunjähriger Junge spurlos verschwunden.

Willem blickte sich hilflos um. Wo konnte Finn nur sein? Enttäuscht von allen Erwachsenen, die doch für ihn da sein sollten, war er weggelaufen. Doch wohin? Was hätte Willem an seiner Stelle getan? Welches Versteck würde sich ein Junge in dem Alter suchen? Was, wenn er jemandem in die Arme gelaufen war, der es nicht gut mit Kindern meinte? Er durfte gar nicht daran denken.

Er ging suchend durch die Innenstadt, doch irgendwann ertrug er die fröhliche, gelöste Stimmung dort nicht mehr und kehrte ebenfalls zum Veranstaltungsgelände zurück.

Im Zelt an der Anmeldung hingegen herrschte eine angespannte Atmosphäre. Die Mitarbeiter waren allesamt in

Alarmbereitschaft. Finns Verschwinden hatte sich wie ein Lauffeuer rumgesprochen.

Nach einer Weile setzte die Dämmerung ein. Willem irrte ziellos auf dem Gelände umher. Er entdeckte Marion, die am Zaun neben einem Pavillon der Veranstalter stand und wartete. Sie hatte das Gesicht in den Händen vergraben, ihre Schultern bebten, sie weinte. Dabei wirkte sie furchtbar einsam. Keiner tröstete sie. Auch Willem nicht. Er wusste, er musste sie allein lassen. Sein Trost war nicht erwünscht. Natürlich nicht. Und er konnte es verstehen.

Schließlich ging er zurück zu Greetje. Einen Moment lang hoffte er, Finn auf dem Kindersitz vorzufinden. Er würde in seiner Decke eingewickelt sein und einfach ein Schläfchen machen. Doch er war nicht dort. Greetje stand völlig verwaist auf ihrem Stellplatz.

Willem strich ihr über die Motorhaube, stieg auf und setzte sich auf den Fahrersitz. Wie schön es gewesen war, mit Finn durch die Gegend zu fahren, stets begleitet von seinem Staunen und seiner guten Laune. *Wenn das Wasser im Rhein goldner Wein wär.*

Langsam wurde es dunkel. An den Fressständen und in der Besucherhalle gingen die Lichter an. Willem hätte nicht sagen können, wie lange er einfach dagesessen und vor sich hin gestarrt hatte. Doch irgendwann blickte er auf und sah Marion vor dem Lanz stehen.

Sie wirkte müde und abgekämpft, jedoch nicht wütend. Vielleicht hatte sie die Worte der Polizistin auf sich wirken lassen, die ihr vorgeworfen hatte, dass sie und Joost genauso verantwortlich waren wie Willem. Er wollte ihr sagen, dass sie sich keine Vorwürfe machen sollte.

Es war allein seine Schuld. Er hätte Finn niemals herbringen dürfen.

Doch Marion wollte offenbar nichts dergleichen hören. Sie wollte einfach nicht mehr allein sein. Mit dem Kopf deutete sie auf zwei dampfende Pappbecher, die sie in der Hand hielt.

»Kaffee, Willem?«

»Ich ... Ja, sehr gern.«

Sie reichte ihm einen Becher. Nach kurzem Zögern kletterte sie dann auf den Lanz und hockte sich auf den Kindersitz, so wie sie es als Kind getan hatte, wenn Willem mit seinem Trecker aufs Land gefahren war.

Sie sagten nichts. Willem nahm einen Schluck. Der heiße Kaffee brannte wohltuend im Rachen. Dann blickte er zu Marion, der Tränen in den Augen standen. Ganz sacht legte er ihr die Hand auf den Arm.

»Er taucht wieder auf, Marion. Ganz sicher.«

»Ja«, sagte sie und ergriff seine Hand. »Das wird er.«

KAPITEL VIERUNDZWANZIG

Siebzehn Jahre zuvor

Bis zur Beerdigung schien alles noch unwirklich. Marion fühlte sich fast wie eingefroren. Die Erkenntnis über den Tod ihrer Mutter hatte sich bei ihr noch gar nicht richtig durchgesetzt. Es war eher, als wäre sie in eine Trance gefallen. Es gab auch viel zu viel zu tun, um nachdenken zu können. Sie funktionierte wie per Fernsteuerung.

Willem blieb in dieser Zeit im Krankenhaus. Zuerst hatte es geheißen, er habe nur eine Gehirnerschütterung und ein paar Quetschungen. Doch dann hatte er einen Nervenzusammenbruch erlitten. Marion und Martin kümmerten sich daraufhin allein um alles. Die Tiere mussten versorgt werden, auf dem Hof gab es eine Menge Arbeit. Dazu musste die Beerdigung geplant werden. Da waren so viele Entscheidungen zu fällen, denen sie sich kaum gewachsen fühlten. Was für eine Trauerfeier hätte ihre Mutter gewollt? Welchen Sarg, welche Art Trauerrede? Wie groß sollte die Feier ausgerichtet werden? Alfred Janssen und ein paar andere Nachbarn halfen bei den Totenbriefen und den Vorbereitungen in der Gaststätte. Doch konnten auch sie ihnen nur bedingt sagen, mit welcher Art von Beisetzung sie Anna gerecht wurden.

Willem blieb derweil im Krankenhaus und war nicht ansprechbar.

»Wo ist denn Ihr Vater?«, fragte der Pastor bei ihrem ersten Termin, zu dem er sie eingeladen hatte. »Kommt der heute nicht?«

Martin kommentierte bitter: »Der hat sich aus der Verantwortung gezogen.«

Marion erklärte dem erstaunten Pastor, dass er kurz zuvor einen Nervenzusammenbruch erlitten habe.

»Er wird noch ein paar Tage im Krankenhaus bleiben. Wir müssen uns allein um die Trauerfeier kümmern.«

»Sicher schaffen wir das auch ohne ihn. Beten wir, dass er die Kraft finden wird, sich dem Verlust zu stellen. Es kann jedem nur das Päckchen aufgebürdet werden, das er tragen kann.«

Martin erwiderte nichts darauf, doch ihm war deutlich anzusehen, was er von diesem Geschwafel hielt. Auch Marion hatte Mühe, ihre Enttäuschung zu verbergen. Sie hätte gar nicht sagen können, was genau sie sich von dem Pastor erhofft hatte. Doch es blieb auch hier dabei: Sie waren allein mit allem.

Einen Tag vor der Beerdigung kehrte Willem nach Hause zurück. Er schenkte seinen Kindern nicht viel Beachtung, auch nicht der Tatsache, dass sie alles am Laufen gehalten hatten. Er setzte sich mit schwerem und dunklem Gemüt in die Küche und starrte vor sich hin. Ebenso wenig interessierte ihn, welche Entscheidungen für die Beerdigung getroffen worden waren. Martin hielt es nicht lange mit ihm zusammen in einem Raum aus. Er verließ die Küche und ging zurück an die Arbeit.

Marion hielt es für das Beste, erst einmal Teewasser

aufzusetzen. Ein starker Ostfriesentee war nie verkehrt in so einer Situation. Als der Kessel jedoch zu pfeifen begann und Willem keine Regung zeigte, obwohl er direkt neben dem Herd saß, wurde ihr bewusst, dass sie jetzt offenbar für den Haushalt zuständig war, als einzig verbliebene Frau auf dem Hof. Martin war im Stall, und sie kümmerte sich um den Haushalt. Plötzlich lebten sie die Geschlechterrollen der Generation ihrer Eltern. Das passierte ganz von allein, ohne ihr Zutun. Sie goss den Tee auf, gab einen Schuss Sahne und Kluntjes hinein und stellte Willem eine Tasse hin. Er trank zwar, machte sich jedoch nicht die Mühe, danke zu sagen.

Nachdem die Beerdigung vorüber war und alle drei sich wieder zu Hause einfanden, platzte die Blase, in der Marion bis dahin gelebt hatte. Der Alltag holte sie ein, und sie begriff, dass ihre Mutter wirklich fort war. Sie würde nicht wiederkommen. Sie war tot. Für immer.

Willem blieb anfangs häufig im Bett. Oder er hockte irgendwo herum und starrte. Er fragte nicht, wie es dem Hof erging und was das Vieh machte. Es war ihm egal. Martin arbeitete rund um die Uhr, und Marion kochte das Essen und machte die Wäsche. Es wurde in dieser Zeit kaum geredet. Eine seltsame kleine Gemeinschaft waren sie, die scheinbar unwiderruflich in Dunkelheit und Trostlosigkeit abgetaucht war.

Marion wünschte sich so sehr, wenigstens mit Martin reden und trauern zu können. Sie hatten ihre Mutter verloren. Da war es doch ganz normal, sich gegenseitig Halt zu geben. Doch ihr Bruder blieb distanziert und schweigsam. Sie hatten sich während ihrer Kindheit immer gut verstanden, sie und Martin. Doch nun war es ihnen unmöglich, über den Tod ihrer Mutter zu sprechen. Martin wirkte abweisend, seiner Arbeit ging er mit einem Tunnelblick nach. Jeder trauerte für sich allein. In einer Zeit, in der sie sich am dringendsten brauchten, hatten sie irgendwie entschieden, die anderen auf Abstand zu halten.

Als Marion eines Nachts ein Glas Wasser aus der Küche holte, hörte sie ihren Bruder in dessen Zimmer weinen. Er schluchzte ins Kissen, es klang so verzweifelt und ohne jegliche Hoffnung. Sie stand vor der Tür, zögerte. Doch es war unmöglich, zu klopfen. Also ging sie einfach weiter und versuchte, dabei keinen Laut von sich zu geben.

Ihre Mutter hätte gewusst, was zu tun war. Wie man diese Mauer des Schweigens durchbrach und miteinander trauerte. Marion allerdings schaffte es nicht, und so blieb dieser Mehltau an ihnen haften, der sich seit Willems Entlassung aus dem Krankenhaus auf sie gelegt hatte.

Die Wochen vergingen, und nichts änderte sich an der Situation. Eines Morgens wartete Marion, bis Martin aus dem Melkstall kam und am Frühstückstisch Platz nahm. Da setzte sie sich zu ihm und sprach ihn auf Hamburg an.

»Was ist denn mit deinem Studienplatz? Du musst dich langsam um alles kümmern, oder? Lange dauert es nicht mehr, bis das Semester losgeht.«

»Ich weiß nicht«, sagte er bitter. »Kann ich jetzt überhaupt noch studieren?«

»Natürlich. Warum denn nicht?«

»Ich kann doch hier nicht weg. Willst du etwa die Kühe melken? Alles allein machen? Ach, und überhaupt. Ich kann dich doch nicht alleine lassen, mit *ihm*.«

Als wenn du mich nicht längst allein gelassen hättest, dachte sie, behielt das jedoch für sich.

An diesem Tag ging sie zu Willem, der wie so oft in seinem muffigen Schlafanzug auf der Bettkante saß und in den Wolkenhimmel starrte.

»Das muss aufhören«, sagte sie. »Morgen früh stehst du auf und melkst die Kühe. Du kümmerst dich um deinen Hof. Hiermit ist jetzt Schluss.«

Sie hätte nicht einmal mit Bestimmtheit sagen können, ob er sie gehört hatte, doch am nächsten Morgen um kurz vor fünf tauchte Willem wie gewöhnlich in seiner Arbeitskleidung in der Küche auf. Marion war schon auf und bereitete das Frühstück vor. Als Willem eintrat, senkte er den Blick, als wolle er ihr nicht in die Augen sehen.

Sie deutete auf die Kaffeemaschine.

»Kaffee?«

»Später.«

Und das war's. Er nahm sich eine Banane, um nicht nüchtern in den Melkstall zu müssen, und verschwand wieder. Kurz darauf trottete Martin verschlafen in die Küche, ebenfalls in Arbeitshosen. Sein Blick fiel sofort durchs Fenster nach draußen.

»Im Melkstall brennt Licht? Was ist denn da los? Ist Willem etwa aufgestanden?«

»Ja, ist er. Warten wir ab, wie er sich macht. Aber du kannst wieder ins Bett gehen, wenn du willst.«

»Ach, wo ich schon auf bin, kann ich mir das auch ansehen.«

Er setzte sich an den Küchentisch. Ohne darüber nachzudenken, ging Marion zum Schrank, nahm eine Tasse heraus und goss ihm Kaffee ein. Wie der Hofherr und seine Hausfrau. Und beide hassten ihre Rollen.

»Wenn gleich der Wagen von der Molkerei abgefertigt

ist«, sagte er, »danach könnte ich doch kurz für ein oder zwei Stunden weg, oder?«

»Na klar. Was soll schon passieren.«

Er wollte zu Malte. Wann immer er für ein Stündchen verschwinden konnte, tat er das. Er floh von hier, um sich bei seinem Freund Trost zu holen. Danach wirkten seine Züge jedes Mal weicher, alles schien ihm leichter zu fallen. Malte konnte ihm offenbar das geben, was er hier nicht fand. Nähe, Trost, Geborgenheit. Marion blieb allein zurück. Auch sie sehnte sich danach, doch für sie war niemand da, am wenigsten Martin.

»Ich bin auch nicht lange weg, versprochen. Höchstens zwei Stunden.«

»Bleib, so lange du willst. Willem muss sowieso langsam den Hof wieder übernehmen. Es wird ihm sicher guttun, zu arbeiten.«

»Marion ... denkst du wirklich, ich kann nach Hamburg gehen? Zum Studieren?«

Er blickte sie an, in seinen Augen lag beinahe etwas Flehendes. Natürlich wollte er weg von hier, das konnte sie ihm nicht verdenken. Wenn es für sie irgendwo auf der Welt einen anderen Platz gegeben hätte, vielleicht hätte sie sich genauso gesehnt.

»Natürlich. Das musst du sogar. Was willst du denn noch hier? Mach dein Studium, wenn du mich fragst.«

»Aber was ist mit dir?«

»Was soll mit mir sein?«

»Na ja, so ganz allein mit Willem ...«

»Er ist mein Vater. Das wird schon. Außerdem mach ich in zwei Jahren auch mein Abi. Und danach sehen wir weiter.«

»Ich komm dich auch besuchen. So oft es geht.«

Marion lächelte. Er hatte längst allem den Rücken gekehrt, seiner Familie, ihrem gemeinsamen Leben, ihr. Er wartete nur noch darauf, endlich verschwinden zu können. Zu Malte, wo er alles fand, was er hier nicht bekam.

»Ist schon okay. Ich komm klar.«

Ein paar Tage später, Marion war gerade damit beschäftigt, im Kuhstall die Futtertenne zu fegen, fuhr plötzlich ein roter VW Käfer auf den Hof. Es war Malte. Er tauchte zum ersten Mal bei ihnen auf, während Willem zu Hause war. Das hatte bestimmt einen Grund. Marion stellte den Besen ab und eilte nach draußen. Sie konnte sich nicht vorstellen, dass sein Auftauchen mit Martin abgesprochen war. Der versuchte doch immer, diese beiden Welten möglichst getrennt zu halten.

Malte stieg aus dem Wagen, hielt mit erwartungsfrohem Gesicht auf dem Hof Ausschau. Martin tauchte im Scheunentor auf, entdeckte seinen Freund, und sofort schoss ihm das Blut ins Gesicht. Falls er Malte allerdings schnell wegschicken wollte, war er zu spät dran. Denn Willem stand plötzlich ebenfalls auf dem Hof und sah ihrem Besucher mit Stirnrunzeln entgegen.

»Moin«, sagte er. »Haben Sie sich verfahren?«

»Nein, ganz sicher nicht.«

Maltes Grinsen verwirrte Willem vollends.

»Muss ich Sie kennen? Wer sind Sie?«

»Ich bin der Freund Ihres Sohnes.«

So wie er *der Freund* betonte, war sofort klar, welche Art Freundschaft damit gemeint war. Willem brauchte einen Moment, um das zu verdauen. Martin blieb derweil schreckensstarr im Scheunentor stehen.

»Was wollen Sie hier?«, wurde Willem laut.

»Ich möchte Martin besuchen. Und bei der Gelegenheit, dachte ich, könnte ich Ihnen mal guten Tag sagen.«

»Darum hat Sie keiner gebeten. Das ist mein Hof. Ich habe Sie nicht eingeladen.«

Das löste Martin aus seiner Starre. Er lief auf die beiden zu.

»Ich wollte doch nur ...«, begann Malte.

Willem achtete gar nicht auf ihn. Er schnappte sich Martin, der bekam nun seinen Ärger ab.

»Nur weil deine Mutter fort ist, meinst du, kannst du alles machen?«

»Was hat das denn damit zu tun? Du bist doch ...«

»Sei still. Halt ja deinen Mund. Hast du denn überhaupt kein Schamgefühl? So das Andenken an deine Mutter zu beschmutzen?«

Martin war viel zu schockiert, um darauf zu antworten. Er starrte Willem mit offenem Mund an. Der wandte sich an Malte.

»Verschwinden Sie von hier. Wird's bald. Verschwinden Sie, und kommen Sie nie wieder.«

Malte hatte keine Angst vor Willem, er stand ruhig und aufrecht da und suchte Martins Blick. Es wurde totenstill. Dann nickte Martin unmerklich, drehte sich weg und verschwand wieder in der Scheune. Malte würdigte Willem keines Blickes, setzte sich ins Auto und fuhr davon.

Nach diesem Zwischenfall war die Stimmung zwischen Martin und Willem auf dem Tiefpunkt angekommen. Die beiden sprachen kaum noch miteinander. Während des Essens wurde nur das Nötigste geredet. Sie hockten einfach da und schaufelten die Nahrung in sich hinein.

Marion hatte zunehmend das Gefühl, alles um sie herum würde erstarren. Als würde ihr die Luft zum Atmen genommen. Es war kaum noch auszuhalten.

Sie war beinahe erleichtert, als Martin die Koffer packte. Er hatte eine kleine Wohnung in Hamburg, deren Miete er für ein paar Monate mit seinem Ersparten bezahlen konnte. Danach wollte er sich einen Job suchen, irgendwas, das sich neben dem Studium machen ließ. Sein neues Leben würde beginnen. Es war so weit.

»Wenn was ist, sag Bescheid, Marion. Dann komme ich.«

»Schon in Ordnung. Das wird sicher nicht nötig sein.«

Martin wirkte unsicher. Er schien etwas sagen zu wollen, fand jedoch nicht die rechten Worte. Die Barrieren, die er um sich herum aufgebaut hatte, waren plötzlich ganz dünn und durchlässig.

»Es ist alles in Ordnung, wirklich«, wiederholte Marion, und dann nahm sie ihn in den Arm. Es war das erste Mal seit dem Tod ihrer Mutter, dass sie sich umarmten. Marion war so ausgehungert nach ein bisschen Zuwendung, sie hätte ihn am liebsten nie wieder losgelassen.

Als er später von Malte abgeholt wurde, hockte Willem wortlos in der Küche. Martin verabschiedete sich von ihm, doch Willem hatte nicht mehr als ein Nicken übrig. Das war es also. Martin war ausgezogen.

Danach wurde es besser. Normalität stellte sich ein. Marion war tagsüber in der Schule und bereitete sich aufs Abitur vor. Willem ging seiner Arbeit nach, und nachdem Emmi Terhöven ihm Nachhilfe im Kochen gegeben hatte, musste Marion nicht mehr jeden Tag für ihn vorkochen. Er lernte schnell, sich zu versorgen, was es ihr erleichterte, über die eigene Zukunft nachzudenken. Sie wollte nach dem Abi eine Ausbildung in einer Umweltbank machen. Vielleicht könnte sie es irgendwie drehen, dass es vernünftig klang, dafür mit Freundinnen in eine WG zu ziehen. Dann könnte auch sie nach dem Abi ausziehen.

Eines Abends, als Willem am Küchentisch unter der Lampe saß und das *Landwirtschaftliche Wochenblatt* las, erzählte sie ihm von dieser Idee.

»Geh ruhig«, war sein einziger Kommentar. »Vielleicht ist es gut so.«

Diese Gleichgültigkeit verletzte Marion. Am liebsten wäre sie aus der Küche gerannt. Doch stattdessen stand sie wie angewurzelt da und musterte Willem unverwandt.

Vielleicht wäre jetzt die Möglichkeit, sagte sie sich, die Frage zu stellen, die sie seit dem Unfall nicht losließ. Diese eine Sache, die sie einfach wissen musste, weil es sie wahnsinnig machte, weil sie einfach kein Bild dazu bekam. Bisher hatte sie ihn nicht gefragt, weil sie ihn schonen wollte. Doch Willem nahm ja auch keine Rücksicht auf sie, also musste sie keine auf ihn nehmen.

»Da ist was, das ich wissen möchte«, begann sie.

Willem sah nicht einmal auf.

»Ich denke die ganze Zeit darüber nach. Wieso hast du es nicht gesehen?«

Offenbar war sofort klar, was sie meinte, denn er zuckte leicht zusammen.

»Das andere Auto an der Kreuzung. Das war doch unmöglich, das zu übersehen.«

»Ich will nicht darüber reden.«

Natürlich. Es ging nur um ihn. Wie die ganzen letzten Monate schon. Sie spürte Wut in sich aufflammen.

»Aber ich, Willem. *Ich* will darüber reden.«

Sie konnte nicht mehr an sich halten.

»Schließlich ist deswegen Mama tot. Meine Mutter lebt nicht mehr, verstehst du? Und zwar, weil du auf diese Kreuzung gefahren bist. Ich will das einfach wissen, ich muss das wissen. Und ich habe das Recht dazu.«

Er starrte auf das *Wochenblatt* und rührte sich nicht.

Marion wusste, dass sie ungerecht war. Natürlich hatte Willem nicht mit Absicht so gehandelt. Doch sie konnte nicht anders. Die Trauer, die Wut, ihr ganzes Unglück, das sich über Monate aufgestaut hatte, brachen aus ihr hervor, und sie schrie, so laut sie konnte.

»Wieso, Willem? Wieso hast du das andere Auto nicht gesehen?«

KAPITEL FÜNFUNDZWANZIG

Am anderen Ende des Geländes, hinter den aufgereihten Lanz-Maschinen an einem Würstchenstand, sammelte sich eine Menschentraube. Stimmengewirr wehte herüber, Unruhe entstand. Irgendwas war passiert, das war sofort klar.

»Finn!«, stieß Marion aus.

Das war auch Willems erster Gedanke gewesen, als er die Menschenansammlung bemerkte.

»Vielleicht ist er aufgetaucht«, meinte er. »Schnell, wir sehen nach.«

Marion war mit einem Satz auf dem Asphalt. Für Willem war es um einiges mühsamer, vom Lanz zu klettern. Seine Knochen schmerzten, und die Glieder waren steif.

»Lauf schon mal vor«, sagte er seiner ungeduldig wartenden Tochter. »Ich komme nach.«

Das ließ sich Marion nicht zweimal sagen. Sie hastete an den Lanz-Traktoren vorbei zum Würstchenstand. Willem stieß ein Stoßgebet zum Himmel. Finn war schon seit sieben Stunden verschwunden. Er wusste nur zu genau, je länger ein Kind fort war, umso schlechter standen die Chancen, es wiederzufinden. Die Zeit drängte, langsam musste etwas passieren.

Am Würstchenstand war gerade Feierabend gemacht worden. Die Rollläden waren zur Hälfte heruntergelassen, Putzmittel standen auf dem Tresen herum, und das Licht an der Werbetafel war bereits abgeschaltet. Die Menschen, die sich versammelt hatten, unter ihnen auch der bärtige Veranstalter, redeten aufgeregt durcheinander. Marion hatte sich ins Gespräch gemischt. An ihrem Gesicht konnte Willem sofort erkennen: Es gab gute Neuigkeiten.

»Sie haben Finn gesehen«, rief sie ihm entgegen. »Hier am Wurststand. Vor ein paar Minuten.«

Es war, als fiele ein tonnenschwerer Stein von seinem Herzen. Willem hatte kaum mehr daran geglaubt, dass Finn hier auftauchen würde. Er hatte gedacht, der Junge wäre irgendwo in Speyer verlorengegangen. Diese Traktorenfahrer bildeten eine verschworene Gemeinschaft, und nachdem sich rumgesprochen hatte, dass ein Kind vermisst wurde, hatten alle ihre Traktoren und Anhänger durchsucht. Jedes mögliche Versteck war in Augenschein genommen worden. Auch in Zelten und Wohnwagen war gesucht worden. Nur war Finn nirgendwo aufgetaucht.

»Seid ihr sicher, dass es Finn war?«, fragte Willem.

Ein Mann mit Schürze und roten Wangen, offenbar der Verkäufer vom Wurststand, trat hervor.

»Ich habe ihn gesehen, ganz sicher. Ich habe mir noch eine Portion Pommes gemacht, bevor ich die Fritteuse ausgestellt habe. Mein Abendessen sozusagen. Die hab ich da am Rand des Tresens hingestellt. Ich wollte nur schnell das Fett aus der Fritteuse ablassen, und als ich mich wieder umgedreht habe, da waren die Pommes weg.«

Finn hatte also Hunger. Kein Wunder, nach sieben

Stunden des Abgetauchtseins. Willem ließ den Blick schweifen. Wo hatten sie noch nicht gesucht? Wo zum Teufel konnte er sich nur verstecken?

»Ich habe ihn weglaufen sehen«, fuhr der Verkäufer fort. »Ein kleiner blonder Junge mit Jeans und grüner Jacke. Die Beschreibung passt genau.«

»Er ist hier, Willem«, sagte Marion, den Tränen nahe. »Wir haben ihn nicht verloren.«

»Die Eingänge sind verschlossen«, fügte der Veranstalter hinzu. »Wenn er auf dem Gelände ist, kann er nicht weg. Dann finden wir ihn früher oder später.«

»Spätestens, wenn er wieder Hunger kriegt«, meinte der Mann vom Wurststand. »Dann schnappen wir ihn uns.«

Eine Weile suchten sie erneut die Umgebung ab, doch Finn war wieder in seinem Versteck verschwunden. Marion und Willem kehrten schließlich zum Lanz zurück. Ihnen blieb nichts, als zu warten. Finn würde sich schon wieder zeigen.

Die Müdigkeit zehrte an ihnen, doch die gute Neuigkeit gab ihnen Kraft. Jemand brachte Kaffee, und sie hockten sich wieder auf den Lanz.

»Lange dauert es nicht mehr«, machte Willem ihr Mut.

»Nein«, sagte Marion. »Bald haben wir ihn wieder.«

Sie nippte an dem heißen Kaffee. »Weißt du … Die Polizistin vorhin hatte recht. Er versteckt sich vor uns. Vor uns allen, auch vor mir und Joost. Vor unseren Streitereien. Wir sind alle schuld daran, dass er weg ist. Nicht nur du.«

»Sag das nicht. Ich allein hab ihn hergebracht. Das hätte ich nicht tun dürfen. Nur ich bin schuld. Es tut mir aufrichtig leid.«

Marion legte sich Finns Decke über die Knie. Es wurde langsam kühl hier draußen. Sie betrachtete Willem nachdenklich.

»Wieso musste es unbedingt dieser Sommer sein?«

Er antwortete nicht, was Marion ärgerte.

»Ich mache die Sache mit der Nachhilfe doch nicht ohne Grund, Willem. Ich wollte euch nicht den Spaß verderben. Es ging in diesen Sommerferien halt nicht. Warum musste das unbedingt trotzdem passieren? Hätte es nicht noch ein oder zwei Jahre warten können?«

Willem schwieg. Es wäre der falsche Zeitpunkt, ihr von seiner Erkrankung zu erzählen. Sie mussten sich zuerst darauf konzentrieren, Finn zu finden. Marion brauchte in dieser Situation nicht noch zusätzliche Sorgen.

Doch sie merkte natürlich, dass etwas nicht stimmte.

»Willem! Warum sagst du nichts? Wieso jetzt?«

»Weil ich noch fit genug bin für so eine Reise. Ich werde alt, weißt du.«

Sie fixierte ihn skeptisch. Er wich ihrem Blick aus.

»Ich war gestern bei dir auf dem Hof. Du hast alles aufgegeben. Die Kühe sind weg. Ich verstehe das nicht. Du gehst doch nicht einfach von heute auf morgen in Rente, ohne irgendwem davon zu erzählen. Sowieso – Rente? Das passt gar nicht zu dir.«

Willem hatte es so satt zu lügen. Er wollte nicht irgendwelche Geschichten erzählen. Doch konnte er ihr genauso wenig die Wahrheit sagen. Nicht jetzt. Nicht solange Finn verschwunden war.

»Es sind gesundheitliche Gründe, oder? Deshalb hast du die Tiere weggegeben. Das ist die einzige Erklärung. Bist du krank, Willem?«

Was sollte er nur sagen? Wo er sich vorgenommen hatte, nicht mehr zu lügen.

»Ist es schlimm? Sag schon, Willem.«

»Nun ja. Sagen wir, ich weiß nicht sicher, ob ich im nächsten Sommer noch so eine Reise werde machen können.« Keine Lügen, ermahnte er sich und fügte hinzu: »Es ist eher unwahrscheinlich.«

»Was hast du denn? Warst du beim Arzt?«

»Marion, lass uns erst Finn wiederfinden. Wir sprechen später darüber.«

Sie fiel in Schweigen. Willem glaubte, das Thema wäre damit beendet, doch dann fragte sie: »Warum hast du denn nichts gesagt? Damit rückt doch alles in ein anderes Licht. Du hättest sagen können, dass du diese Reise in diesem Sommer machen musst. Dass dir nichts anderes übrigbleibt.«

Die Frage war berechtigt. Willem wünschte, er hätte eine befriedigende Antwort darauf.

»Das alte Lied, oder?«, seufzte sie. »Warum reden wir nicht miteinander?«

»Es tut mir leid. Ich hätte was sagen sollen. Ich ... ich wollte einfach etwas richtig machen. Nach allem, was ich falsch gemacht habe, wollte ich dies richtig machen. Für Finn.«

Bitter dachte er, dass ihm das ja großartig gelungen war. Finn war noch verstörter als zuvor, und die Familie war vor seinen Augen im Streit auseinandergefallen. So hatte Finn sich seinen Traum vom Traktorentreffen sicher nicht ausgemalt. Es war alles verdorben.

»Was meinst du denn damit?«, fragte Marion. »Was hast du denn falsch gemacht? Vielleicht hättest du dich früher schon mehr für Finn interessieren können. Aber im letzten Jahr hast du alles richtig gemacht. Vergiss, was ich neulich gesagt habe. Wegen der Hortbetreuung und allem. Ich war einfach sauer. Du machst das ganz toll mit Finn, Willem. Der Junge liebt dich.«

»Ich meine ja auch gar nicht Finn. Ich meine ... du weißt schon, alles.«

Es half nichts. Er musste es sagen. Es laut aussprechen. Sein ganzes Leben quälte ihn diese Sprachlosigkeit. Seine Schuld. Er musste das Schweigen brechen und endlich seine Beichte ablegen.

Er hätte sich hierfür einen anderen Ort und einen anderen Zeitpunkt gewünscht. Doch nun waren sie schon mittendrin. Er durfte nicht länger schweigen. Marion hatte verdient, dass er sich überwand und redete.

»Weißt du denn nicht, wovon ich rede? Es fängt damit an, dass ich den Tod deiner Mutter zu verantworten habe. Ich bin schuld, dass sie nicht mehr lebt. Sie könnte noch bei uns sein, wenn ich nicht gewesen wäre.«

»Nein, Papa...«

Siebzehn Jahre war es her. Und doch schien seitdem kein Tag vergangen. Tief in ihm brach etwas auf. Er kämpfte mit seinen Gefühlen. Seine Augen brannten.

»Ich habe das Auto nicht gesehen. Ich habe es einfach nicht gesehen. Ich hatte die Sonne im Rücken. Ich weiß nicht ... vielleicht hat sie mich im Rückspiegel geblendet... oder auch nicht, ich weiß es nicht. Am Stoppschild habe ich kurz gehalten und nach links und nach rechts geblickt. Ich habe noch gedacht, dass wir ja dringend Regen brauchen. Sonst können wir die Gerste in diesem Jahr vergessen. Das war mir durch den Kopf gegangen. Habe ich deshalb das Auto nicht wahrgenommen? Ich war mir so sicher, dass von dort niemand käme. Ich habe es ... einfach nicht gesehen. Und ich fuhr los, und dann war da dieser Moment, wo ich den Wagen auf uns habe zukommen sehen, und ich wusste, dass er uns treffen wird ... dass er *sie* treffen wird ... meine Anna. Wieso fährt er nicht in meine Seite? Wie konnte mir das passieren?«

»Es ist nicht deine Schuld. Papa, bitte.«

»Doch, Marion. Es ist meine Schuld.« Seine Stimme brach. Nichts war verheilt. Es war alles noch da. Alles tat noch genauso weh. »Du hast es selbst gesagt. Erinnerst du dich? Keiner konnte verstehen, warum ich das Auto nicht gesehen habe. Du hattest recht. Es ist die Wahrheit. Ich bin schuld.«

»Das habe ich doch nicht so gemeint. Ich war einfach so traurig. Wir haben alle Dinge gesagt und getan, auf die wir nicht stolz sind. Hast du das denn so ernst genommen? Ich war einfach durcheinander, Willem.«

»Nein. Du hattest recht. Denn ich habe euch die Mutter genommen. Ich habe nicht aufgepasst, und dann war es zu spät. Ich bin für ihren Tod verantwortlich. Niemand sonst.«

»Papa, bitte ... hör doch auf damit.«

Aber Willem konnte nicht aufhören. So viele Jahre hatte er geschwiegen. Es war gut, es endlich laut auszusprechen, was ihn so lange schon belastete. Diese Wahrheit, die tief in ihm zu einem schweren Stein geworden war.

»Es muss gesagt werden, Marion. Alle sollen es wissen. Ich will mich nicht mehr dahinter verstecken. Zuerst habe ich euch die Mutter genommen.« Er nahm ihre Hände in die seinen. »Und danach habe ich euch auch noch den Vater genommen. Ihr hättet mich gebraucht, aber ich war zu sehr mit mir selbst beschäftigt. Mit meiner Schuld, mit allem. Es tut mir sehr leid.«

»Du bist doch nicht schuld«, wiederholte sie schwach.

»Ich hätte für euch da sein sollen, für dich und Martin. Das wäre damals meine Aufgabe gewesen. Doch ich konnte nicht. Ich habe mich selbst gehasst, mich und alles Lebendige. Ich konnte einfach nicht.«

Marion umarmte ihn. Eine Geste, die es seit vielen Jahren zwischen ihnen nicht gegeben hatte. Willem spürte ihren warmen Körper. Am liebsten hätte er einfach schweigend ihre Nähe gespürt. Doch er war noch nicht fertig. Nun musste alles gesagt werden.

»Zuerst habe ich Martin vom Hof gejagt. Mit voller Absicht. Ihn habe ich wohl für immer verloren. Dann habe ich versucht, auch dich zu vergraulen. Du hast mich trotzdem nicht alleingelassen. Das liegt an deinem Verantwortungsgefühl. So warst du immer. Ich wollte, dass alle gehen. Dass alle mich hassen.«

Der Stein in seinem Innern wog plötzlich nicht mehr so schwer. Beinahe war es, als würde er sich langsam auflösen können.

»Ich habe erst durch Finn gemerkt, wie sehr sich alles verändert hat. Es war plötzlich wieder Leben auf dem Hof, weißt du. Er hat mich sofort ins Herz geschlossen, obwohl ich ihm keinen Anlass gegeben habe. Da ist mir klargeworden, was Familie ist. Wie es früher bei uns war. Finn war so unglücklich wegen eurer Trennung. Deshalb habe ich ihm das Versprechen gegeben, mit dem Lanz hierherzufahren. Ich dachte, diese eine Sache muss ich richtig machen. Ich musste mein Versprechen halten, bevor es zu spät wäre. Ich hätte dir das alles vorher sagen sollen.«

Marion legte den Kopf an seine Schulter.

»Weißt du, als Mama gestorben ist ... ich glaube, wir alle haben unseren Anteil daran, dass es danach schiefgegangen ist. Das warst nicht nur du. Martin wollte sowieso weg und alles hinter sich lassen. Du hast es ihm letztlich nur leichter gemacht. Und ich ... ich habe einfach nicht verstanden, was in dir vorging. Es hat mich auch nicht interessiert. Ich musste irgendwohin mit meiner Trauer. Darum habe ich dich verantwortlich gemacht für den Unfall. Ich *wollte*, dass jemand verantwortlich ist. Weil ich so hilflos war. Siehst du, wie lange uns das getrennt hat? Nur, weil wir nicht miteinander geredet haben. Ich wünschte, ich hätte Finn einfach mit dir fahren lassen.«

Es tat so gut, ihre Nähe zu spüren. Über siebzehn Jahre waren vergangen, seit sie sich das letzte Mal so nahe waren. Eine Weile hockten sie einfach beieinander und hielten sich im Arm. Der Mond erschien über den Bäumen und warf silbriges Licht auf das Festgelände, das sich mit dem warmen Funzeln der wenigen Laternen mischte.

Ein Räuspern ließ sie aufhorchen. Joost war neben dem Lanz aufgetaucht. Er hatte sich ein Hotel in Speyer genommen, dennoch war er wie sie auf dem Gelände geblieben, solange Finn nicht gefunden war.

Marion rückte ein Stück von Willem ab, als wären sie bei etwas erwischt worden. Sie richtete sich auf und schien sich innerlich zu wappnen.

»Finn ist am Würstchenstand gesehen worden«, klärte sie ihren Exmann auf.

»Ich weiß«, sagte Joost. »Ich habe auch schon mit den Leuten da gesprochen. Er ist irgendwo auf dem Gelände, wie's aussieht. Er muss sich hier versteckt haben.«

»Ja. Wenn wir warten, taucht er früher oder später auf.«

Seltsamerweise hörte Willem weder bei Marion noch bei Joost etwas von dem aggressiven Unterton, der sonst bei ihnen in letzter Zeit immer mitschwang. Sie sprachen ruhig und vernünftig miteinander, wenn auch ein wenig distanziert. Es klang jedoch nicht so, als würde gleich ein Streit ausbrechen.

Joost schob sich verlegen die Hände in die Hosentaschen. Offenbar wollte er etwas loswerden. Hatte er ebenfalls über die Worte der Polizistin nachgedacht? Fühlte er sich nun doch mitverantwortlich für das, was geschehen war?

»Hör zu, Marion. Ich möchte dir nur kurz eine Sache sagen, dann bin ich auch wieder weg. Ich verzichte. Ich halte das nicht länger aus. Ich liebe Finn. Er ist mein kleiner Junge, dem ich das Fußballspielen beigebracht habe. Der mit mir ins Stadion geht und meine Mannschaft anfeuert. Der es sogar schafft, mich für alte Traktoren zu interessieren, nur weil er so begeistert davon ist.«

Marion hockte unbewegt da. Offenbar wusste sie nicht, was sie sagen sollte. Oder wohin diese Ansprache führen würde.

»Ich habe mich gefragt, was passiert hier eigentlich? Was tun wir hier überhaupt? Mit unserem Kampf zerstören wir doch alles. Finn versteckt sich vor uns, weil er uns nicht ertragen kann. Er hat sich irgendwo verkrochen, hat Hunger und friert sicherlich, nur weil wir uns streiten. Ich kann das nicht mehr. Das wollte ich dir nur sagen: Ich werde nicht gegen dich klagen. Ich möchte nicht mehr, dass wir uns streiten. Du kannst entscheiden, wie Finns Betreuung geregelt wird. Ich überlasse dir das Feld. Ich bin nicht böse auf dich. Ich will nur, dass es vorbei ist.«

Marion hielt die Luft an. Es war keinerlei Vorwurf in Joosts Stimme gewesen. Nur Erschöpfung und Traurigkeit. Sie schien verlegen. Bevor sie etwas sagen konnte, befreite sich Willem sanft aus ihren Händen. Er war hier überflüssig. Das sollten die beiden mal unter sich ausmachen.

»Ich muss kurz austreten, entschuldigt mich.«

Marion wollte seine Hand nicht loslassen. Er spürte, dass es ihm ähnlich erging. Sie hatten sich gerade wiedergefunden, nach so vielen Jahren. Da wollten sie aneinander festhalten.

»Ich bin gleich wieder da«, sagte er.

Dies war eine Unterredung, bei der er nichts zu suchen hatte. Er löste sich von seiner Tochter und kletterte vom Lanz. Joost räusperte sich verlegen und machte ihm Platz.

Willem schlurfte davon. Spazierte im Mondlicht zwischen den alten Landmaschinen umher. Die Stimmen der beiden wurden leiser. Er konnte nichts verstehen, jedoch sprachen sie ruhig und besonnen miteinander. Es lag kein Streit mehr in der Luft.

Am Ende der Traktorenreihe lag die Halle, in der Infostände und Biertische und -bänke aufgebaut waren. Im nächtlichen Zwielicht war alles aufgeräumt und verwaist. Auf einem Tisch eine Modelllandschaft mit kleinen Nachbauten von Bauernhöfen und ferngesteuerten Traktoren. Hier konnten sich tagsüber Kinder beschäftigen, während ihre Eltern bei Kaffee und Kuchen zusammensaßen.

Im Dunkeln erinnerte die verwaiste Modelllandschaft an einen Weihnachtsabend vor vielen Jahren, als Marion und Martin eine Carrera-Bahn geschenkt bekommen hatten. Den ganzen Abend hatten sie sich Autorennen geliefert, bis sie irgendwann erschöpft und halb schlafend von Anna ins Bett gebracht worden waren. Danach hatte es unterm Weihnachtsbaum ganz ähnlich ausgesehen wie hier in der nächtlichen Halle.

Er lächelte. Die Erinnerung tat gar nicht mehr weh. Im Gegenteil. Sie rührte ihn. Vielleicht würde er Marion später davon erzählen.

Er stutzte. Auf dem Boden vor dem Modelltisch war ein heller Fleck. Es war Mayonnaise. Er betrachtete ihn näher. Kein Zweifel. Ein Klecks frischer Mayonnaise, eben erst vom Teller gefallen.

Ihm war sofort klar, was das zu bedeuten hatte. Finn hatte die Pommes vom Würstchenstand hierhergebracht. Der Tisch mit der Modelllandschaft war mit Sperrholzplatten verkleidet. Es war ganz leicht, da hineinzukriechen. Keiner war darauf gekommen, unter diesem Tisch nachzusehen. Das war also das Versteck.

Willem wollte schon auf alle viere gehen, um Finn zu sagen, dass sie sich vertragen hatten und er wieder rauskommen konnte. Doch dann hielt er inne. Er überlegte es sich anders und schlich aus der Halle heraus.

Finn war verschwunden, weil sie lautstark miteinander gestritten hatten. Wenn er wiedergefunden werden würde, sollten sie alle beisammen sein, und zwar friedlich vereint. Er wollte, dass sie zusammen zu Finns Versteck gingen. Er sollte sehen, dass sie nicht mehr böse aufeinander waren.

Joost stand immer noch im leichten Sicherheitsabstand vor Greetje, während Marion oben auf dem Kindersitz hockte und mit ihm redete. Sie blickten Willem überrascht entgegen, als der freudig auf sie zuhumpelte.

»Joost, Marion!«, flüsterte er. »Kommt her. Schnell.«

»Was ist denn? Ist alles in Ordnung?«

»Alles bestens. Kommt mit. Ich weiß, wo Finn sich versteckt.«

KAPITEL SECHSUNDZWANZIG

Neun Jahre zuvor

Als die Schwester das Zimmer verlassen hatte, war Marion plötzlich allein mit ihrem Baby. Zum ersten Mal war sonst keiner da. Die Sonne fiel durchs Fenster herein, es war still und friedlich, und Finn schmatzte und nuckelte zufrieden in ihrem Arm.

Mutter und Kind. Darauf ging alles zurück. Es war eine unglaubliche Erfahrung für sie. Finn war so klein und verletzlich, so absolut hilflos und doch voller Vertrauen. Mit seinen kleinen Fingerchen griff er nach ihrem Daumen, schmiegte sich an sie, versank sorgenfrei in ihrer Umarmung. Noch nie hatte sie so eine grenzenlose Liebe empfunden. Sie war so glücklich, so sehr im Augenblick gefangen. Sie wollte nur mit ihrem Sohn zusammen sein, alles andere rückte in den Hintergrund.

Ein seltsamer Gedanke ging ihr durch den Kopf. Ob Willem auch so ein Gefühl gehabt hatte, als er sie das erste Mal im Arm gehalten hatte? Hatten er und Anna genauso empfunden? Wie hatte es dann passieren können, dass ein so starkes Band gelöst wurde? Wie konnte ein Moment, der doch für die Ewigkeit Geltung hatte, später einfach verlorengehen?

Sie dachte an ihre eigene Zukunft, an ihre kleine Familie, die sie und Joost nun hatten. Wäre es je möglich, dass ihr etwas Ähnliches passierte? Würde sie vergessen, was das Wichtigste auf der Welt war? Musste man nicht alles dafür tun, dass dieses Band bestehen blieb? Dass dieser Moment für immer Bestand hatte?

Sie strich Finn übers Köpfchen und küsste seine Finger. Seltsame Gedanken waren das, die sie in diesem Moment überfielen. Vielleicht hätte sie ihnen noch länger nachgehangen, doch in diesem Moment flog die Tür auf. Joost stürmte ins Zimmer, gefolgt von seinen Eltern. Joost, mit breitem, stolzem Grinsen im Gesicht. Wer hätte das vor zehn Jahren gedacht, zu der Zeit, als er sie kaum wahrgenommen hatte, dass sie mal ein Kind zusammen haben würden? Marion hatte um ihn gekämpft, und irgendwann hatte er ihre Liebe erwidert. So konnte das Leben spielen. Nun waren sie hier und teilten diesen großen glücklichen Moment.

Plötzlich war das Krankenzimmer voller Leben. Die Ruhe und der Frieden waren vorbei. Marion wandte sich den anderen zu, jeder wollte Finn halten, sich nach ihr erkundigen und über die Geburt sprechen. Sie vergaß, worüber sie nachgedacht hatte, und auch später, als sie wieder allein war und Finn versonnen im Arm hielt, kehrten die Gedanken an Willem nicht wieder zurück.

KAPITEL SIEBENUNDZWANZIG

Drei Bulldogs standen nebeneinander in der Morgensonne aufgereiht, bereit, den Wettbewerb zu bestreiten, wer seinen Traktor am schnellsten startete. Ein paar Meter davor gab es eine Ziellinie, mit Sicherheitsabstand drängte sich dahinter eine Traube von Menschen, die neugierig und gutgelaunt das Geschehen beobachteten. Der Startschuss fiel. Es kam augenblicklich Bewegung ins Spiel. Drei Männer zündeten das Öl in ihren Lötlampen an, liefen zu ihrem jeweiligen Bulldog und begannen hektisch mit den flammenschlagenden Heizlampen, den Zylinderkopf zum Glühen zu bringen.

»Was glaubst du, wer gewinnt, Finn?«, fragte Willem.

»Der Kühler-Bulldog. Der in der Mitte.«

»Das alte Schätzchen? Nie im Leben. Ich denke, es ist der Fünfundfünfzig-PS-Bulldog, ganz rechts, der aus dem Baujahr achtunddreißig.«

»Niemals, Opa. Vergiss es.«

»Wollen wir wetten?«

»Fünf Euro.«

Marion, die hinter ihrem Sohn stand, warf Willem einen strengen Blick zu.

»Finn, ich denke nicht, dass du dein Taschengeld für

Wetten verschwenden solltest. Damit fangen wir gar nicht erst an.«

Finn sagte nichts, doch als Willem ihm heimlich zuzwinkerte, grinste er übers ganze Gesicht. Die Wette stand, es blieb dabei: fünf Euro.

Joost betrachtete nachdenklich die Anstrengungen der drei Männer.

»Wenn der Zylinderkopf angeheizt ist, können sie danach den Anlasser betätigen?«, fragte er.

Er stand am Rand ihrer Kleingruppe und hielt bemüht Abstand zu Marion. Sie rissen sich beide zusammen, Finn zuliebe. Keine Streitereien, keine giftigen Bemerkungen. Natürlich fiel ihnen das nach dem klärenden Gespräch gestern Abend erheblich leichter als zuvor. Trotzdem mussten sie sich am Riemen reißen. Wieder zueinanderfinden, das würden sie sicher nicht mehr, so viel hatte Willem begriffen. Dafür war es längst zu spät.

»Weißt du das denn nicht?«, fragte Finn entrüstet seinen Vater. »Die Kurbelwelle an der Seite muss mit dem Steuerrad angeworfen werden, damit der Motor anspringen kann.«

»Mit dem Lenkrad?«, fragte Joost irritiert.

Finn musste das nicht näher erklären, denn in diesem Moment war der erste Heizvorgang abgeschlossen. Und zwar beim Fünfundfünfzig-PSler, Willems Favoriten. Der Fahrer sprang auf, rannte zum Führerhäuschen und zog das Lenkrad samt Stange heraus. Seitlich des Motors steckte er es in die Kurbelwelle und drehte einmal kräftig am Rad. In dem Moment war auch der Kühler-Bulldog so weit, dessen Besitzer ebenfalls das Lenkrad aus dem Führerhäuschen holte. Beim dritten Bulldog dauerte es offenbar noch, sein Fahrer spähte in den Heizkopf und schüttelte unglücklich den Kopf.

»Merkwürdig, das Ganze«, meinte Joost. »Ich habe wohl doch nicht sehr viel Ahnung von alten Traktoren.«

Es begann laut zu puffen und zu knattern, der unverwechselbare Klang des Lanz Bulldog ertönte. Der Motor des Kühler-Bulldog war in Betrieb, nur wenige Sekunden später folgte der Fünfundfünfzig-PSler. Die Fahrer sprangen auf die Traktoren, steckten die Lenkstangen zurück und fuhren los. Finns Bulldog hatte leicht die Nase vorn. Der Abstand betrug nur einen halben Meter, dennoch hatte Willem verloren. Der Kühler-Bulldog fuhr zuerst ins Ziel.

Finn jubelte, Marion lachte, und als keiner hinsah, warf der Junge Willem einen vielbedeutenden Blick zu. Die fünf Euro waren nicht vergessen. Willem würde ihn später auszahlen müssen.

»Machen wir die Ausfahrt zusammen?«, fragte Finn.

»Welche Ausfahrt?«, wollte Joost wissen.

»Er meint die Rundfahrt durch Speyer«, erklärte Willem. »Alle historischen Traktoren können sich daran beteiligen. Es geht im Gänsemarsch am Dom vorbei und durch die Stadt.«

»Passen wir denn alle auf den Lanz?«, fragte Marion.

»Ach sicher. Das kriegen wir schon irgendwie hin.«

Nun war auch der letzte Bulldog so weit: Der Motor konnte angelassen werden, und der Fahrer fuhr unter großem Jubel ins Ziel. Anschließend verloren sich nach und nach die Zuschauer und wandten sich anderen Attraktionen zu.

Finn wollte sich unbedingt den Slalomparcours ansehen, wo später ein Bulldog-Geschicklichkeitsfahren stattfinden würde. Joost erklärte sich bereit, ihn zu begleiten, und die beiden schlenderten davon.

Willem und Marion nutzten die Zeit, um ein bisschen an den Traktorenreihen entlangzuspazieren. Sie hatten wenig Schlaf bekommen, doch das konnte ihnen die Freude an ihrer Versöhnung nicht nehmen. Finn war überglücklich, dass sich alle vertragen hatten. Der Streit und der ganze Ärger vom Vortag schienen längst vergessen zu sein. Er hatte alle, die er liebte, um sich und war mit ihnen auf dem Lanz-Bulldog-Treffen. Ihn störte der Schlafmangel am wenigsten. Er genoss das Fest in vollen Zügen.

»Was deine Krankheit angeht...«, begann Marion.

»Nicht jetzt. Nicht heute.«

»Willst du mir nicht sagen, was los ist?« Marion ließ sich nicht abwimmeln. »Ich mache mir wirklich Sorgen.«

»Ich erzähle dir alles, wenn wir wieder zu Hause sind. Lass uns diesen Tag genießen. Mir geht es gut, wie du siehst. Alles Weitere sehen wir zu Hause.«

»Also gut. Reden wir nicht heute darüber.«

Es fiel ihr offenbar nicht leicht, das auf sich beruhen zu lassen. Dann wechselte sie das Thema.

»Ich habe heute Morgen mit Martin telefoniert.«

»Mit Martin? Wieso denn das?«

»Um ihn auf dem Laufenden zu halten. Er wusste, dass du mit Finn durchgebrannt bist. Ich wollte ihm nur berichten, dass alles gut ausgegangen ist.«

»Aha, verstehe. Und... wie geht's ihm?«

»Ganz gut. Er hat wohl einen neuen Job, den er im Herbst anfängt. In einem Museum in Berlin.«

»In Berlin. Alle Achtung.« Mehr wusste Willem dazu nicht zu sagen. »Lebt er noch mit diesem ... Thorsten oder Thomas zusammen?«

»Thorsten. Ja, das tut er. Er weiß noch nicht, ob sie gemeinsam nach Berlin ziehen oder eine Wochenendbeziehung haben werden.«

Willem schwieg. Auch dazu wusste er nichts zu sagen. Er kannte diesen Thorsten ja nicht einmal persönlich.

»Ruf ihn doch mal an«, sagte Marion.

»Ich weiß nicht. Nach allem, was gewesen ist? Martin hat sicher kein Interesse daran, dass ich mich bei ihm melde.«

»Doch, das hat er.« Marion lachte, als sie sein erstauntes Gesicht sah. »Glaub mir. Du musst nur den ersten Schritt machen. Er wird dir nicht die Tür vor der Nase zuschlagen.«

Finn und Joost tauchten wieder auf. Es wurde langsam Zeit, sich für die abschließende Stadtrundfahrt vorzubereiten. Joost meinte, es sei schon in Ordnung, wenn Finn und Willem allein daran teilnähmen. Doch Willem hatte schon eine Idee, wie sie alle Platz auf dem Lanz fänden. Er schraubte seine Holzkiste von der Ackerschiene, schließlich bräuchten sie ihr Gepäck unterwegs nicht, und schaffte damit zwei Stehplätze auf der verbliebenen Holzunterseite.

»Wie kommst du mit dem Lanz eigentlich wieder nach Hause?«, fragte Joost, während sie alles vorbereiteten. »Lässt du ihn abschleppen?«

»Nein, wozu denn? Ich komme auf die gleiche Weise zurück, auf die ich hergekommen bin.«

»Dann bist du noch mal tagelang unterwegs.«

»Sieht wohl so aus. Aber das stört mich nicht.«

Finn wäre sicher gern mit seinem Opa mitgefahren, das sah man ihm deutlich an. Doch er wusste, dass es für ihn an diesem Abend zurück ins Ferienlager ging. Marion würde ihn auf dem Heimweg dort absetzen. Mit dem Auto wären sie in wenigen Stunden da. Er versuchte erst gar nicht, seine Eltern umzustimmen. Doch Marion und Joost wechselten über seinen Kopf hinweg einen Blick und kamen wortlos zu einem Einverständnis.

»Wenn du mir versprichst, in Zukunft mehr für die Schule zu tun, Finn, dann...«

Weiter kam sie gar nicht. Ihre Worte gingen im Jubel des Jungen unter. Er fiel erst seiner Mutter in die Arme, dann Joost und schließlich Willem.

»Dann fahren wir die gleiche Strecke zurück, die du gekommen bist?«, fragte Finn aufgeregt. »Oder sollen wir woanders langfahren?«

»Das können wir uns nachher noch in aller Ruhe überlegen. Wir können ja mal gucken, was es unterwegs alles zu sehen gibt.«

»Können wir dann auch zum Wesseler-Museum fahren?«

»Natürlich können wir das.«

»Das ist so krass. Das müssen wir unbedingt machen.«

»Wir können auch zum Möhnesee fahren. Hast du davon schon mal gehört? Da gibt es einen tollen Campingplatz mit sehr netten Menschen.«

Sie vertieften sich bereits in ihre Planungen, als um sie herum plötzlich alles in Bewegung geriet. Die Ausfahrt durch Speyer begann. Die ersten Traktoren sammelten sich am Ausgang, kurz darauf fiel der Startschuss, und im Gänsemarsch tuckerte eine Kette bunter Traktoren in Richtung Dom.

Finn kletterte auf seinen Kindersitz, und Marion und Joost fanden sicheren Halt auf der Ackerschiene. Willem holte seine Mütze aus der Holzkiste und verriegelte sie sorgfältig. Sie würde allein auf dem Stellplatz zurückbleiben, was sicher kein Problem wäre. Er konnte sich nicht vorstellen, dass hier etwas geklaut werden würde.

Er erhob sich mühsam und setzte die Mütze auf. Als er sich zum Traktor wandte, hielt er inne. Marion, Finn und Joost unterhielten sich angeregt und zeigten auf die unterschiedlichen Traktoren, die nach und nach vom Gelände knatterten. Sie so vertraut miteinander zu sehen war vor wenigen Tagen noch undenkbar. Und auch er gehörte zu dieser Einheit. Er war nun ein Teil davon.

Er hatte nur das Versprechen halten wollen, das er Finn gegeben hatte. Doch nun war so viel darüber hinaus geschehen. Er hatte seine Familie wiedergefunden. Sich mit Marion versöhnt. Einen Weg zurück zu seinen Kindern gefunden, an den er schon lange nicht mehr geglaubt hatte. Er wünschte nur, Anna würde ihn sehen. Er wünschte, sie würde wissen, dass sie, die übrig geblieben waren, am Ende doch wieder zusammengefunden hatten. Auch ohne sie, die das Herz der Familie gewesen war, hatten sie es am Schluss doch noch geschafft, sich zu versöhnen.

Ein seltsames Gefühl übermannte ihn. Ein Ziehen in der Magengrube. Er blickte sich hastig um.

»Anna?«

Doch da war nichts. Der Wind rauschte in den Bäumen, die Sonne schimmerte zwischen den Blättern. Eine Schönwetterwolke trieb am Himmel.

»Opa! Wo bleibst du denn?«
»Ich komme!«, rief Willem.
Er ließ den Blick noch einmal über die Bäume wandern, dann wandte er sich Greetje und seiner Familie zu.
»Da bin ich schon. Es kann losgehen.«

EPILOG

Marion und Finn waren im Auto unterwegs zu Willem. Ganz wie am Anfang, als Marion ihren Sohn zur Betreuung auf den Hof gebracht hatte. Jetzt fuhren sie allerdings nach Leer, zu dem Hospiz, in dem Willem untergebracht war. Keiner konnte sagen, wie lange es noch dauern würde. Doch er wirkte jedes Mal ein bisschen schwächer.

Seit er nicht mehr auf dem Hof war, hatte sich Stille über das Haus gelegt. Marion und Finn wohnten nun allein dort. Sie lebten seit dem Spätsommer des letzten Jahres auf dem Bauernhof. Das Haus in der Stadt hatte Joost behalten. Das war schon in Ordnung, denn Marion hätte ihm seinen Anteil ohnehin nicht auszahlen können. Joost war es natürlich nicht ums Geld gegangen, trotzdem hatte Marion die Idee gefallen, wieder zu Willem zu ziehen. Den Hof, wenn auch ohne Landwirtschaft, von ihm zu übernehmen. Finn war natürlich sofort begeistert gewesen. Und so kam Willem letztlich doch noch zu einem Hoferben. Die Familie Grote würde weiter fortbestehen auf dieser kleinen Scholle Land, auf der sie seit vielen Generationen lebte.

Was Finn anging, hatten Marion und Joost eine Lösung gefunden, die alle einigermaßen zufriedenstellte. Auch ohne Gericht. Es war nicht das Wechselmodell, wie Joost es wollte, doch war Finn nun häufiger bei ihm, als Marion es sich zunächst gewünscht hatte. Sie waren sich beide entgegengekommen. Wenn sie nun die Übergaben machten, gab es nur noch selten Streit oder Ärger. Meist ging es kooperativ und friedlich zu. Neulich hatte sie Joost mit seiner Freundin in Leer an der Alten Waage am Hafen getroffen. Sie war kurz stehen geblieben und hatte ein paar Worte mit ihnen gewechselt. Es hatte ihr gar nichts ausgemacht. Jedenfalls nicht besonders viel.

Joost hatte Finn vor einem Monat einen Wesseler gekauft. Wusste der Himmel, wo er diesen extrem seltenen Traktor aufgetrieben hatte. Er war kaum mehr als ein Schrotthaufen und stand nun neben Greetje in der Scheune, wo er auf seine Wiederauferstehung wartete. Demnächst würden sich die beiden gemeinsam ans Restaurieren machen. Eine Menge Arbeit würde das bedeuten, die ihn viel Zeit kostete. Aber Finn war natürlich selig. Marion war dankbar für diese Ablenkung. Finn brauchte einen Vater, besonders jetzt, während dieser dunklen Tage.

Sie waren am Parkplatz angelangt. Finn starrte durchs Autofenster zum Hospiz. Er machte keine Anstalten auszusteigen.

»Opa freut sich bestimmt über die Schokolade, die du ihm mitbringst«, sagte Marion.

Er antwortete nicht, starrte weiterhin nach draußen. Sie legte ihre Hand auf seine Wange.

»Ich bin auch traurig, Finn. Sehr traurig.«

Am Morgen hatte sie die Spülmaschine ausgeräumt und war dabei auf Willems Lieblingstasse gestoßen, aus der er für gewöhnlich seinen Nachmittagstee mit Kluntjes und einem Schuss Sahne trank. Sie hatte kalt und sauber in ihrer Hand gelegen. Da war ihr klargeworden, dass er sie nie wieder benutzen würde, und sie hatte lange geweint, hatte sich gar nicht wieder beruhigen können.

Solange Finn dabei war, hielt sie sich einigermaßen unter Kontrolle. Sie wollte stark bleiben. Für Finn.

Die gemeinsame Zeit, die sie auf dem Hof gehabt hatten, konnte ihr keiner mehr nehmen. Sie hatten spät zueinandergefunden, sie und Willem. Doch waren diese Monate wunderschön gewesen. Erst der Herbst, dann der Winter, dann Weihnachten. Erst danach war es mit Willem bergab gegangen.

Auf dem Flur vor seinem Zimmer kamen ihnen Martin und Thorsten entgegen. Sie waren gerade bei ihm zu Besuch gewesen. Auch mit seinem Sohn hatte Willem sich versöhnt. Sie hatten noch ein paar Monate gehabt, um einen Teil dessen nachzuholen, was ihnen in all den Jahren entgangen war.

Martin wirkte abgekämpft und müde. Seine Augen waren geschwollen und gerötet.

»Wie geht es ihm?«, fragte Marion.

»Nicht gut. Wir waren nur kurz bei ihm. Es schien ihn zu viel Kraft zu kosten«, sagte Martin.

»Sollen wir vielleicht später wiederkommen? Damit er sich noch einen Moment ausruhen kann?«

»Nein, es geht schon«, mischte sich Thorsten ein. »Die Schwester hat gesagt, wir sollen einfach auf sein Tempo Rücksicht nehmen. Dann ist es kein Problem.«

Marion suchte in Martins Augen nach einer Antwort auf ihre stumme Frage. Er senkte den Blick. Also stand es nun wirklich ernst um Willem.

»Hat er noch irgendwas gesagt?«, fragte sie.

»Zu mir hat er was gesagt«, kam es von Thorsten. »Er meinte, ich solle aufpassen. Martin sei immer eine faule Sau gewesen, wenn's um die Arbeit ging. Das soll ich ihm bei uns im Haushalt nicht durchgehen lassen.«

Marion lächelte. »Ja, das passt zu ihm.«

Joost tauchte hinter ihnen im Korridor auf.

»Ich bin doch nicht zu spät?«, begrüßte er sie.

»Nein. Wir waren noch gar nicht drin.«

Martin und Thorsten verabschiedeten sich, um zurück zu ihrem Hotel zu gehen. Marion hatte angeboten, sie auf dem Hof unterzubringen, doch Martin wollte das nicht. Wie gewohnt hielt er Abstand, selbst jetzt. Marion sah den beiden nach, wie sie das Hospiz verließen. Thorsten legte tröstend den Arm um ihren Bruder. Martins Schultern bebten, er ließ sich in Thorstens Umarmung sinken. Diese Seite von sich würde er Marion wohl niemals zeigen.

»Wollen wir rein?«, fragte Joost.

»Ich weiß nicht«, sagte Marion. »Vielleicht warten wir noch. Es geht ihm heute nicht so gut.«

Eine Schwester verließ gerade das Zimmer. Sie erkannte Marion und Finn, schenkte ihnen ein sanftes Lächeln.

»Sie können ruhig reingehen. Ihr Vater ist wach.«

Finn nahm Marions Hand, dann blickte er sich nach seinem Vater um und nahm auch dessen Hand. Nun war er bereit, seinem todkranken Großvater entgegenzutreten.

Willem lag in seinem Bett. Er sah so dünn und zerbrechlich aus, als würde er sich langsam auflösen.

»Finn«, sagte er mühsam, aber voller Zuneigung. »Wie schön, dass du hier bist. Komm zu mir.«

Finn löste sich von seinen Eltern und setzte sich zaghaft auf Willems Bettkante.

»Wie geht es Greetje?«, fragte Willem.

»Gut. Sie steht in der Scheune. Wir sind schon lange nicht mehr mit ihr gefahren.«

»Joost, ihr müsst sie ab und an ausfahren, damit sie nicht einrostet.« Und an Finn gewandt: »Was ist mit dem Wesseler? Habt ihr damit schon angefangen?«

»Ich muss erst ein gutes Zeugnis nach Hause bringen. Papa sagt, danach legen wir los.«

»Hat er denn schon einen Namen?«

Finn schüttelte den Kopf. Willem nahm seine Hände.

»Er muss einen Namen bekommen. So wie Greetje einen Namen bekommen hat. Weißt du, Finn, ich denke so gern an den letzten Sommer zurück. An unsere Tour durchs Land.«

»Ja, ich auch, Opa.«

»Das war schön, oder? Für mich war es der schönste Sommer meines Lebens.«

Finn schluckte schwer. Willem sah sich um, als wäre ihm gerade etwas eingefallen.

»Ich habe ein Geschenk für dich, Finn. Warte…«

Er reckte sich mühsam und holte einen Umschlag aus seinem Nachtschränkchen. Finn nahm ihn verwundert entgegen.

»Was ist das denn?«

»Mach schon auf. Das sind drei Karten für das Lanz-Bulldog-Treffen im nächsten Sommer. Für dich, deine Mama und deinen Papa. Sieh nur, da stehen sogar eure Namen drauf.«

Es waren am Computer liebevoll erstellte Eintrittskarten, extra für sie. Die Veranstalter mussten das gebastelt haben, um Willem eine Freude zu machen. Sie waren ausgestellt auf Marion, Joost, Finn samt ihrem Traktor Greetje. Finn betrachtete die Karten unglücklich.

»Du sollst auch mitkommen, Opa.«

»Deine Mama und dein Papa werden dich doch begleiten.«

Willem warf ihnen einen raschen Blick zu. Er wusste, das hätte er eigentlich absprechen müssen. Er hoffte wohl einfach, dass sie mitspielten.

»Wenn du Lust hast, fahren wir wieder den ganzen Weg mit Greetje«, sprang Joost ein. »Von hier bis nach Speyer.«

»Ich treffe euch dann da unten«, stimmte Marion zu. »Und wenn Greetje unterwegs Probleme macht, seid ihr ja bis dahin sicher Fachleute, was das angeht. Richtige Traktormechaniker. Da kann nichts passieren.«

Finn rang sich ein Lächeln ab. Natürlich freute er sich über die Eintrittskarten. Doch verscheuchte das nicht seine Traurigkeit.

»Ich bin doch auch dabei«, sagte Willem. »Glaubst du das etwa nicht?« Mühsam hob er seine Hand und legte sie Finn auf die Brust, auf dessen Herz. »Da drin spürst du mich. Vielleicht kannst du mich nicht sehen. Aber ich werde da sein, ganz bestimmt.«

Marion und Joost traten einen Schritt zurück, um die beiden einen Moment allein zu lassen. Es war eine gute Idee, gemeinsam mit Finn nach Speyer zu fahren. Da stimmten sie schnell überein.

»Wir werden uns schon vertragen«, meinte Marion.

Willem und Finn hielten sich an den Händen und sprachen leise miteinander. Es rührte sie, zu sehen, wie nah sie sich waren. Nach einer Weile sackte Willem jedoch in sein Kissen. Er wirkte erschöpft. Joost führte Finn behutsam zur Tür.

»Bis morgen, Opa«, sagte der tapfer.

»Bis morgen, mein Junge.«

Marion wollte sich ebenfalls verabschieden, doch Willem hielt sie zurück.

»Wie geht es ihm? Wie macht er sich?«, fragte er.

»Es ist für uns alle nicht leicht. Aber wir sind für ihn da, Joost und ich. Wir helfen ihm da durch, so gut wir können.«

»Der Wesseler wird ihm auch helfen. Da steckt eine Menge Arbeit drin. Das wird ihn und Joost zusammenschweißen.«

Marion kämpfte mit ihren Tränen. Es fühlte sich plötzlich alles so endgültig an.

»Ich kann sie spüren«, sagte Willem.

»Wen meinst du?«

»Anna. Sie ist bei mir.«

Er nahm ihre Hand. Seine Haut erinnerte an raues Papier, die Finger an dünne, morsche Stöckchen.

»Ich habe keine Angst mehr, Marion. Sie wartet auf mich, weißt du.«

Du wirst mir so sehr fehlen, Willem, dachte Marion. Sie sagte: »Grüß sie von mir.«

»Das mache ich.«

»Ich möchte dich noch eine Weile bei uns behalten.«

»Ich bin ja hier. Du hast mich doch.«

So viele Jahre waren ihnen verlorengegangen. So spät hatten sie sich wiedergefunden.

»Ja, Willem. Du bist hier.«

Sein Lächeln wurde zur Grimasse. Er schien Schmerzen zu haben. In seinen Augen flackerte das Bewusstsein.

»Soll ich die Schwester rufen? Brauchst du Hilfe?«

»Nein. Ich brauche nur etwas Ruhe.«

»Also gut. Ich komme morgen wieder, Papa.«

Er antwortete nicht, und sie drückte seine Hände.

»Morgen sehen wir uns, Willem, ja?«

»Ja«, sagte er, schon halb im Nebel, und lächelte. »Morgen geht es weiter. Es gibt ja immer ein Morgen.«

DANK

Viele Menschen haben bei der Entstehung dieses Romans mitgewirkt. Zu besonderem Dank verpflichtet bin ich Dieter Jiresch, Mani Beckmann, Maike Grunwald, Stefanie Baillie, Fulya Kahramanlar-Sprünken, Katja Donhauser und Helmut Veelker-Holtkötter. Ohne Euren Rat und Eure Unterstützung wäre dieses Buch nicht entstanden. Ein besonderer Dank geht zudem an meine großartige Agentin Petra Hermanns und an die mindestens genauso großartige Stefanie Werk vom Aufbau Verlag.

Die Route, die für Willem und seinen Enkel zum Abenteuer ihres Lebens wird

Zoe Fishman
Die Frauen von Long Island
Roman
400 Seiten. Broschur
ISBN 978-3-7466-3387-9
Auch als E-Book erhältlich

Der Sommer der Frauen

Maggie hat alle Mühe, für sich und ihre kleine Tochter zu sorgen. Dann erbt sie ein Strandhaus in den Hamptons und könnte auf einen Schlag alle Probleme los sein – sofern sie sich um die darin lebende 82-jährige Edith kümmert, die an Alzheimer erkrankt ist. Doch Edith hat überhaupt keine Lust, ihr Heim mit einer schlechtgekleideten Fremden und einem trotzigen Kleinkind zu teilen. Aber dann verschlimmert sich ihr Zustand, und in ihrer Not, ihre Erinnerung zu verlieren, lässt sie es zu, dass Maggie ihr hilft, ein Geheimnis ihrer Vergangenheit zu lüften. Und so erleben die so unterschiedlichen Frauen einen einzigartigen Sommer der Neuanfänge.

»Ein tragikomischer Lesegenuss und eine köstliche literarische Hühnersuppe für die Seele.« MARY KAY ANDREWS

Regelmäßige Informationen erhalten Sie über unseren Newsletter. Jetzt anmelden unter: www.aufbau-verlag.de/newsletter

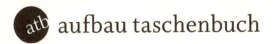